Mathias Christiansen

Das Haus der Heimlichkeiten

Mathias Christiansen

Das Haus der Heimlichkeiten

Roman

Bibliografische Information der Deutschen Nationalbibliothek:
Die Deutsche Nationalbibliothek verzeichnet diese Publikation in der
Deutschen Nationalbibliografie; detaillierte bibliografische Daten sind
im Internet über http://dnb.dnb.de abrufbar.

Die verwendeten Bibelzitate entstammen den gemeinfreien Ausgaben
der Übersetzung nach Martin Luther (1912) sowie der Übersetzung
von Hermann Menge (1939).

Umschlagfotos:
Hans Isaacson, Fabrice Villard und Casey Horber on Unsplash

Grafische Gestaltung im Innenteil: Majella Cross by Sasika, Berlin

Herstellung und Verlag: BoD – Books on Demand, Norderstedt

ISBN: 978-3-7347-6003-7

Der verwirrte Mann, über den du vorhin in der Markthalle den Kopf geschüttelt hast, beging vor ein paar Minuten Selbstmord. Das Mädchen, das du auf dem Schulhof eine Schlampe nanntest, hatte noch nie einen Freund. Der Teenager, der in deinen Augen als lahm gilt, arbeitet jeden Nachmittag, um seine Familie zu unterstützen. Die Frau, die von dir letztens im Supermarkt grob angerempelt wurde, ist als Kind regelmäßig geschlagen worden. Das Mädchen, das du als fett bezeichnest, leidet an Bulimie. Der alte Mann mit den hässlichen Narben musste im Krieg kämpfen. Die Mutter des Jungen, über den du dich lustig gemacht hast, weil er weinte, liegt im Sterben.
Du meinst, du kennst die Leute? Du kennst sie nicht ...

Gefunden im Internet

DIE MIETER

Dachgeschoss links:
Jannis Paul Conrad („J. P. C.") Brachler (35) und Cindy Wörner (34).
Die Neureichen im Haus. Keine Kinder.
Fahren einen erst wenige Wochen alten *Tesla*.

Dachgeschoss rechts:
Familie Kernchen – das sind Timo (40), Pia (36), Leon (11), Patrick (9)
und Emil (5). Während Timo als Lkw-Fahrer arbeitet, kümmert sich
Pia ausschließlich um das Wohl der Familie.

2. Obergeschoss links
Horst („Hotta") Wulfert (75), ehemaliger Elektriker und Lehrausbilder.
Seit 10 Jahren verwitwet. Sohn Andreas lebt in Annaberg-Buchholz,
Tochter Paula in München.

2. Obergeschoss rechts:
Jan Möller (49), Journalist bei einer Tageszeitung.
Geboren und aufgewachsen in Hamburg. Keine Kinder.
Strebt den Posten des Chefredakteurs an und meidet in seinen Artikeln
daher allzu brisante Themen. Denkt „aus Zeitmangel grundsätzlich
nicht kritisch."

1. Obergeschoss links:

Marianne Klassen (64), Sachbearbeiterin im Bürgeramt, Abteilung Pass- und Meldeangelegenheiten. Früher mal bei der Volkspolizei der DDR in gleicher Position tätig gewesen.
Verheiratet mit Karl (69), Rentner, ehemals Abteilungsleiter im VEB Textilmaschinenwerk *„Hans Wudicke"* und einstiger IM der Staatssicherheit.

1. Obergeschoss rechts:

Danny Schröder (28), Maurer, mit Hund „Blaschko".
Fährt einen aufgemotzten Golf II GTI, geht gern ins Fitnessstudio und hat schon ein Jahr im Gefängnis verbracht.

Erdgeschoss links:

Jurek Kostecki (23), Student und Jenny Köhler (20), Gärtnerin.
Wollen „in zwei bis drei Jahren heiraten und mindestens fünf Kinder."

Erdgeschoss rechts:

Martin Cornelius Schenck (37), seit kurzem Pfarrer einer evangelischen Kirchengemeinde in unmittelbarer Nähe und Susanne Schenck-Lutze (34), Kindergärtnerin in derselben Gemeinde mit Tochter Luzie (5).

I.

FEUER UND RAUCH

Ostermontag, 23:15 Uhr

Das Erste, was er wahrnahm, war ein Tritt gegen seine Wohnungstür. Ein heftiger Tritt, der von lautem Gebrüll und mehreren Schlägen begleitet wurde. Vom Treppenhaus her hörte er Stimmen. Laute Stimmen. Bedrohlich, ja fast hysterisch. Dann wieder ein Tritt gegen die Tür, erneutes Schlagen. Was, um alles in der Welt, war da los?

Martin schob den Arm seiner Tochter beiseite, der ihm um den Hals lag und richtete sich auf. Luzie war eben erst eingeschlafen. Endlich, nach einer heißen Milch, drei Geschichten aus ihrem Lieblings-Vorschulbuch und der gefühlt hundertmaligen Beteuerung, dass Mama sie morgen früh wieder in den Kindergarten bringen würde. Und dass sicher auch Paul und Nele und Sofie wieder zurück sein würden nach dem Osterwochenende.

Es hatte Martin einige Kraft gekostet, das Kind zum Schlafen zu bringen. Ein spannender und aufregender Tag lag hinter ihnen und so war es kein Wunder, dass Luzie erst so spät zur Ruhe kam. Sie waren im Tierpark gewesen, Susanne, Luzie und er. Das Wetter an diesem Ostermontag hatte geradezu danach geschrien, einen Ausflug zu unternehmen. Und so ging es dieses Mal nicht mit den Rädern ins Umland, sondern mit der U-Bahn nach Friedrichsfelde. Zu den Giraffen, den Zebras und den Schimpansen. Für Luzie war es das erste Mal, dass sie so viele Tiere in so kurzer Zeit zu sehen bekam. Dementsprechend aufgeregt war sie gewesen. Und dementsprechend schwer gestaltete sich der Einschlafprozess.

Weitere rhythmische Schläge trafen die Tür. Martin sprang auf und blickte noch einmal kurz zu seiner Tochter, die den Lärm nicht mitzubekommen schien. Mit ihren blonden Locken lag sie auf dem Kopfkissen und sah aus wie ein Engel. Sie atmete gleichmäßig und ein leichtes Lächeln huschte über ihre Lippen. Ob sie von dem träumte, was sie heute gesehen hatte?

Martin schnappte sich seine Jogginghose vom Stuhl, zog sie schnell über die Shorts und hatte im nächsten Moment schon die Türklinke in der Hand. Einen Augenblick zögerte er noch. Was, wenn es Einbrecher waren? Irgendwelche Gangster? Aber würden die einen solchen Radau machen? Bevor der nächste Schlag gegen die Tür kam, hatte er sie aufgerissen. Vor ihm stand Jurek Kostecki, der polnische Student von gegenüber. Das Licht im Hausflur war angeschaltet, aber es lag ein dichter Nebel über den Leuchten. Und es stank. Es stank nach Rauch und irgendwie nach dichtem, schwerem Staub.

„Kommen Sie schnell raus!", rief ihm Kostecki zu, der erleichtert schien, dass endlich geöffnet worden war. „Es brennt!"

Martin verharrte zunächst in völliger Bewegungslosigkeit. Unendliche Sekunden, wie ihm schien. Unendliche Sekunden, bis er begriff, was der junge Nachbar gerade gesagt hatte.

„Los jetzt!", drängte Kostecki, „wir müssen raus hier! Sofort!"

Martin nickte kurz. Dann drehte er sich um und rannte ins Schlafzimmer. Luzie schlief noch immer. Er zerrte das Kind aus dem Bett und nahm es auf den Arm. Dann lief er in die Küche. Zu Susanne. Seine Frau hockte vor ihrem Laptop, hatte Kopfhörer auf und schien in einen Vortrag versunken zu sein, der mit ziemlicher Sicherheit Bestandteil ihres Weiterbildungsprogramms als Kita-Erzieherin war. Susanne saß mit dem Rücken zur Tür und bemerkte Martin erst, als er ihr nachdrücklich auf die Schulter klopfte. „Wir müssen hier raus", wiederholte er mechanisch die Worte, die der Student vor der Tür eben zu ihm gesagt hatte. „Sofort!"

Susanne nahm die Kopfhörer herunter und starrte erst ihren Mann an, dann Luzie auf seinem Arm. Das Kind wurde langsam wach und begann zu weinen.

„Sie müssen endlich kommen!", brüllte Kostecki von der Tür her.

Ohne weitere Worte erhob sich Susanne, nahm ihrem Mann das Kind aus dem Arm und umklammerte es fest. Im Flur griff sie nach den Jacken und rannte an Martin und Kostecki vorbei aus der Wohnung.

ca

Wenige Augenblicke später standen sie vor dem Haus. Neben ihnen die anderen Mieter und eine Zahl Schaulustiger, von denen die meisten hoch zum Dach starrten, wo gewaltige Flammen in den Himmel schossen. Von Ferne waren Sirenen zu hören. Offenbar schien die Feuerwehr im Anmarsch zu sein.

„Ich hoffe, dass jetzt alle raus sind", sagte Kostecki irgendwann. Der junge Pole war bei der Flucht aus dem Haus an Martins Seite geblieben und stand nun direkt neben ihm. Kosteckis Freundin, die Martin erst jetzt bemerkte, nickte und griff nach der Hand des Studenten. Etwas abseits gruppierten sich die anderen Mieter des Hauses: Martin sah den jungen Typen mit seinem Hund, einem argwöhnisch knurrenden Boxer. Er sah das elegante Pärchen aus dem Dachgeschoss, das seit ein paar Wochen ein Elektroauto besaß. Und er sah die Familie mit den drei Kindern, der Jüngste etwa so alt wie Luzie. Auch der blonde Motorradfahrer, von dem es hieß, er sei Journalist, stand vor dem Haus. Ob wirklich alle Mieter vollzählig waren, hätte Martin nicht sagen können. Dazu war er noch zu neu in diesem Haus. Erst vor einem knappen Jahr waren Susanne und er hier eingezogen, aus einem kleinen Dorf bei Angermünde in Nordbrandenburg direkt in die Großstadt. Er hatte eine neue Pfarrstelle bekommen, ganz in der Nähe und Susanne einen Job im Gemeindekindergarten. Eigentlich passte alles perfekt. Zwar vermissten sie die gute Landluft und die weiten Felder, über die sie gern spazieren gegangen waren, Luzie mit dem Laufrad voran. Aber hier lebte es sich auch nicht schlecht und die neue Gemeinde war deutlich größer als die paar treuen Seelen, die bisher seine Sonntagsgottesdienste besucht und seinen Predigten gelauscht hatten. Obendrein bedeutete seine Versetzung auch so etwas wie einen Karrieresprung, denn nun war er, Martin Cornelius Schenck, mit 37 Jahren Pfarrer einer waschechten Berliner Kirchengemeinde. Die Leute im Haus wussten das. Gleich nachdem Susanne, Luzie und er hier eingezogen waren, hatten sie einen Zettel im

Eingangsbereich neben die Briefkästen geklebt und sich den Nachbarn vorgestellt. Susanne wollte zunächst zwar jeden Mieter einzeln besuchen, aber Martin wäre das zu weit gegangen. Hier in der Stadt kam man nicht mehr mit Brot und Salz vorbei, man wohnte weitgehend anonym nebeneinander her. Er selbst wollte am liebsten gar nichts zum Einzug machen. Man würde sich irgendwann im Hausflur über den Weg laufen und dann war immer noch Zeit, sich einander vorzustellen. Nach einer kurzen, aber nicht minder heftigen Diskussion über die Art und Weise ihrer Ankunfts-Verkündung hatten sich Susanne und er schließlich auf den Kompromiss geeinigt, ein Blatt Papier mit einem kurzen Gruß und den wichtigsten Eckdaten herauszuhängen:

Hallo, liebe Nachbarn! Wir sind Martin Schenck (Pfarrer) und Susanne Schenck-Lutze (Kindergärtnerin) und wohnen mit unserer Tochter Luzie (Kindergartenkind) ab sofort im Erdgeschoss, rechts. Wir freuen uns auf eine gute Nachbarschaft!

Reaktionen auf den Aushang hatte es praktisch keine gegeben. Nur der Student von gegenüber, der junge Pole, war ein paar Tage nach ihrem Einzug vorbeigekommen, um ihnen den zur Wohnung gehörenden Kellerverschlag zu zeigen. Weder der Vermieter noch der Hausmeister hatten sich bisher darum gekümmert und so waren Susanne und Martin froh gewesen, endlich einen Platz für ihre leeren Umzugskartons gefunden zu haben. Ob das Engagement des jungen Mannes, der sich als Jurek vorgestellt hatte, auf ihren Zettel im Hausflur zurückzuführen war, blieb offen. Von den anderen Nachbarn jedenfalls war Schweigsamkeit die einzige Antwort auf ihren Aushang neben den Briefkästen gewesen.

„Siehst du", hatte Martin schließlich zu Susanne gesagt, „in Berlin ist so etwas vollkommen unüblich."

Seine Frau konnte daraufhin bloß mit den Schultern zucken. Möglicherweise war ihr aufgegangen, dass das Leben in einer Metropole tatsächlich so ganz anders war und nur wenig vom Miteinander einer Dorfgemeinschaft zu haben schien. Susanne selbst stammte aus einer Kleinstadt und musste sich hier komplett umstellen. Vieles war in Berlin anders. Und nur weniges besser.

„Wann nur endlich die Feuerwehr da ist?", riss Susanne ihn aus seinen Gedanken. „Man hat sie doch schon gehört. Die müssten doch längst hier sein und löschen!"

Martin zuckte mit den Schultern. Er hatte keine Ahnung, wie schnell so ein Brand sich ausbreitete und wie lange es brauchte, bis die Flammen auf andere Bereiche des Hauses übergriffen. So wie es jetzt aussah, hatte das Feuer eine große Kraft und war bereits dabei, sich in die unteren Stockwerke zu fressen. Sorgenvoll blickte Martin nach oben, dann schob er sich an seine Frau heran und legte seine Hand auf ihre Schulter. Die Situation war in der Tat surreal. Luzie, die sich noch immer auf Susannes Arm befand, begann erneut zu weinen und gemeinsam versuchten sie, das Kind zu beruhigen.

„Wir sollten ein Stück weggehen", schlug Martin schließlich vor. „Es ist sicher besser für die Kleine. Oder was meinst du?"

Susanne nickte.

చ

Mit eingeschaltetem Blaulicht und ohrenbetäubend lauter Sirene bog nach einer gefühlten Ewigkeit endlich ein Löschzug der Berliner Feuerwehr in ihre Straße. Auch zwei Notarztwagen rollten an und stoppten vor dem Haus. Die Flammen fraßen sich weiterhin unerbittlich durch die Außenverkleidung der offenbar irgendwann nachträglich aufgesetzten Dachgeschoss-Etage und die Feuerwehrleute blickten kundig nach oben, um zügig sowohl die gleichzeitig eingetroffene Drehleiter in Position zu bringen, als auch die Schläuche mit den nächstliegenden Hydranten zu verbinden. Ein erster Trupp lief ins Haus, in dem inzwischen der Strom ausgefallen zu sein schien, denn die Fenster, welche vor wenigen Minuten noch erleuchtet gewesen waren, lagen nun im Dunklen. Auch im Treppenhaus brannte kein Licht mehr.

Martin und Susanne standen inzwischen auf der anderen Straßenseite, vielleicht zwanzig oder dreißig Meter entfernt vom Ort des Geschehens. Luzie hatte sich etwas beruhigt und schluchzte nur noch ab und an leise auf. Ansonsten kuschelte sie sich an ihre Mutter und verbarg das Gesicht in Susannes Haar.

„Es sieht nicht gut aus", murmelte Martin und sah, wie zwei gerade eingetroffene Polizisten auf die offenbar zu dicht am Haus stehenden Mieter zuliefen und diese dazu drängten, die unmittelbare Gefahrenzone zu verlassen. Die Nachbarn wollten sich aber nur widerwillig darauf einlassen, die Straßenseite zu wechseln und sich dorthin zu begeben, wo Susanne, Martin und Luzie standen.

Die beiden jüngeren Kinder der Familie aus dem Dachgeschoss fingen angesichts des Polizei- und Feuerwehraufgebotes und der erschreckenden Lärmkulisse an zu weinen.

Kein Wunder, dachte Martin und warf einen Blick auf Luzie, deren Gesicht noch immer in Susannes Haaren versteckt war.

„Bitte verlassen Sie diesen Bereich! Sofort!", rief einer der Polizisten, offenbar der Einsatzleiter, mit deutlich erhobener Stimme und deutete genervt auf die Stelle, zu der sich die Menschen begeben sollten. Sein Kollege verteilte derweil Decken an diejenigen, die sich bereits am Sammelplatz eingefunden hatten. Die Reaktion der Nachbarn auf die polizeiliche Anweisung war unterschiedlich. Während die einen sich widerspruchslos wegschicken ließen, murrten andere herum und mussten mehrfach ermahnt werden. Vor allem der junge Mann mit dem Boxer lieferte sich einen heftigen Wortwechsel mit dem Einsatzleiter und zeigte wütend zum Haus. Möglicherweise war dem Hundebesitzer eingefallen, dass er noch etwas Wichtiges in seiner Wohnung hatte, was er zu holen gedachte. Angesichts der momentanen Lage war das eine absurde Idee, aber Martin konnte nachvollziehen, dass der junge Mann mit der gegenwärtigen Situation genauso überfordert war wie sie alle.

Martin wandte seinen Blick von den Geschehnissen vor dem Haus kurz ab und wollte sich gerade an den polnischen Studenten wenden und diesen fragen, ob er eine Vermutung zur Brandursache hatte, als Horst Wulfert vor ihm stand. Den älteren Herrn aus der zweiten Etage hatte Martin völlig vergessen und daher auch noch gar nicht vermisst im Pulk der evakuierten Nachbarn. Er und Wulfert waren sich ein, zwei Mal im Hausflur begegnet und der Rentner hatte ihm und Susanne sogar mal geholfen, ein paar Einkaufstüten vom Auto ins Haus zu tragen, als es goss wie aus Kannen.

„Was, um alles in der Welt, ist hier passiert?", murmelte Wulfert mehr zu sich selbst als an Martin gerichtet. „Ich war doch nur kurz spazieren ..."

Martin zuckte mit den Schultern, weil er nicht wusste, was er sonst hätte tun sollen. „Ein Feuer ist ausgebrochen", sagte er und bemühte sich um einen festen Klang seiner Stimme. „Ich weiß auch nichts Genaues. Aber vermutlich muss die Brandursache im Dachgeschoss liegen."

Wulfert deutete nach oben, wo die Flammen jetzt aus den Fenstern schossen und sich ein wahrer Funkenregen in den Himmel erhob. „Sind alle rausgekommen? Ich meine ..."

Martin nickte. „Ich glaube schon. Es sollte eigentlich keiner mehr im Haus sein. Die Feuerwehr hat wohl auch schon sämtliche Wohnungen abgesucht."

„Gott sei Dank", entgegnete Wulfert erleichtert.

„Gott sei Dank?", mischte sich in diesem Moment die leicht ergraute Frau aus der ersten Etage ebenso spontan wie laut in das Gespräch ein. Sie stand nur wenige Meter entfernt und war offenbar Ohrenzeugin dessen geworden, worüber Martin und Wulfert gesprochen hatten. Jetzt zeigte sie mit zitternder Hand auf das Haus. Martin kannte die Frau vom Sehen. Persönlich mit ihr gesprochen hatte er noch nie.

„Wir verlieren gerade alles!", schluchzte sie, „die ganzen Möbel, all die Erinnerungen, alles!"

Martin machte ein betroffenes Gesicht. Auch ihm und seiner Familie schien nichts zu bleiben. So wie dieser Brand sich trotz der verzweifelten Löschversuche des Feuerwehrteams ausbreitete, würde mit an Sicherheit grenzender Wahrscheinlichkeit alles von den Flammen verschlungen werden.

„Wie kann das nur sein? Das ist so ungerecht!", jammerte die Frau weiter. Dann hielt sie kurz inne und wandte sich direkt an Martin. Sie warf ihm einen zornigen Blick zu: „Wie kann so etwas sein?", wiederholte sie, jetzt mit deutlich festerer Stimme. „Wir haben keinem was getan. Wir sind ehrliche, ruhige Leute. Wie kann so etwas sein?"

Martin wusste nicht, was er der Frau entgegnen sollte. Er konnte verstehen, was sie meinte, aber er hatte ja selbst keine Antwort.

„Sie müssen es doch wissen!", schrie die Frau ihm ins Gesicht. „Sie müssen doch sagen können, wie ihr Gott so etwas zulassen kann! Sie sind doch Pfarrer!"

Martin zuckte zusammen. *Wie Gott so etwas zulassen kann?*, dachte er. *Ja, wie nur?* Die Worte der älteren Frau hämmerten ihm in den Ohren wie das brummende Geräusch nach einem zu lauten Rockkonzert oder wie das Schlagen von Kostecki vorhin gegen seine Wohnungstür. Oder wie der Krach, der von den Löschpumpen der Feuerwehr kam. Martin merkte, dass er vollkommen überfordert war mit dieser Situation. Der Lärm, die Blaulichtblitze, die heulenden Kinder der Nachbarn, auch seine Tochter weinte wieder. Wie konnte Gott so etwas zulassen? Wie nur? Er war Pfarrer. Er musste es doch wissen. Aber er wusste es nicht. Was wusste er überhaupt von Gott?

Ich glaube gar nicht mehr an ihn, dachte Martin plötzlich und war von diesem Gedanken zutiefst erschüttert. *Ich glaube gar nicht an Gott!*, durchfuhr es ihn wieder und wieder. *Ich glaube nicht an ihn! Nicht. Mehr. An. Ihn.* So musste es sein. Deshalb konnte Martin auch nichts dazu sagen, was hinter dem stecken könnte, was hier passierte. Dass es Hoffnung gab, trotz dem, was da gerade geschah. Aber wie konnte er dann noch Pfarrer sein?

Die grauhaarige Dame drückte das Gesicht in ihre Hände und schluchzte erneut auf. Es war schrecklich. Alles.

Martin wandte sich nach Susanne um. Sie stand direkt neben ihm, aber sie kam ihm vor wie eine Fremde. Stumm schüttelte sie den Kopf. Wie würde es weitergehen? Ohne Wohnung. Ohne Zuhause. Ohne Gott? Pfarrer Martin Cornelius Schenck hatte keine Ahnung.

II.

WAS ZUVOR GESCHAH

Jurek Kostecki und Jenny Köhler
Tag des Brandes, 9 Uhr

Als Jurek Kostecki erwachte, hörte er durch das offene Fenster die Glocken der nahegelegenen Kirche. Seiner Kirche, wenn man es genau nahm, denn Jurek war katholisch getauft. So wie fast jeder in seiner Geburtsstadt Stargard Szczeciński in Westpommern, Polen. Und eigentlich gehörte er durch seinen Wohnsitz, hier in diesem Haus, in dieser Straße, in Berlin, nun zu genau jener Kirchengemeinde, dessen hellen Glockenklang er gerade wahrnahm. Offiziell war er sogar ein Glied dieser Gemeinde. Von innen hatte er das Gotteshaus allerdings noch nie gesehen. Und den Pfarrer kannte er auch nicht.

Ostermontag, dachte Jurek, heute ist Ostermontag!

Er richtete sich im Bett leicht auf und überlegte, wie lange es wohl her sein mochte, dass er zuletzt eine Messe besucht hatte. Es fiel ihm auch mit viel gutem Willen nicht ein.

Jenny, die neben ihm lag, atmete ruhig und gleichmäßig. Seine Freundin war evangelisch, aber soweit er wusste, spielte der Kirchenbesuch auch für sie im Alltag keine Rolle. Beide waren sie – irgendwie – Christen, doch sie lebten ihren Glauben nicht aus.

Jurek griff nach seinem iPhone und warf einen Blick auf das Display. Von seinem Vater hatte er seit Wochen nichts gehört. Keinen Ostergruß, nicht mal ein kurzes *Cześć, jak się masz? - Hallo, wie geht's dir?* Aber das war ja nichts Neues. Seit Jurek beschlossen hatte, in Deutschland Informatik zu studieren, herrschte zwischen ihm und seinem alten Herrn ein

19

angespanntes Verhältnis. Der Grund dafür lag auf der Hand: Andrzej Kostecki, Jureks Vater, hatte seinen einzigen Sohn bereits fest als Nachfolger in der Firma eingeplant. In seinem, seit den späten 1990er Jahren sehr erfolgreichen Unternehmen des Im- und Exportgeschäfts, welches Andrzej höchstpersönlich aufgebaut und zu einem der führenden Dienstleister für grenzüberschreitende Warengeschäfte gemacht hatte. Ohne Frage, Jurek profitierte seit jeher in ganz erheblichem Maße von der ausgezeichneten finanziellen Situation seiner Familie. Er konnte sich nicht nur die neuesten Markenklamotten leisten, es war ihm sogar vergönnt gewesen, am *Kolegium Europejskie*, einem Privatlyzeum in Krakau, lernen zu dürfen. Für den Besuch dieser Schule hatte sein Vater jedes Jahr fast 20.000 Złoty ausgegeben – immerhin rund 5.000 Euro. Dort auf dem Lyzeum begann Jurek nicht nur die deutsche Sprache zu erlernen, vielmehr hatte er auch sein Interesse für Informatik entdeckt und beschlossen, diese Fachrichtung studieren zu wollen. Sein Vater war darüber alles andere als begeistert gewesen, schließlich hatte er Jurek immer als künftigen Juniorchef des Familienunternehmens gesehen. Doch so sehr Andrzej Kostecki sich auch anstrengte, seinen Sohn umzustimmen – die Entscheidung für ein Studium in Berlin war längst gefallen.

Seufzend legte Jurek das iPhone zurück auf den Nachtschrank, drehte sich zu Jenny und griff behutsam nach einer ihrer dunklen Haarsträhnen. Mit der Strähne kitzelte er ihre Nasenspitze und freute sich diebisch darüber, dass seine Freundin, noch im Halbschlaf, zu glucksen begann. Als sie schließlich ihre Augen öffnete und ihn anblinzelte, gab er ihr einen Guten-Morgen-Kuss.

Jenny lächelte. „Weißt du, wovon ich gerade geträumt habe?", fragte sie ihn und griff nach seiner Hand, in der er immer noch ihre Haarsträhne hielt.

„Ich habe keine Ahnung."

„Dass du mir einen Heiratsantrag gemacht hast", kicherte sie.

„Dass ich *was*?"

„Na, dass du mich gefragt hast, ob ich dich heiraten will!"

Jurek nickte unsicher. „Ich dachte, das sei klar."

„Ach, du bist unromantisch!" Jenny setzte sich mit einem Ruck aufrecht ins Bett und zog einen Schmollmund.

„Aber wir haben doch schon vor Monaten darüber gesprochen, dass wir heiraten wollen", beeilte sich Jurek zu betonen.

„Ja, ja", gab Jenny gespielt mürrisch zurück. „Dass wir in zwei bis drei Jahren heiraten und mindestens fünf Kinder haben wollen. Ich weiß."

Jurek nickte enthusiastisch. „Genau! Das habe ich ja gemeint!"

Jenny schürzte ihre Lippen und versuchte, beleidigt zu klingen. „Aber einen Heiratsantrag hast du mir nicht gemacht! Und außerdem mag ich nicht mehr so lange warten."

„Na dann", entgegnete Jurek, „wenn es dir so wichtig ist ..."

Er rutschte aus dem Bett und kniete sich auf den Fußboden. „Liebste Jenny", hob er mit feierlicher Stimme an, „willst du meine Frau werden?"

Als Antwort hielt sich Jenny die Hand vor den Mund, hüpfte im Bett auf und ab und ließ ein herzerfrischendes Quieken erklingen.

Jurek schmunzelte. Er hätte nicht gedacht, dass seine Freundin derart großen Wert auf einen echten Heiratsantrag legen würde. Aber irgendwie gefiel es ihm und er fand Jennys emotionalen Ausbruch durchaus charmant.

◌

Eine knappe Stunde später standen sie endlich auf. Nach Jureks Heiratsantrag war Jenny überglücklich gewesen und hatte ihren Freund immer wieder gefragt, ob er es auch wirklich ernst meinen würde, was der junge Student natürlich jedes Mal lachend bestätigte.

Nachdem er kurz im Bad gewesen war, setzte Jurek sich einen Moment lang in den Flur. Jenny und er hatten hier einen kleinen Wandhocker angebracht, den sie aber nur selten nutzten. Höchstes, um schnell noch im Sitzen einen Einkaufszettel auf der schmalen Dielenkommode zu schreiben oder wenn einer auf den anderen wartete, bevor sie gemeinsam das Haus verlassen wollten. Nicht nur einmal hatten Jenny und er mit dem Gedanken gespielt, den Schemel wieder abzubauen und dafür einen großen Garderobenschrank aufzustellen. Zugleich wussten beide, dass sich Jennys Vater Klaus über den Hocker freute, da er ihm die Möglichkeit bot, sich seine Schuhe im Sitzen zuzubinden, bevor er nach einem Besuch mit seiner Frau Rosalie den Heimweg antrat.

Und jetzt saß Jurek hier. Er hatte sein iPhone dabei und tippte eine Nachricht an Małgorzata, seine Mutter. Kurz und knapp schrieb er ihr, dass er Jenny einen Heiratsantrag gemacht hatte und dass sie bald heiraten würden. Dahinter setzte er einen Smiley mit aufgerissenen Augen und ein *Daumen-rauf*-Symbol.

Nachdem Jurek die iMessage abgesandt hatte, zögerte er einen Moment. Er rief die Nachricht erneut auf und tippte auf *Weiterleiten*. Ins Adressfeld gab er nun die Kontaktdaten seines Vaters ein, entfernte Smiley und Daumen und schickte die Nachricht ab. Einfach so.

Nachdem das Sendegeräusch verklungen war, ließ er das iPhone sinken und lauschte in den Hausflur. Von oben hörte er den Hund bellen, den bedrohlichen Boxer des jugendhaften Mannes mit den kurzen Haaren, der meist eine Bomberjacke trug und einen aufgemotzten Golf GTI fuhr. Kein Typ, mit dem man befreundet sein wollte. Es ging sogar das Gerücht, dass der durchtrainierte und an den Oberarmen weitreichend tätowierte Nachbar vor dem Einzug in seine hiesige Wohnung im Gefängnis gesessen hätte. Zwar wusste man nichts Genaues, aber jeder aus dem Haus schien einen Bogen um ihn und seinen Hund zu machen. Bislang hatte Kostecki noch nie gesehen, dass jemand von den Mietern mit dem Mann, auf dessen Klingelschild der Name *Schröder* stand, jemals ein Wort gewechselt hätte. Nicht einmal der junge Pfarrer, der mit seiner Familie als letzter hier eingezogen war und jetzt direkt neben Jenny und Jurek wohnte. Dort, wo zuvor die alte Frau Zeisig gelebt hatte.

„Soll ich uns wieder ein Ei zum Frühstück machen?", flötete Jenny aus der Küche. „Oder hast du keine Lust mehr drauf?"

„Mach nur", rief Jurek zurück. „Heute ist schließlich noch Ostern."

Jenny lachte und er hörte, wie sie zum Spülbecken lief und den Topf mit Wasser füllte. Sie schien nach seinem Heiratsantrag völlig im Glück zu schweben.

Aus den oberen Stockwerken war jetzt das Geräusch einer sich öffnenden Wohnungstür zu hören, während zugleich unten die Haustür knarrte und eine Person das Gebäude betrat.

Dann Schritte. Jemand ging die Treppe hinauf.

Wieder Schritte und jemand ging hinab.

Außerdem war ein tapsendes Geräusch zu hören, offenbar der Hund, der seinem Herrchen folgte.

Die Haustür fiel ins Schloss und dann trat wieder Stille ein. Lediglich das Wasser auf dem Herd in der Küche begann langsam zu sprudeln. Und Jenny, die quer über den Flur gelaufen und im Bad verschwunden war, summte ein Lied. *Er gehört zu mir* von Marianne Rosenberg musste es sein, sie besaßen eine CD mit diesem Titel. „Er gehört zu mir, wie mein Name an der Tür", sang Jenny jetzt tatsächlich deutlich hörbar.

Als die Stimme seiner Freundin aus dem Badezimmer verstummt war, lauschte Jurek noch einmal in den Hausflur. Es war mucksmäuschenstill jetzt. Selbst aus der Pfarrerswohnung war nichts zu vernehmen. Das Kind, ein recht lebhaftes Mädchen mit blonden Locken, hörte man üblicherweise immer durch die verhältnismäßig dünnen Wände, wenn es lachte, laut spielte oder mal schrie. Jetzt hingegen drang kein Laut herüber und Jurek vermutete, dass die Familie einen Ausflug machte. Die drei waren eigentlich unauffällige Leute. Kurz nach ihrem Einzug hatten sie unten im Eingangsbereich einen Zettel aufgehängt und sich namentlich vorgestellt. Jenny fand das damals ganz witzig, aber Jurek hatte schon geahnt, dass die Nachbarn darüber eher den Kopf schütteln würden. Die Deutschen waren im Allgemeinen Einzelgänger, vor allem, wenn sie in Städten lebten. In seiner polnischen Heimat war das ganz anders. Dort waren das Miteinander und das Aufeinander-Achtgeben stärker ausgeprägt. Als der Zettel von der Pfarrersfamilie nach wenigen Tagen wieder verschwunden war, hatte sich Jurek die Kellerschlüssel geschnappt und kurzerhand bei seinen neuen Nachbarn geklingelt. Die freuten sich, dass er ihnen den zur Wohnung gehörenden Verschlag zeigte, was bislang wohl weder der Wohnungsverwaltung noch dem Hausmeister eingefallen war. Kein Wunder, hatte Jurek gedacht, auf den Keller kommen alle immer zuletzt. Jedenfalls war ihm nach dieser kleinen nachbarschaftlichen Hilfe ein wenig wohler zumute. Er hatte das Gefühl, sein Gewissen beruhigt und damit etwas Gutes getan zu haben.

„Dreieinhalb Minuten", rief seine Freundin, die zwischenzeitig wieder in die Küche zurückgekehrt war und ihn aus den Gedanken riss. „Die Zeit läuft!"

Offenbar hatte sie gerade die Eier ins Wasser gegeben.

Jurek schmunzelte. Er hatte es wirklich gut getroffen. Mit seinem Studium, mit seiner Wohnung hier. Und vor allem mit Jenny.

☙

„Wenn wir heiraten, dann auf jeden Fall in einer Kirche!", verkündete Jenny fröhlich, als sie Jurek wenig später am Frühstückstisch gegenübersaß.

„Selbstverständlich", bestätigte er und griff nach einem Ei, „etwas anderes würden meine Eltern und Verwandten auch gar nicht zulassen." Im selben Moment wusste er, dass sein Vater niemals zur Hochzeit kommen würde. Es sei denn, Jurek konnte sich doch noch dazu durchringen, in das Familienunternehmen einzusteigen. Aber für einen solchen Sinneswandel gab es zurzeit nicht den geringsten Anlass.

„Und Emilio müssen wir einladen", fuhr Jenny unbekümmert fort und biss herzhaft in ihr Marmeladentoast. „Er sagt, es sei so lustig, dass unsere Vor- und Nachnamen mit den gleichen Anfangsbuchstaben beginnen: J und K, Jenny Köhler und Jurek Kostecki."

Jurek verdrehte die Augen, sagte aber nichts. Er war nicht unbedingt ein Fan von Jennys ehemaligem Berufsschullehrer, der zudem im selben Chor sang wie sie und allen jungen Frauen schöne Augen zu machen schien. Aber wenn Jenny diesen Emilio partout dabeihaben wollte, würde er sich natürlich nicht widersetzen. Der Kerl war für Jureks Geschmack ein bisschen zu aufdringlich und riss in einem fort mehr oder weniger intelligente Witze. Aber zumindest sorgte er für Stimmung und auf einer Hochzeitsfeier konnte das vielleicht nicht schaden. Zumal dann, wenn Andrzej nicht dabei sein würde. Sonst nämlich avancierte Andrzej Kostecki auf Partys und Veranstaltungen schnell zum Liebling der Gäste. Kein Wunder, dachte Jurek, sein Vater war charmant, konnte sich gewählt ausdrücken und sah trotz seines nicht mehr ganz jugendlichen Alters noch auffallend gut aus.

Mit einem unüberhörbaren Ton meldete Jureks iPhone den Eingang einer Nachricht und riss ihn aus seinen Gedanken. Er hatte das Telefon vor dem Frühstück aufs Fensterbrett gelegt und überlegte nun, ob er es rasch holen und einen Blick darauf werfen sollte oder ob es unhöflich wäre, einfach vom Tisch aufzuspringen.

„Geh' nur", lächelte Jenny, die seine Gedanken erraten zu haben schien. „Vielleicht ist es ja was Wichtiges."

Jurek nickte und stand auf. Mit wenigen Schritten war er am Fenster und griff nach dem iPhone. Er entsperrte das Display und rief die Nachrichten-App auf. Es war tatsächlich eine Antwort von seinem Vater gekommen. Doch was Jurek las, verschlug ihm die Sprache. Er hatte keine Ahnung, wie er die Worte einzuordnen hatte. Aber er wusste, dass das Verhältnis zu seinem Vater von jetzt an noch schwieriger sein würde.

Leise wiederholte Jurek den kurzen Text, der ohne Anrede gekommen war und aus nur einem Satz bestand: *Wydziedziczę cię!* – Ich werde dich enterben!

Jenny
10:30 Uhr

Es war tatsächlich geschehen. Jurek hatte ihr einen Heiratsantrag gemacht! Einen echten, wunderschönen und total süßen Heiratsantrag. Jenny saß am Frühstückstisch und sah ihrem Freund dabei zu, wie er aufstand und zum Fenster lief, um sein Handy zu holen.

Wie schön, dass es jetzt amtlich wurde. Zwar war es im Prinzip schon länger ausgemacht, dass sie irgendwann heiraten würden, aber weder stand ein Termin fest, noch hatte es einen klassischen Heiratsantrag gegeben, den Jenny sich doch so sehr wünschte. Gleichzeitig hatte sie Jurek bisher aber auch nie darauf angesprochen und ihm klargemacht, wie wichtig ihr diese Sitte aus vergangenen Zeiten war. Im Grunde wusste sie selbst nicht genau, warum sie sich so sehr danach sehnte. Möglicherweise hatte sie einfach zu viele Arztromane gelesen.

Schmunzelnd griff sie nach einem Toast. Sie war hoffnungslos altmodisch. Selbst als sie vorhin beim Eierkochen aus dem Fenster geschaut und gesehen hatte, wie der junge Mann aus der ersten Etage mit seinem Hund das Haus verließ und dabei in der Hand einen Blumenstrauß hielt, war ihr ein Seufzer entglitten. *Fosteriana-Tulpen*, hatte sie gedacht. Es mussten *Fosteriana-Tulpen* sein. Man erkannte es an den großen Blütenkelchen, die auf langstieligen Stängeln saßen. Jenny kannte diese botanische Schönheit aus ihrer Gärtnerei gut, schließlich galten *Fosteriana-Tulpen* als beliebter Klassiker unter den Schnittblumen im Frühling.

Ja, hatte Jenny beim Blick auf den Blumenstrauß des Nachbarn gedacht, über ein solches Geschenk würde sie sich auch freuen. Aber sie hatte heute ja ein viel größeres Geschenk erhalten! Den Hochzeitsantrag von Jurek, ihrem Freund, der jetzt am Fenster stand und auf das Display seines Telefons starrte.

Jenny fiel auf, dass er einen erschrockenen, fast panischen Eindruck machte. „Ist was passiert?", fragte sie ihn mit überraschend belegter Stimme und merkte zugleich, dass ihr Herz heftig zu pochen begann.

Jurek schüttelte den Kopf. Langsam und ohne vom Bildschirm seines Mobilgerätes aufzuschauen.

Sie hatte diesen merkwürdigen Gesichtsausdruck bei ihrem Freund noch nie gesehen und spürte, dass er ihr Angst machte. All die Freude, die sie angesichts des Heiratsantrags eben noch verspürt hatte, verschwand. Stürzte zusammen. Zersplitterte. Jenny wusste nicht, warum. Aber sie wusste, dass es so war. Es musste etwas Schlimmes passiert sein, sonst würde Jurek nicht so aussehen, wie er aussah. Sie kannte ihn gut, ja fast so gut, als wären sie schon ihr ganzes Leben lang zusammen gewesen. Dabei waren es erst knapp zwei Jahre, seit sie ihn auf einer Geburtstagsfeier ihrer Kollegin Annika kennengelernt hatte. Damals war ihr der scheue und zurückhaltende junge Mann, der von Annikas Verlobtem Alexander eingeladen worden war, erst auf den zweiten Blick aufgefallen. Er hatte etwas abseits in einem gemütlichen Ohrensessel gesessen und in einem Computermagazin geblättert.

„Alex kennt ihn aus der Uni", wurde ihr von Annika kichernd erklärt, als Jenny auffallend lange in Jureks Richtung geblickt hatte. „Sie sind als Werkstudenten beide in derselben Abteilung tätig."

So hielt Jenny es für keine schlechte Idee, sich mit einem halbvollen Cola-Glas in der einen und einem Käsebrötchen in der anderen Hand dem Sessel gegenüber an die Schrankwand zu lehnen. Während sie hin und wieder einen Schluck trank und einen Bissen nahm, beobachtete sie den blonden Studenten und wunderte sich darüber, wie man so sehr in einer Zeitschrift versunken sein konnte, dass man seine Umgebung nicht mehr wahrnahm. Zumal es auf Annikas Geburtstagsfeier alles andere als leise zuging.

Irgendwann, als Jennys Glas schon fast leer getrunken und das Käsebrötchen längst aufgegessen war, schaute der junge Mann endlich hoch und ihre Blicke trafen sich. Jenny lächelte ihm zu und stellte den Teller, den sie solange in der Hand gehalten hatte, in eines der offenen Fächer der Schrankwand.

„Dein Heft muss ja echt spannend sein", sagte sie schließlich und wies auf das Computerjournal.

„In der Tat", gab er zurück und ein Schmunzeln huschte über seinen Mund. „Aber bei Weitem nicht so spannend wie *du*!"

Danach war alles recht einfach gewesen und schnell gegangen. Sie hatten sich einander eine Kurzversion ihrer Biografie erzählt, ein paarmal miteinander getanzt und nach dem Ende der Geburtstagsfeier wurde sie von Jurek brav nach Hause gebracht und zum Abschied schüchtern auf die Wange geküsst.

Mit Schmetterlingen im Bauch und einem hellblauen Sommerkleid am Leib hatte sie ihn dann schon zwei Tage später wiedergetroffen. Sie waren gemeinsam ins Eiscafé gegangen und glücklich gewesen. Und sie hatten schnell gemerkt, dass zwischen ihnen einfach alles stimmte. Dass alles passte, wie es passen sollte.

So kam es dann auch, dass sie irgendwann ganz selbstverständlich davon ausgingen, eines Tages zu heiraten und Kinder zu haben. Und doch hatte Jenny sich insgeheim gewünscht, dass Jurek ihr einen echten Heiratsantrag machen würde. Dass der liebenswürdige, nach außen oft scheue, gutaussehende und aus Polen stammende blonde Student Jurek Kostecki ihr, der begeisterten Gärtnerin Jenny Köhler die Frage aller Fragen stellen würde. Die Frage, die er heute dann auch tatsächlich gestellt hatte: die Frage, ob sie ihn heiraten wolle.

Und nun? Was war nun?

Jenny wusste es nicht. Aber was sie sah, machte ihr Angst.

Jurek
Zur selben Zeit

Wydziedziczę cię! – Ich werde dich enterben! Was dachte sich sein Vater eigentlich dabei, so auf die Ankündigung der Hochzeit mit Jenny zu reagieren? Jurek war außer sich vor Wut, aber er wusste nicht, wie er seine Wut kanalisieren sollte. Wie er ausdrücken sollte, was er empfand. Also schwieg er.

Versuchend, sich seinen tatsächlichen Gemütszustand nicht anmerken zu lassen, setzte er sich zurück an den Frühstückstisch und griff nach seiner Kaffeetasse. Erst als seine Lippen die Tasse berührten, merkte er, dass sie leer war.

„Hey, was ist denn passiert?", fragte ihn Jenny erneut und er nahm wahr, dass ihre Stimme heiser klang.

Abermals mit dem Kopf schüttelnd legte er sein iPhone aus der Hand und suchte, eifrig, aber doch völlig abwesend, auf dem Tisch nach einer weiteren Scheibe Toast. Jenny anzusehen, vermied er. Was sollte er ihr sagen? Sollte er ihr sagen, dass die Nachricht seines Vaters ihn so dermaßen verletzt hatte, dass er selbst darüber erstaunt war? Sollte er ihr sagen, dass er ahnte, was hinter dem zornigen Text von Andrzej Kostecki steckte? Dass sein Vater nicht nur sauer darüber war, dass Jurek Informatik studierte, statt sich in die Firma einzubringen, sondern dass es für seinen Vater ein Skandal war, dass sich Jurek mit einer Deutschen eingelassen hatte, die er nun sogar zu heiraten gedachte?

Jurek wusste, dass Andrzej nicht nur die berufliche Entscheidung seines Sohnes ein Dorn im Auge war, sondern auch dessen Beziehung zu Jenny. Małgorzata hatte es ihm gegenüber unlängst hinter vorgehaltener Hand angedeutet: *Vater will nicht, dass du dich an eine Deutsche hängst!* Dann hatte sie ihm erklärt, dass es mit den Großeltern von Andrzej zu tun hatte, die im Zweiten Weltkrieg keine guten Erfahrungen mit den deutschen Soldaten gemacht und ihren Hof in der Nähe von Mińsk Mazowiecki, rund 40 Kilometer östlich von Warschau, verloren hatten. Jureks Mutter selbst mochte Jenny und sah die Sache entspannt. Aber sie verstand auch ihren Mann und dessen Familiengeschichte. Letztlich war guter Rat teuer, doch Jurek hätte nie gedacht, dass ihn das

Wydziedziczę cię! seines Vaters so treffen würde. Nicht wegen des Geldes, sondern wegen der Liebe, die er trotz aller Differenzen noch immer zu seinem Vater verspürte. Und die es ihm schwer, wenn nicht gar unmöglich machte, Jenny einfach so zu heiraten. Nein, er konnte sie nicht heiraten, jetzt, wo er wusste, dass sein Vater aus tiefstem Herzen dagegen war. Aber wie sollte er das Jenny sagen? Konnte er es ihr erklären? Wie sollte er sich entscheiden? Jurek Kostecki hatte keine Ahnung.

༄

Es war eine dumme, eine schwierige, absurde Situation. Und Jurek sah sich außer Stande, klar zu denken. Obschon Jenny ihn mehrfach gefragt hatte, was los sei, war ihm keine Antwort über die Lippen gekommen. Stundenlang hatte er geschwiegen und schließlich hatte sich seine Freundin verärgert ins Schlafzimmer zurückgezogen. Doch was sollte er ihr sagen? Er wusste ja nicht einmal, was er denken sollte.

Małgorzata, seine Mutter, hatte sich zwischenzeitlich auch gemeldet und ihm eine eher noch mehr verwirrende als hilfreiche Nachricht geschickt. *Ich hoffe, ihr habt euch das gut überlegt,* stand da. Und: *Dein Vater ist nicht begeistert.*

Jurek fragte sich, was *nicht begeistert* bedeuten sollte. Nach seinem Verständnis lagen zwischen *nicht begeistert* sein und *Ich enterbe dich!* Welten. Aber vielleicht wusste seine Mutter auch gar nicht, wie es in ihrem Ehemann wirklich aussah? Was in ihm vorging? Konnte das ein Mensch überhaupt von einem anderen Menschen wissen?

Jurek dachte daran, wie Andrzej mit ihm Drachen steigen war. Damals, jedes Jahr im Herbst, solange er denken konnte. Das waren schöne Momente gewesen. Oder in den heißen Sommertagen, als sie zusammen ihre Angeln am Teich in Grzędzice auswarfen oder baden waren im *Jezioro Miedwie*, dem Madüsee, rund 15 Kilometer südöstlich von Stargard. Im Winter holte der Vater stets den Schlitten heraus und sie zogen aufs Feld hinter ihrem Haus und machten eine gewaltige Schneeballschlacht.

Ja, dachte Jurek, es sind schöne Erinnerungen an eine schöne Zeit.

Als er dann aufs Internat ging und nur noch selten zu Hause war, hatten sich ihre gemeinsamen Unternehmungen meist auf gelegentliche

Spaziergänge ums Haus oder zur nahegelegenen Brücke über die *Ihna* beschränkt.

Den ersten richtigen Krach hatte es gegeben, als Jurek seinen Entschluss verkündete, in Deutschland Informatik zu studieren. Von diesem Zeitpunkt an begegneten sich Vater und Sohn wie Hund und Katze. Wie zwei verfeindete Brüder. Oder wie ehemalige Geschäftspartner, bei denen der eine den anderen im Stich gelassen oder übervorteilt hatte.

Trotzdem Jurek seinen Vater in gewisser Weise verstand, hatte er damals nicht die geringste Veranlassung gesehen, seine Entscheidung zu überdenken und die beruflichen Pläne zugunsten eines Einstiegs in die väterliche Firma zu ändern. Stattdessen war Jurek mehr oder weniger Hals über Kopf nach Berlin verschwunden und hatte sich hier niedergelassen. Erst in einer einfachen Studenten-WG und später, nachdem er Jenny kennengelernt hatte, in einer gemeinsamen Wohnung mit ihr. Dass all dies ein Affront gegen seinen Vater gewesen sein musste, war ihm durchaus klar. Doch nie hätte er geglaubt, dass der kluge, besonnene und selbstbeherrschte Unternehmer Andrzej Kostecki zu einem solchen Schritt fähig sein würde: die Heiratspläne seines Sohnes zu verachten und ihm mit Enterbung zu drohen. Aber es war passiert. Und Jurek spürte, wie unsicher er dadurch geworden war. Dass ihn die klare Ablehnung seines Vaters so tief schmerzte, dass er in Gedanken bereits eine Trennung von Jenny erwog. Doch konnte, durfte eine Liebe die andere zerstören?

Jenny
23:15 Uhr

Jurek hatte stundenlang geschwiegen. Mehrmals war Jenny zu ihm hingegangen und hatte auf verschiedene Weise versucht, ihm eine Antwort auf die Frage abzupressen, was eigentlich vor sich ging. Aber er hatte sie nur von sich geschoben und weder auf Zärtlichkeiten noch auf Schmollen reagiert. Schließlich war sie im Schlafzimmer verschwunden und hatte sich aufs Bett gelegt. Was hätte sie sonst auch tun sollen? Der Ausflug zum Weißen See, den sie angesichts des schönen Wetters eigentlich geplant hatten, war längst kein Thema mehr. Ihr gemütliches

Zusammensitzen bei Kaffee und Kuchen in der Küche hatten sie auch ausfallen lassen. Und jetzt, am Abend, war es für jegliche Unternehmungen ohnehin zu spät.

Schade, dachte Jenny, schade, dass dieser Tag so verschwendet worden ist.

Irgendwann, schon weit nach elf, hatte sie sich zwei Scheiben Brot mit Gurke und Paprika belegt und statt des sonst üblichen gemeinsamen Abendessens ebenso allein wie lustlos einverleibt. Die Bissen hatte sie kaum herunterbekommen und eine gefühlte Ewigkeit gebraucht, um den Teller leer zu bekommen. Anschließend hatte sie ihre Arbeitstasche für den morgigen Tag gepackt, den Wecker auf 5 Uhr 30 gestellt und gerade damit begonnen, sich für die Nacht aus den Klamotten zu schälen, als Jurek plötzlich im Flur vor ihr stand, unmittelbar vor der Schlafzimmertür.

„Ich weiß nicht, ob die Idee mit der Hochzeit vielleicht doch ein wenig ... übereilt war", sagte er leise und blickte Jenny hilflos an wie ein Kind, das sich verlaufen hatte und einen Passanten nach dem Weg fragte.

Jenny war bestürzt, enttäuscht und, ja, auch wütend. „Was soll das auf einmal?", fragte sie ihn. „Willst du mich veralbern? War das alles gar nicht ernst gemeint heute Morgen? Alles nur ein Scherz? Oder was?"

Jurek starrte sie wortlos an.

„Ich habe dir eine Frage gestellt, Jurek Kostecki", bohrte sie weiter und merkte, wie ihr die Hitze ins Gesicht schlug. „Und ich erwarte eine Antwort darauf!"

„Es ist vielleicht ... zu früh?! Mein Vater ..."

„Dein Vater? Na gut, dann werden wir eben nicht heiraten!", schrie sie Jurek an, ohne auf die Fortsetzung seines Satzes zu warten.

Sie griff in einem für sie völlig unüblichen Wutausbruch nach ihrer Jacke, stürmte zur Wohnungstür und riss sie auf. Sollte Jurek doch sehen, wie er zurechtkam!

Ohne zu zögern lief sie hinaus und nahm die wenigen Treppenstufen zum Ausgang hinab.

„Jenny!", rief ihr Jurek hinterher, „warte doch!"

Zornig hielt sie inne und drehte sich um. Ihr Freund – oder war er zu diesem Zeitpunkt bereits ihr Ex-Freund? – stand oben in der Tür und sah vollkommen hilflos aus. So hilflos, dass er Jenny schon fast wieder leidtat.

Mit hängenden Schultern warf er ihr einen flehenden Blick zu und ... war von Nebel umgeben.

Jenny schüttelte kurz den Kopf. Schloss die Augen für eine Sekunde. Der Nebel blieb.

Dann roch sie verbranntes Holz. Beißend. Beim Einatmen in der Lunge schmerzend.

Jurek schien es zeitgleich wahrzunehmen. Er griff nach dem Taster neben der Wohnungstür und schaltete das Treppenlicht ein.

„*Na miłość boską!*", rief er, „um Himmels willen!"

Und genau wie er sah nun auch Jenny, dass das gesamte Haus von dichten Rauchschwaden durchdrungen war.

„Es brennt irgendwo!", murmelte Jenny und war im nächsten Moment bei Jurek, der sie aber zurückschob und ihr mit heftig wedelnden Armen klarmachte, dass sie das Gebäude sofort verlassen sollte.

„Geh raus, bring' dich in Sicherheit!", wies er sie an. „Ich werde die Nachbarn alarmieren."

Jenny nickte, sah Jurek kurz unsicher an und machte dann genau das, was er ihr geraten hatte: Sie verließ das Haus und stellte sich auf die andere Straßenseite. Als sie den Blick nach oben richtete, erstarrte sie: Das Dach stand in Flammen!

III.

AUS NÄCHSTER NÄHE

Martin Cornelius Schenck und Susanne Schenck-Lutze
Vor dem brennenden Haus, 23:45 Uhr

Erst nach und nach begann Martin Cornelius Schenck das Ausmaß dessen zu begreifen, was gerade passierte. Das Feuer hatte eine so gewaltige Kraft, dass es sich immer weiter in die Wohnungen des Hauses fraß. Desselben Hauses, in dem Martin mit seiner Familie noch bis vor einer halben Stunde glücklich und zufrieden gelebt hatte. Seit einem knappen Jahr war er fast täglich von hier aus zu seinem Dienst aufgebrochen. Zu Geburtstagsbesuchen von Gemeindemitgliedern, zu Besprechungen in der Superintendentur oder, sonntags, zum Gottesdienst. Zwar lebten Susanne und er noch nicht allzu lange in dem modernisierten Gebäude aus den 1930er Jahren, aber beiden gefiel ihr Zuhause sehr. Es lag ebenso ruhig wie verkehrsgünstig, der Weg bis zum Gemeindehaus und dem Kindergarten war kurz und die Nachbarn schienen – soweit sich das nach einem Jahr beurteilen ließ – im Großen und Ganzen in Ordnung zu sein. Okay, es fanden sich auch Personen hier im Haus, um die Susanne und er lieber einen Bogen machten, aber es gab keinen offenen Streit. Keine überempfindlichen Rentner, die wegen jedes Kinderlachens gegen die Wand klopften oder sich über zu laute Musik beschwerten.

Und nun standen sie hier, die Nachbarn. Genauso wie Susanne und er. Vor einem Bauwerk, aus dessen oberen Etagen Flammen schlugen. Und aus dessen Eingangstür unerlässlich Löschwasser rann, welches die Feuerwehrleute auf der Drehleiter oben mit starkem Druck in den Brandherd pumpten.

Es war aber nicht nur das Feuer, was für Zerstörung sorgte, und selbst wenn seine und Susannes Wohnung im Erdgeschoss kein direktes Opfer der Flammen werden würde, dürfte das Löschwasser genügen, um den weit überwiegenden Teil ihres Hab und Guts zu vernichten.

„Wo werden wir bloß in Zukunft wohnen?", fragte Susanne, bemüht, sich den Schock über die gegenwärtige Situation nicht anmerken zu lassen.

Martin zuckte mit den Schultern. „Vielleicht kann uns die Landeskirche mit einer neuen Unterkunft helfen. Meines Wissens stehen in der Stadt einige Gemeindehäuser leer, in denen früher mal die Pastoren gewohnt haben. Solange für diese Objekte kein Käufer gefunden wurde, kann die Kirche sie vielleicht noch nutzen."

„Sicher. Alles wird gut. Wir müssen nur sehen, dass Luzie zurechtkommt", ergänzte Susanne mit einem Anflug von trotzigem Aktionismus.

Martin nickte. Seine Frau hielt die gemeinsame Tochter noch immer auf dem Arm und die Kleine kuschelte sich eng an ihre Mutter. Die ungewohnte Situation schien sie verständlicherweise zu verwirren und Luzies Gesichtsausdruck wechselte in kurzer Folge zwischen ängstlicher Scheu und neugieriger Verblüffung. Gerade für das Kind würde die nächste Zeit schwer werden, dachte Martin. Luzie hatte sich eben erst so richtig eingelebt in ihrer neuen Umgebung. Auch für Susanne dürfte der Verlust ihres vor gerade einmal einem knappen Jahr bezogenen Zuhauses schwer zu verkraften sein. Martin wusste, dass sie gern hier wohnte und dass ihr die Arbeit im Kindergarten großen Spaß machte. Es war immer schon ihr Wunsch gewesen, die Kleinsten zu betreuen. Schon als sie sich kennengelernt hatten, vor 15 Jahren, schon damals hatte Susanne von diesem Traum gesprochen. Und war dann doch Studentin der Germanistik geworden. Erst später, nach der Geburt von Luzie und einem Jahr Elternzeit, welches sie allein in Anspruch genommen hatte, wurde das Wunder wahr: Der Gemeindekindergarten in dem Dorf in Nordbrandenburg, in dem sie lebten, suchte Verstärkung. Und was lag da näher, als die Frau des Pfarrers zu fragen? Also war Susanne in einen Schnellkurs für Erzieher geschickt worden und konnte schon bald eine eigene Gruppe betreuen. Die *Mariechenkäfer*, wie sie sich nannten, kleine Leute von 3 bis 4. Noch nicht im Vorschulalter, aber auch keine Krippenkinder mehr. Susanne hatte es großen Spaß gemacht und genauso groß war dann auch die Enttäuschung gewesen, als die Nachricht von Martins Versetzung in die Stadt kam, nach Berlin. Doch es ließ sich eben nicht ändern und sie beide, Susanne und Martin, hatten im Grunde von Anfang an gewusst, dass ihr Aufenthalt in dem kleinen Dorf in Brandenburg nicht auf Dauer ausgelegt sein würde.

Nachdem der Brief mit dem Versetzungsbescheid eingetroffen war, hatte sich Martin sofort auf den Weg nach Berlin gemacht, dort seine Fühler ausgestreckt und nach Möglichkeiten gesucht, damit Susanne in ihrem Beruf bleiben konnte. Und tatsächlich: Genau zum richtigen Zeitpunkt wurde eine Stelle in dem kirchlichen Kindergarten frei, der zu Martins neuer Gemeinde gehörte. Insofern war alles perfekt. Wie für sie gemacht. Bis vor einer halben Stunde, als ihr Leben sein Zuhause verlor.

☙

„Vielleicht sollte ich mal nach den anderen sehen", sagte Martin irgendwann. Er musste versuchen, seine düsteren Gedanken vorerst zu verscheuchen. Genauso, wie er die Frage nach Gott und nach seinem Glauben verscheuchen musste, denn diese Sache wog schwer und er hatte absolut keine Ahnung, wie es mit seinem Leben als Pfarrer weitergehen sollte. Ihre irdischen Pläne mochten ja noch eine Zukunft haben, aber wie war das mit den geistlichen?

Susanne nickte ihm zu. „Geh nur. Vielleicht kannst du einem der Nachbarn tröstend beistehen."

Martin streichelte Luzie über die Wange und bewegte sich dann ein paar Schritte in Richtung des Rettungswagens. Die Frau, die ihn nach Gott gefragt hatte, saß darin und wurde von einem Sanitäter betreut. Ihr Mann stand neben der geöffneten Seitentür und starrte auf das Geschehen im Fahrzeug. Martin überlegte kurz, ob er zu ihm hingehen und seine Hilfe anbieten sollte. Während seines Theologiestudiums hatte er viel über Seelsorge in Notsituationen gelernt, aber dieses Wissen war nur theoretisch gewesen, das hier war die Wirklichkeit. Und in der Wirklichkeit hatte er keine Ahnung, was er machen sollte. Eigentlich brauchte er selber einen Seelsorger. Aber das konnte er natürlich niemandem sagen. Außerdem fühlte er sich irgendwie getrieben, etwas

Nützliches zu tun. Also lief er einfach weiter und blieb neben einer Gruppe anderer Nachbarn stehen, ein Stück abseits des eigentlichen Sammelplatzes. Er erkannte das Pärchen aus dem Dachgeschoss, den Typen mit dem Boxer und – ein paar Meter daneben – den Journalisten aus der zweiten Etage. Vom Löschfahrzeug her war das laute Brummen der Wasserpumpe zu hören und eben bog ein weiterer Polizeiwagen in die Straße ein. Der Hund des Halbstarken fing an zu knurren und riss an der Leine.

„Was hat er denn?", fragte der smarte Typ von unterm Dach, der mit seiner Frau oder Freundin nur wenige Meter entfernt stand, „Hunger?"

Der Halbstarke begann nun ebenfalls zu knurren und murmelte irgendetwas vor sich hin, während er zunehmend Mühe bekam, seinen Boxer ruhig zu halten.

„Tjaja, die lieben Tiere", grinste der Dachgeschossmann. „Ich weiß schon, warum ich keine habe. Nicht mal einen Fisch."

„Hör, mal, Jaypeecee", raunte die Dame neben ihm, die sich in eine weiße Felljacke lümmelte und bislang ständig an ihrem Handy herumgespielt hatte, „lass doch den Hund in Frieden." Weder ihr noch ihrem Begleiter schien der Brand etwas auszumachen.

„Ick werd' dir gleich, von wejen Fisch", kodderte der Halbstarke in bestem Berliner Dialekt und drohte dem Mann aus dem Dachgeschoss mit seinem tätowierten Arm.

„Angenehm!", entgegnete der Tierlose unbekümmert. „Jannis Paul Conrad Brachler mein Name. Oder kurz J. P. C." Er wies auf die Frau in der Felljacke. „Und das ist Cindy, meine Schnecke."

Der Hund, der eben noch geknurrt hatte, wechselte in ein leises Wimmern und Martin fragte sich, ob es an J. P. C.'s Dreistigkeit, an Cindys Jacke oder an dem Holzteil lag, welches in diesem Moment vom Dach herabstürzte und mit Getöse auf dem Boden zerbarst. Die Feuerwehrleute waren mittlerweile über eine Drehleiter von außen in die oberste Etage eingedrungen und hatten mit Äxten ein Fenster zertrümmert. Nach und nach fielen Stücke des Rahmens herunter und blieben auf dem Gehweg vor dem Gebäude liegen. Auch die Reste eines Sonnenschirms, ein Blumenkasten ohne Blumen und eine Art Bambustruhe – beziehungsweise was davon noch übrig war – türmten sich bereits im Vorgarten auf. Die Polizei hatte den gesamten Bereich längst mit einem rotweißen Absperrband versehen und ließ niemanden mehr in die Nähe des Hauses.

„Bloß gut, dass ich die Hausratversicherung letztens noch mal aufgestockt habe", setzte J. P. C. seinen munteren Monolog fort, der angesichts der Situation nicht nur Martin bizarr vorkam, sondern auch die anderen in Hörweite stehenden Mieter sprachlos zu machen schien. Wie konnte man offenbar gut gelaunt dabei zusehen, wie das eigene Hab und Gut in Flammen aufging?

„Zahlen die eigentlich auch für verbranntes Bargeld?", fragte die Felljacke eher beiläufig, ohne dabei vom Display ihres Smartphones aufzusehen.

„Nur bis 3000 Euro", gab J. P. C. sachlich zurück und ließ ein Schmunzeln über sein Gesicht wandern. „Aber meine Goldmünzen, die sind komplett versichert!"

Der Boxer begann erneut zu knurren und sein Besitzer schüttelte den Kopf. „Ihr habt echt Probleme", sagte er und griff seinem Hund ans Halsband, um ihn besser unter Kontrolle zu bringen. Dann zeigte er nach oben. Dorthin, wo die Feuerwehrleute mit den Flammen kämpften. „Ist dit nich eure Bude, wo der Brand ausjebrochen is? Wat habt ihr'n da oben jelagert? Oder ist der Ersatz-Akku von eure Funkenbüchse explodiert?"

Jetzt wurde J. P. C. ärgerlich. „Hör mal", sagte er zu dem Halbstarken. „Der *Tesla* ist ein gutes Auto. Da explodiert nichts."

Der Hundebesitzer verdrehte die Augen.

„Wie heißt du überhaupt?", fragte ihn J. P. C.

Einen Moment lang schien der Halbstarke zu überlegen, ob er auf diese Frage wirklich antworten sollte. Möglicherweise ging ihm durch den Kopf, dass er den Mann nie wiedersehen würde, jetzt, wo das Haus abbrannte. „Danny", sagte er schließlich und brachte mit der Nennung seines Namens den Boxer schlagartig zur Ruhe. „Danny Schröder."

IV.

WAS ZUVOR GESCHAH

Danny Schröder
Tag des Brandes, 9:45 Uhr

Blaschko rannte zur Wohnungstür, stupste mit seiner nassen Schnauze gegen die gummierte Verkleidung des ehemaligen Briefschlitzes und lief dann in gleichem Tempo zurück in die Küche, um sein Herrchen durch zwei kurze, aber scharf gebellte Töne von der Wichtigkeit des Gassi-Gehens zu überzeugen. Dieses Spielchen wiederholte sich ein paar Mal und endete erst, als Danny Schröder seinem Hund unter Zuhilfenahme einer Dose Trockenfutter und des verchromten Fressnapfes klargemacht hatte, dass vor dem Spaziergang zunächst noch das Frühstück auf dem Tagesplan stand.

Blaschko war grundsätzlich ein kluges Tier, und so schien er die Intention seines Herrchens durchaus zu verstehen. Der Hund kannte Dannys Taktik, durch das Angebot einer Fütterung Zeit zu gewinnen. Trotzdem ließ sich der sportive Boxer nur mürrisch darauf ein und kroch mit hängendem Schwanz und traurigem Blick zu seinem Speiseplatz.

Auch Danny war grundsätzlich klug und wusste, wie es um seinen Hund bestellt war: Nach der Nacht drückte dem Tier die Blase und sein vierbeiniger Kamerad wollte sich endlich erleichtern. Zugleich konnte Danny nicht sofort mit Blaschko starten, sondern musste sich erst noch um die Blumen kümmern, die er gestern Nachmittag am Stand neben der alten Schule gekauft hatte. Wunderschöne Tulpen waren es und er hatte Glück gehabt, dass am Ostersonntag überhaupt Blumen verkauft wurden.

Danny griff nach dem Strauß und begann, ihn in die transparente Folie zu wickeln, die ihm der Blumenhändler mitgegeben hatte. Unter Zuhilfenahme eines Gummibandes raffte Danny die Stängel zusammen, warf einen letzten Blick auf sein Kunstwerk und legte den Strauß dann auf das Tischchen im Flur, welches einst eine massive, aber defekte Lautsprecherbox gewesen war, auf die er nach seinem Einzug einfach eine Holzplatte geschraubt und den *Subwoofer* so in ein nützliches Möbelstück verwandelt hatte.

Blaschko hob indes den Blick und sah von seinem Fressnapf auf. Wie es ausschaute, war sein Herrchen noch immer nicht klar zum Starten, denn es setzte sich zu allem Übel an den Schreibtisch vor den Flimmerkasten.

Und in der Tat: Danny war es gestern Abend nicht gelungen, das nächste Level in dem Online-Strategie-Spiel zu erreichen, welches er zurzeit unter großer Begeisterung mit ein paar Kumpels aus der Gaming-Szene daddelte. Vor dem Gassi-Gehen mit Blaschko wollte er daher jetzt gleich noch einen neuen Versuch unternehmen. Es kribbelte ihm einfach in den Fingern, vor seinem Aufbruch in die reale Welt das anvisierte Ziel zu erreichen. Wenigstens probieren wollte er es. Auch, wenn Blaschko deswegen ein paar Minuten länger warten musste.

Danny setzte sich also an seinen Computer und startete das Programm. Es war ein Taktik-Spiel, in dem es galt, sich als Agent mit einem bestimmten Auftrag ins Weiße Haus einzuschleusen und brisante Unterlagen zu entwenden. Zwar war die Story hinter der Spiel-Idee recht simpel und man musste keine geistigen Anstrengungen unternehmen, um voranzukommen, zugleich galt es, eine ganze Reihe von Fallstricken zu umgehen und schnell, effektiv und schlagkräftig zu handeln. Eigenschaften, die Danny nicht allzu schwerfielen und mit deren Hilfe er sich recht rasch in die höheren Ebenen des Spiels gekämpft hatte. Einzig die Renn-Sequenzen bescherten ihm Probleme: Immer wenn er gezwungen war, mit dem Auto des Agenten, dessen Rolle er im Spiel eingenommen hatte, zu flüchten, trat ihm der Schweiß in den Nacken. *Ich werde diese Scheißangst nicht los*, dachte er dann jedes Mal und ärgerte sich, dass er seine Gefühle und letztlich auch seinen Körper in diesen Situationen nicht im Griff hatte. Den Grund für sein *Versagen*, wie er es nannte, kannte Danny gut. Aber er versuchte, die Gedanken zu verdrängen. Wenigstens im Spiel, wenigstens in der virtuellen Welt, wollte er seinem Fluch entkommen.

ର

Keine zehn Minuten später hatte Danny es geschafft: Die Wachen am Tor zum Park des Weißen Hauses waren überlistet und er hockte jetzt hinter einer Konifere direkt vor dem am weitesten links gelegenen Fenster des Oval Office. Am Nachmittag würde er versuchen, ins Gebäude einzudringen, spätestens heute Abend.

Zufrieden schaltete Danny den Bildschirm aus, ging schnell aufs Klo und bedeutete Blaschko dann, dass es jetzt an der Zeit wäre, sich endlich gemeinsam nach draußen zu begeben und Gassi zu gehen. Wobei es etwas mehr werden würde als nur eine kleine Runde ums Haus. Denn es gab ein konkretes Ziel, welches er in der nächsten halben Stunde anzusteuern gedachte. Ein Ziel, zu dem er sich ebenso hingezogen fühlte, wie es ihm zuwider war.

An einem freien Tag wie diesem hätte sich Danny ohne Mühe viele interessante Sachen vorstellen können, die Spaß machten: Mit dem Mountainbike ins leere Stadtzentrum cruisen. Mit Blaschko eine Runde durch den Wald rennen. Mit den Kumpels vor dem noch geschlossenen Freibad abhängen. Oder im Fitnessstudio etwas für die Muskeln tun. Und natürlich weiterzocken im Internet; die Mission vor dem Weißen Haus fortsetzen. Aber nichts von alledem würde er machen. Stattdessen würde er tun, was er an Sonn- und Feiertagen seit dreieinhalb Jahren immer tat: Er würde Mirja besuchen. Und sein Ziel war das Wohnheim für Schwerbehinderte.

ର

Vom Flurschränkchen nahm er sich Schlüssel und Blumenstrauß, tätschelte Blaschko über die Flanke und öffnete dann die Wohnungstür. Der Hund war so aufgeregt, dass er seinen muskulösen Körper unmittelbar durch den schmalen Spalt zwängte, den die Tür bot, während Danny noch nach seiner Jacke griff. Zwar war heute schönes Wetter und vielleicht würde es wirklich endlich Frühling und damit warm werden, aber nach einem Blick auf die Wetter-App seines Handys hatte Danny gesehen, dass aktuell nur 12 Grad angezeigt wurden. Also kroch er in die dunkelgrüne Bomberjacke mit dem Piratenlogo auf der Rückseite, trat in den Hausflur und zog die Wohnungstür hinter sich zu. Gerade als er dabei war abzuschließen, kam der Typ aus dem Dachgeschoss die Treppe herauf und warf ihm im Vorbeigehen einen ebenso verächtlichen wie arroganten Blick zu.

Blaschko, der schwanzwedelnd neben Danny stand, begann zu knurren, aber der Typ winkte nur ab. Im nächsten Moment war er bereits aus Dannys Blickfeld verschwunden und nur noch seine Schritte auf den Treppenstufen zu hören.

„Du neureicher Schnösel", blaffte Danny ihm kaum hörbar nach, „hältst dich wohl für wat Besseret, wie?" *Aber vermutlich bist du sogar besser als ich*, fügte er in Gedanken hinzu. Denn das dürfte nicht besonders schwer sein. Spätestens seit dem Autounfall und der Sache mit Mirja war Danny Schröder sich bewusst, dass er eine schwere Schuld trug. Eine Schuld, von der nicht viele Leute wussten, schon gar nicht der piekfeine Schnösel aus dem Dachgeschoss und dessen *Madame*. Aber auch die anderen Nachbarn nicht. Und das war gut so. Denn dass er, Danny Schröder, von den meisten Menschen hier im Haus schief angesehen wurde, war ihm klar. Würden diese Leute seine Vorgeschichte kennen, hätte er möglicherweise noch mehr Ärger. Und Ärger konnte er keinen gebrauchen. Dass sie ihn schnitten und um seinen Hund einen großen Bogen machten, war die eine Sache. Aber wenn es auch noch passieren würde, dass er nicht einmal mehr auf die Gunst eines Mitmieters beim Thema Paketannahme oder zum Aufschließen für den Ableser der Wasseruhren zählen konnte, wäre das mehr als ungünstig. Als Maurer tummelte er sich den ganzen Tag über auf irgendwelchen Baustellen herum, überwiegend mit langem Anfahrtsweg. Sein Chef war ein harter Knochen, der ihm kaum freigeben würde, nur, weil daheim der Wartungsdienst kam und die Heizkostenmessgeräte überprüfen wollte. Und die Lieferanten der Online-Händler, bei denen Danny Schröder hin und wieder Teile für seinen Computer und vor allem günstiges Hundefutter für Blaschko bestellte, brachten ihre Sendungen natürlich fast ausschließlich tagsüber. Da war es gut, wenn wenigstens Frau Kernchen oder auch mal Herr Wulfert das Paket für ihn entgegennahmen.

Nein, dachte er, die Nachbarn sollten besser nichts über seine Vergangenheit wissen. Sie würden es ohnehin nicht verstehen. Und verurteilt war er bereits, das brauchte er nicht noch einmal, nicht auch noch hier.

„Komm Blaschko", sagte er schließlich, nickte seinem schwanzwedelnd vor der Wohnungstür wartenden Hund zu und sah dem Boxer grinsend hinterher, als der endlich glücklich nach unten stürmen durfte.

ଔ

Nachdem Danny mit Blaschko das Haus verlassen und um des Hundes willen eine kurze Runde um drei Straßenecken gedreht hatte, steuerte er sein Auto an. Der rote Golf GTI stand in einiger Entfernung an der Einmündung zur Hauptstraße. Danny hatte den Wagen hier geparkt, weil es die letzte freie Lücke gewesen war, die sich am Donnerstagabend nach seiner Rückkehr aus dem Fitnessstudio finden ließ. Die Parkplatzsituation in seiner Wohngegend hatte sich in den letzten Monaten wegen weitläufiger Baustellen und der damit verbundenen Sperrung zahlreicher Straßen deutlich verschärft.

Danny öffnete die Fahrertür, klappte seinen Sitz nach vorne und bedeutete Blaschko, auf die Rückbank zu klettern. Der Hund verstand den Befehl ohne viel Mühe. Oft genug waren sie zusammen unterwegs gewesen und oft genug hatte der Boxerrüde es sich im Heck des alten GTI bequem gemacht. Und so tat er es auch diesmal ohne Murren und Knurren.

Als das Tier ins Fahrzeug geschlüpft war, stieg Danny ebenfalls ein, startete den Motor und fuhr los. Den Weg kannte er im Schlaf, in den letzten Jahren hatte er ihn unzählige Male hinter sich gebracht. Seit Mirja im Wohnheim lebte, war er immer wieder zu ihr gefahren. Sie freute sich darüber – glaubte er zumindest, denn seit dem Unfall war es seiner ehemaligen Freundin kaum mehr möglich, ihre Gefühle verständlich zu kommunizieren. Seit dem Unfall war sie schwer pflegebedürftig. Und seit dem Unfall war sie nicht mehr derselbe Mensch wie zuvor. Seit dem Unfall, an dem er, Danny Schröder, schuld war.

Er konnte es nicht ändern, auch wenn er es so gern ungeschehen machen würde. Es gab keine Entschuldigung, keine Möglichkeit zur Abwendung, nichts. Es hätte einfach nicht passieren dürfen! Er hätte nichts trinken dürfen damals. Nicht dieses bescheuerte, illegale Autorennen mitmachen dürfen, bei dem Mirja als Beifahrerin im Wagen gesessen hatte. Aber es war passiert. Mit allen Konsequenzen. Damals war er so glücklich gewesen, endlich zu der Clique von Jugendlichen und jungen Erwachsenen zu gehören, die ihre Freizeit miteinander verbrachten, zusammen durch Kneipen zogen und, ja, auch mal über die Stränge schlugen. Autos und Mädchen waren seine Welt gewesen damals. Und der Alkohol gehörte eben dazu.

Als Kind hatte Danny es in der Schule schwer gehabt. Seinen Vater sah er in jenen Jahren kaum und seine Mutter rackerte sich ab, um ihre beiden Kinder irgendwie durchzubringen. Auch sie trank regelmäßig. Und viel.

Danny schrieb fast nur schlechte Noten und wurde von seinen Klassenkameraden gehänselt. *Dickusch*, nannten sie ihn, obwohl er eigentlich eher schlank war. Woher dieser Spitzname gekommen war, hatte er nie herausgefunden. Schließlich war er dann mit siebzehn an eine Gruppe von Jugendlichen geraten, die ihn vorbehaltlos aufnahmen. Die weder nach seinen Noten noch nach seiner Familiensituation fragten. Unter ihnen fühlte Danny sich wohl. Weil er akzeptiert wurde. Und so kam dann irgendwann die Sache mit den Autorennen.

Mitten in seine Gedanken hinein zuckte Danny plötzlich zusammen und trat blitzschnell auf die Bremse. Da war ein Typ vor sein Auto gelaufen, einfach so! Und um ein Haar hätte er den Mann mitgenommen!

Danny Schröder merkte, wie ihm der Schweiß auf die Stirn trat. Er war langsam gefahren und hatte zudem akribisch auf die schwer einzusehenden Kreuzungen mit Rechts-vor-Links-Regel geachtet. Dass aber ein Fußgänger einfach so zwischen zwei geparkten Autos erschien und ohne zu Zögern den Fuß auf die Straße setzte, war nicht vorauszusehen gewesen. Was war los mit dem Kerl? Hatte der keine Augen im Kopf?

Danny blickte zur Seite und sah, wie der Mann seinen Weg unbeirrt fortsetzte. Er war sich nicht sicher, aber für einen Moment glaubte er, dass es sich bei dem Typen um einen seiner Nachbarn handeln könnte – diesen Journalisten aus dem zweiten Stock.

Danny atmete tief durch und drehte sich kurz nach Blaschko um. Das Tier schien von dem heftigen Stopp nicht großartig irritiert worden zu sein und lag nach wie vor entspannt auf der Rückbank des GTI. Also nahm Danny den Fuß von der Bremse und setzte den Wagen behutsam wieder in Bewegung. Momente wie dieser waren ihm ein Graus. Und auch wenn er in der Therapie gelernt hatte, mit derartigen Situationen umzugehen, waren sie doch jedes Mal eine große Herausforderung für ihn.

Eigentlich hatte er das Autofahren ganz seinlassen wollen nach dem Unfall. Aber die Therapeutin hatte gesagt, dass dies eine völlig falsche Herangehensweise wäre. Man müsse sich seinen Ängsten stellen und dürfe auf keinen Fall damit anfangen, schwierige Situationen schon im Vorfeld zu vermeiden.

Also hatte er sich nach seiner Entlassung aus der Strafvollzugsanstalt den alten Golf GTI gekauft, der nach mehr aussah, als er wirklich war. Für 500 Euro hatte er ihn seinem in Halberstadt wohnenden Cousin Marco abgeluchst, der als Zeitsoldat bei der Bundeswehr angestellt war und inzwischen einen Dienstwagen fuhr. Das Geld für den GTI hatte Danny in der Haft gespart; es war der Lohn für seine Arbeit in der Tischlerei gewesen. Ausgegeben hatte er fast nichts. Und die Miete für die kleine Wohnung, die ihm sein Sozialarbeiter besorgen konnte, zahlte in den ersten Monaten noch das Amt. Danach war er durch seinen Job in einer Maurerfirma, den ihm ebenfalls der Sozialarbeiter verschafft hatte, in der Lage, seine Lebenshaltungskosten selbst zu bestreiten.

Ja, dachte Danny, so war das. Und seine Vergangenheit war noch immer höchst präsent, was er in Augenblicken wie dem gerade erlebten Fast-Unfall überdeutlich spürte.

ఞ

Eine knappe Viertelstunde später betrat Danny Schröder den Eingangsbereich des Wohnheims für Behinderte in der Schlossallee. Direkt im

Foyer stand eine riesige Bodenvase, in der blühende Forsythienzweige steckten. Bunte Ostereier hingen daran und Danny musste schmunzeln: Blaschko, den er vorsorglich im Auto gelassen hatte und der dort ein Nickerchen machte, würde seinen Spaß mit den Eiern haben. Erst neulich war es dem Boxer im Einkaufszentrum gelungen, für erhebliches Aufsehen zu sorgen, als er sich ein bisschen zu heftig mit der vorösterlichen Dekoration beschäftigt hatte. Danny war es nur mit Mühe geglückt, seinen Hund von einem Strauch mit drapierten Küken und Holz-Osterhasen wegzuzerren, bevor Blaschko das hübsche Ensemble neben dem Buchladen vollkommen zerlegen konnte. Insofern war es nicht unklug gewesen, den Boxer heute im Golf zu lassen. Hunde wurden im Wohnheim ohnehin nicht gern gesehen, schon gar nicht Hunde von Blaschkos Größe. Die beiden Pförtner waren zwar beide durchaus tierlieb, aber einer von ihnen nahm es mit der Hausordnung sehr genau und bestand darauf, dass Blaschko draußen angebunden werden müsse und das Gebäude nicht betreten dürfe.

Heute, das war Danny nicht verborgen geblieben, hatte der jüngere Pförtner Dienst. Der, der Blaschko wohlgesonnen war und ihn schon mal zu sich holte, um ihn unter dem Tresen heimlich mit Leckereien zu füttern. Dennoch war es angesichts der faszinierenden Ostereier im Foyer sicher besser, dass der Hund im Auto blieb.

Danny nickte dem Pförtner kurz zu und stieg dann die Stufen zum ersten Stock hinauf. Mirja wohnte mit einer anderen jungen Frau im Zimmer 26, gleich links neben dem Treppenaufgang. Weil heute ein Feiertag war, würde sie nicht in der angrenzenden Behindertenwerkstatt arbeiten, sondern in ihrem eigenen kleinen Reich bleiben können.

Bevor Danny klopfte, zupfte er noch kurz an den Blumen in seiner Hand und brachte den Strauß in Form. Er wusste, dass Mirja Tulpen über alles liebte. Das war schon immer so gewesen. Schon vor dem Unfall, als sie noch ein ganz normales junges Mädchen gewesen war. Danny hatte Mirja zum ersten Mal im Stadtzentrum in der Filiale einer Bäckereikette gesehen, die es heute nicht mehr gab. Mirjas blonde Kurzhaarfrisur und ihr strahlendes Lachen waren ihm sofort aufgefallen und schließlich hatte er sie bei einem seiner nächsten Besuche in der Bäckerei angesprochen. Flapsig, wie er war, versuchte er es mit einem lockeren Spruch, der ihm im Nachhinein ziemlich dämlich vorkam, der damals aber für ein herzerfrischendes Lachen bei Mirja gesorgt und tatsächlich ein erstes Date ermöglicht hatte: „Ick nehm' heute zwei Stück Torte, weil ick nachher noch Besuch zum Kaffee krieje. Um Fünfe. Oder wann hast du Feierabend?"

So waren sie schließlich ein Paar geworden – er, der junge Maurergeselle Danny Schröder und sie, die seinerzeit achtzehnjährige Bäcker- und Konditorauszubildende Mirja Berndt. Zwischen ihnen hatte eigentlich alles gestimmt. Sie waren ein tolles Team, trotz ihrer so unterschiedlichen Herkunft: Während Mirjas Eltern gut verdienten, ein Eigenheim im südlichen Umland besaßen und eher der gehobenen Gesellschaftsschicht angehörten, stammte Danny aus einfachen Verhältnissen. Zwischen Mirja und ihm spielte das aber keine Rolle und sie schienen beide voneinander zu profitieren. Mirja von Dannys frischer Unbekümmertheit, seinem Ideenreichtum und seiner Gabe, auch mit wenig Geld auszukommen und Danny von Mirjas Klugheit und Weitsicht.

So war es auch gekommen, dass er rund einen Monat nach ihrem Kennenlernen zum ersten Mal Blumen für sie gekauft hatte. Ja, mehr noch: Er hatte überhaupt *zum allerersten Mal* in seinem Leben Blumen gekauft. Von da an tat er es regelmäßig. Und obwohl er darauf achtete, von seinen Freunden nicht dabei gesehen zu werden, war ihm diese neue Angewohnheit bald zur Selbstverständlichkeit geworden. Bis heute. Und so drückte er Mirja jetzt hier im Behindertenwohnheim den Strauß Tulpen in die Hand, als sie die Tür auf sein Klopfen hin geöffnet hatte und in ihrem Rollstuhl sitzend vor ihm stand.

ଦ୍ଦ

Es war immer wieder schwer für Danny, mit der bedrückenden Situation klarzukommen. In der Haft hatte er eine Phase durchgemacht, in der er sich am liebsten das Leben genommen hätte. Nicht wegen seines eigenen Zustandes, sondern wegen dem, was er Mirja angetan hatte.

Der Unfall war an einem verregneten Mittwochabend passiert. Danny und seine Freunde hatten sich an einem abgelegenen Ort nahe der Stadtgrenze verabredet. Dort gab es eine hervorragend ausgebaute asphaltierte Straße, auf der kaum Verkehr herrschte. Die Straße war gut einen Kilometer lang und endete im Nirgendwo. Nach allem, was

Danny wusste, sollte es eigentlich mal eine Verbindung zwischen zwei Fernstraßen werden, aber die Anwohner hatten kurzerhand einen Baustopp erreicht. Vielleicht waren auch irgendwelche seltenen Tiere auf dem Areal gefunden worden – Kreuzkröten, Zauneidechsen oder andere geschützte Reptilien. Doch wie auch immer, es war eine für den öffentlichen Verkehr praktisch keine Rolle spielende Piste. Die Anlieger nannten Sie *Die teuerste Sackgasse Europas*, Danny und seine Kumpels hingegen *Das Spielfeld*.

Am betreffenden Abend war er mit Mirja per Linienbus zum Treffpunkt gefahren. Für ein eigenes Auto hatten seine Ersparnisse damals nicht gereicht, zumal seine Gesellenprüfung erst wenige Monate zurücklag.

Mirja war zunächst dagegen gewesen, ihn zu begleiten. Ja, sie hatte sogar versucht, ihrem Freund den Unsinn auszureden, nicht zuletzt, weil er schon zwei Bier getrunken hatte. Schließlich war sie dann aber doch mitgekommen und Danny fragte sich heute manchmal, ob aus Nachgiebigkeit oder weil sie auf ihn aufpassen wollte. Jedenfalls waren sie gegen 20 Uhr am Ort des Geschehens eingetroffen. Dannys Freunde brachten bereits ihre Autos in Startposition. Hierfür hatten sie sich ein besonderes System ausgedacht, um festzulegen, wer gegen wen fahren und wer als Beifahrer fungieren sollte. Zweimal *Das Spielfeld* komplett zurückzulegen, war die Aufgabe. Einmal hoch bis zur Sperrbarriere am Ende der asphaltierten Straße, dann wenden und einmal zurück. Einer von denen, die gerade nicht am Steuer saßen, stoppte die Zeit. Der bisherige Rekord lag bei 72 Sekunden. An diesem Tag sollte er gebrochen werden.

So waren sie nacheinander gestartet. Je nach Lust und persönlicher Vorliebe entweder mit Reikos altem 150-PS-Opel-Astra oder mit dem aufgemotzten Renault Clio von Hendrik. Keiner von ihnen war an die Rekordmarke herangekommen und so hatte Danny gehofft, als letzter Fahrer Sieger zu werden und es unter 72 Sekunden zu schaffen.

Kurz vor dem Start hatte Mirja ein letztes Mal versucht, ihn zu stoppen. Weder wollte sie als Beifahrerin mit im Wagen sitzen, noch sollte Danny überhaupt mitmachen. Vielmehr war es ihr Ziel, ihrem Freund diese ganze bescheuerte Rekord-Nummer auszureden.

Danny hatte nicht auf sie gehört, sondern nur gelacht. Und so war Mirja dann doch widerwillig in den Opel eingestiegen und das Verhängnis hatte seinen Lauf genommen.

Bis zum Wendepunkt lag Danny sehr gut in der Zeit und auf dem Rückweg sah alles nach einem Sieg aus. Bis plötzlich alles schwarz wurde. Später wurde erzählt, dass Danny das Lenkrad ohne erkennbaren Grund herumgerissen hatte und dadurch in den Straßengraben geraten war. Ob er einem Tier ausweichen wollte oder was auch immer hinter seiner spontanen Bewegung steckte, wurde nie ermittelt. In jedem Fall waren die Auswirkungen seines hastigen Manövers gravierend: Der Opel geriet in eine Senke, wurde auf der gegenüberliegenden Seite wieder hochgerissen und kam nach mehrfachen Überschlägen endlich auf dem Feld zum Stillstand. Mit dem Dach nach unten.

Trotzdem Dannys Freunde ihm und Mirja sofort zur Hilfe gekommen waren, die beiden aus dem Wagen gezerrt und einen Notarzt verständigt hatten, erwiesen sich die Folgen als katastrophal: Danny lag mit Schädelbasisbruch und mehreren Rippenfrakturen drei Wochen im Krankenhaus. Und Mirja hatte sich eine irreversible Hirnschädigung zugezogen und war von jenem Augenblick an querschnittsgelähmt. Von jenem Augenblick an, den Danny um alles in der Welt ungeschehen machen würde, wenn er könnte. Aber das war unmöglich.

☙

Ein Jahr Freiheitsentzug hatte das Urteil gelautet, welches rund sechs Monate später über Danny Schröder verhängt worden war. Wegen einer blöden Vorstrafe – einem bescheuerten Diebstahl von zwei DVDs – schied eine Verurteilung auf Bewährung aus. So lief es also auf ein ganzes Jahr im Gefängnis hinaus. Eine harte Strafe, die er ohne jede Regung hinnahm. Er hatte sie verdient. Ja mehr noch, er hatte eigentlich das gleiche Schicksal wie Mirja verdient. Es war ungerecht, dass er fast vollständig wiederhergestellt war, seine Freundin hingegen fortan schwerstbehindert im Rollstuhl saß.

Die Zeit in der Strafvollzugsanstalt hatte Danny in einer Art Wutzustand gegen sich selbst erlebt. Nach seiner Entlassung war er schließlich in die ihm vom Sozialarbeiter beschaffte Wohnung gezogen und hatte sich mit Blaschko einen Gefährten zugelegt, der keine Fragen stellte. Dannys Start in den Alltag nach Unfall und Gefängnis erwies sich als äußerst beschwerlich und er merkte immer wieder, wie gebrochen er war. Auch wenn er versuchte, sein Umfeld durch körperliche Stärke zu beeindrucken, war er in Wirklichkeit schwach. Und unendlich traurig über den jetzigen Zustand seiner Freundin, für den er allein die Verantwortung trug. Er und niemand sonst.

୬

Nach einer guten Stunde verabschiedete sich Danny von Mirja und machte sich auf den Weg nach unten zu seinem Wagen. Hoffentlich, dachte er, war Blaschko nicht inzwischen wach geworden und tobte im Auto herum. Er ließ seinen Hund ungern länger allein im Fahrzeug zurück; in der kühleren Jahreszeit nur ausnahmsweise, im Sommer nie.

„Wie schön, dass Sie Ihre Freundin so regelmäßig besuchen", sagte der junge Pförtner aufmunternd, als Danny durch das Foyer schlenderte und den Ausgang ansteuerte, „das ist alles andere als selbstverständlich."

Danny verlangsamte seine Schritte und schluckte. Was sollte er sagen?

„Manche kommen nur die erste Zeit so häufig, wenn ein Angehöriger hier einzieht", schob der Pförtner nach. „Und dann sieht man die Leute nie wieder. Höchstens mal kurz vor Weihnachten für eine halbe Stunde."

Danny konnte sich vorstellen, was der Pförtner meinte. Und es war wirklich äußerst schwer, sich einer solchen Situation zu stellen; einen lieben Angehörigen, Freund oder guten Bekannten so zu sehen. In einem solchen Zustand! Es gab oft keine Worte. Nicht einmal die richtigen Gedanken gab es manchmal.

„Ach wat", winkte Danny ab, um das Thema schnell zu beenden und zeigte auf den Getränkeautomaten neben der Eingangstür, „ick komm' einfach immer wieder her, weil ihr so'n tollen Kaffee habt!"

Der Pförtner grinste und Danny war klar, dass der ihm keine Silbe glaubte. Sein Spruch mit dem *tollen Kaffee* war auch wirklich bescheuert, aber er wollte keine Schwäche zeigen. Er wollte den Coolen raushängen lassen.

Dass er alles andere als cool war, wusste nur Danny Schröder selbst.

ଔ

Kurz vor 14 Uhr parkte Danny seinen Golf GTI fast genau vor dem Wohnhaus. Nachdem er ausgestiegen und mit Blaschko auf den Eingang zugegangen war, kam einer der Mieter aus dem Dachgeschoss zur Tür heraus. Nicht dieser arrogante Schnösel, dem Danny vorhin begegnet war, sondern der, der drei Kinder hatte: Herr Kernchen.

Danny griff nach dem Halsband seines Hundes und zog Blaschko heran. Er musste den Nachbarn nicht mit seinem Boxer provozieren, schließlich schien der Mann ihm bislang wohlgesonnen gewesen zu sein. Also stoppte Danny kurz und ließ Herrn Kernchen passieren, der ein Kinderfahrrad bei sich hatte und ihm dankbar zunickte. Das Bike sah ein wenig ramponiert aus und Kernchen verschwand damit in Richtung der Mietergärten.

„Komm Blaschko, ab nach oben." Danny klopfte seinem Hund auf die Flanke und betrat das Haus. Nachdem beide die Treppen zu ihrer Wohnung genommen hatten und in den eigenen vier Wänden eingetroffen waren, erscholl aus der Nebenwohnung ein hämmerndes Geräusch. Es klang, als wäre der dort lebende ältere Mann oder dessen Frau mit dem Einschlagen eines Nagels in die Wand beschäftigt und Danny fragte sich, was man am Ostermontag, noch dazu während der Mittagsruhe – die ja überall hier in den Häusern als heilig galt – unbedingt anzubringen hatte. Herr oder Frau Klassen von nebenan sollten mal aufpassen, dass ihnen die anderen Nachbarn nicht aufs Dach stiegen und sich über den *Lärm* beschwerten. Erst neulich war Danny Ohrenzeuge geworden, wie eine Mieterin aus dem Haus schräg gegenüber sich beim Hausmeister über ein junges Pärchen beschwerte, welches offenbar mit Gästen noch nach 22 Uhr gefeiert hatte. Hoffentlich, dachte Danny, würden die Klassens nicht ähnlichen Ärger bekommen, wenn sie jetzt lautstark mit dem Hammer hantierten. Aber da waren die Schläge auch schon vorbei und im Haus trat die gewohnte Stille ein.

Danny legte sich eine Runde aufs Sofa, stellte den Fernseher an und schlief fast augenblicklich ein, während Blaschko sich um die Reste in seinem Futternapf kümmerte und anschließend ebenfalls ein Nickerchen machte.

☙

Erst gegen halb elf am Abend kam Danny dazu, sich wieder an den Computer zu setzen und sein Spiel fortzuführen. Nachdem er bis zum Einbruch der Dunkelheit auf dem Sofa geschlafen und sodann längere Zeit in der Küche zugebracht und endlich das Geschirr der letzten Tage gespült hatte, war die Abendrunde mit Blaschko fällig gewesen. Anschließend war er fast am Verzweifeln, als er mehr als eine Stunde brauchte, um seinen Internet-Router wieder zum Laufen zu bringen. Das Teil war schon etliche Jahre alt und muckte gerne mal herum. So hatte es ewig gedauert, bis Danny, beziehungsweise sein *Alter Ego*, der Agent, endlich an der Konifere direkt vor einem der Fenster des *Oval Office* in Washington D. C. neue Befehle empfangen und weitermachen konnte. Ziel dieses Levels war es, in das Gebäude einzudringen. Und Danny hatte auch schon eine Idee, wie er diese Herausforderung meistern konnte.

☙

Kurz bevor Danny Schröder mit seinem virtuellen Agenten in das Büro des Präsidenten stürmen und diesen überwältigen konnte, ging der Rechner aus. Das sonore Brummen des Lüftermotors verstummte und auch der Bildschirm wurde schwarz. Den Grund dafür musste Danny nicht lange suchen, denn Blaschko tobte wie wild unter dem Schreibtisch herum, knurrte und jaulte und wälzte sich auf dem Boden, als sei er plötzlich verrückt geworden. Hierbei musste der Hund das Stromkabel aus der Dose gerissen haben.

„Hey, Blaschko, was soll das?", maulte Danny das Tier verärgert an. „Ich war so nah dran!"

Doch Blaschko schien sich von der Ermahnung seines Herrchens nicht im Geringsten beeinflussen zu lassen. Er rannte wie besessen zur

Wohnungstür, bellte mehrmals, kam zurück und wiederholte das Ganze erneut.

Jetzt erhob sich Danny von seinem Platz vor dem PC und folgte seinem Hund in den Flur.

„Was hast du denn?", frage er verunsichert – und nahm im gleichen Moment Brandgeruch wahr. Deutlich und bedrohlich.

Danny griff nach der Klinke und öffnete die Wohnungstür einen Spalt.

Tatsächlich! Das Treppenhaus war in dichten Qualm gehüllt. In so dichten Qualm, dass Danny trotz der eingeschalteten Beleuchtung kaum mehr als einen Meter weit blicken konnte. Von oben drangen Rufe herab und irgendwo schrie jemand.

Blaschko bellte erneut, stieß Danny mit seiner Schnauze an den Oberschenkel und verschwand dann durch die offene Wohnungstür ins Treppenhaus nach unten.

Danny drehte sich kurz um, schnappte sich seine Jacke und griff geistesgegenwärtig nach dem Autoschlüssel und der Geldbörse vom Flurschränkchen. Anschließend verließ auch er die Wohnung.

Dass er hierher nie wieder zurückkehren würde, ahnte er nicht.

V.

DAS GEFÜHL DER VERLASSENHEIT

Martin Cornelius Schenck und Susanne Schenck-Lutze
Im Sonderbus, 0:35 Uhr

Martin begann zu frieren. Zwar hatte Susanne beim Verlassen der Wohnung geistesgegenwärtig ihre und seine Jacke mitgenommen und im Bus lief die Heizung, dennoch ging Martin die gegenwärtige Situation an die Nieren. Obwohl er nach wie vor versuchte, sich auf die anderen Mieter zu konzentrieren und eher ein Helfer als ein Hilfsbedürftiger zu sein, hämmerte die Frage seiner Nachbarin noch immer in seinem Kopf: *Wie kann Gott so etwas zulassen?* Sie war wie der auf- und abschwellende Ton einer Alarmsirene, diese Frage. Meine Güte, er war doch Pfarrer! Wie konnte ihm so etwas passieren? Dass ihn eine solche Frage, die er doch in der Theorie schon x-mal durchdacht und im Studium auch besprochen hatte, dass ihn eine solche Frage derart aus der Bahn warf!

Klar, diese Umstände hier, all das, was vor seinen Augen passierte, das war nicht Theorie, sondern bittere Realität. Und so halfen auch keine klugen Sprüche, keine platten Erklärungsversuche, denn hier herrschte echte Not. Tatsächliches Leid. Die Katastrophe war aus heiterem Himmel gekommen, nichts hatte darauf hingedeutet. Genau wie er selbst waren seine Nachbarn aus dem Schlaf gerissen oder inmitten abendlicher Ruhe von dem Feuer überrascht worden. Die Nerven lagen blank. Und was lag da näher, als emotional zusammenzubrechen? Die Frage seiner Nachbarin war doch verständlich: *Wie kann Gott so etwas zulassen?* Doch er hatte keine Antwort darauf. Vielmehr verspürte er ein Gefühl der Beklemmung. Der Angst. Der Gottlosigkeit. Als Pfarrer!

Der Bus, in dem sie jetzt saßen, war von der Feuerwehr bereitgestellt worden. Mit ihm sollten die obdachlos gewordenen Mieter in Kürze zu einem Hotel gebracht werden, welches als vorübergehendes Quartier ausgewählt worden war. Zumindest bis morgen früh und bis jeder der Betroffenen eine Lösung für seinen weiteren Verbleib finden konnte, hatte ihnen der Einsatzleiter kurz und knapp mitgeteilt.

Susanne, die im Bus neben Martin Platz genommen und Luzie auf ihren Schoß gesetzt hatte, wies nach draußen, wo zwei Polizeibeamte mit einem Angehörigen der Feuerwehr diskutierten. Einer der Polizisten zeigte hinauf zum Dachgeschoss und der Feuerwehrmann nickte.

„Was den Brand wohl ausgelöst hat?", murmelte Susanne mehr zu sich selbst.

Martin zuckte mit den Schultern. Ein technischer Defekt? Unachtsamkeit? Brandstiftung? Viele Ursachen waren denkbar und ihm fielen die Worte dieses J. P. C. Brachler aus dem Dachgeschoss ein: *Bloß gut, dass ich die Hausratversicherung noch mal aufgestockt habe.* Und: *Meine Goldmünzen sind komplett versichert!*

Waren das Hinweise auf einen Vorsatz? Eigentlich konnte Martin es sich kaum vorstellen. Und selbst wenn dieser Mann und seine Freundin ein bisschen ungewöhnlich auftraten, kriminelle Energie traute er keinem der beiden zu. Aber wer kannte schon die Menschen? Wer konnte in ihr Herz sehen? Außer ... Gott.

Da war das Gefühl wieder. Das Gefühl der Verlassenheit. Martin kam es vor, als sei ihm etwas Wichtiges abhandengekommen. Etwa so, wie wenn er seine Brieftasche oder seine Hausschlüssel verloren hätte. Wobei dieser Vergleich natürlich hinkte und nicht wirklich das beschrieb, was in seinem Kopf und seinem Herzen vor sich ging.

Vorn im Bus stieg gerade die Frau ein, die Martin mit der Frage nach Gott konfrontiert hatte. Ihr Mann stützte sie; beide sahen stark mitgenommen aus. Zugleich strahlte das Ehepaar eine Vertrautheit aus, die bemerkenswert war und Martin fragte sich, ob Susanne und er einst auch so wirken würden, wenn sie alt waren. So vertraut miteinander. So innig. Momentan waren sie es jedenfalls nicht. Denn bei aller Nähe war da doch immer auch eine gewisse Distanz, die Martin nicht wegdiskutieren konnte. Allein die Tatsache, dass er sich mit seinem akuten Problem, der Frage nach seiner Gottesbeziehung, nicht an seine Frau wandte, sie nicht mit einbezog, zeigte, dass da eine unsichtbare Wand zwischen ihnen war. Eine Linie, die er nicht überschritt.

„Hey, Kumpel! Je ma ma aus de Latichte", hörte Martin mitten in seine Gedanken hinein aus einer der hinteren Sitzreihen eine laute Stimme, die nur dem Halbstarken mit dem Boxer gehören konnte. Und richtig, ein kurzes Kopfdrehen genügte, um Gewissheit zu bekommen: Danny Schröder, wie der Hundebesitzer sich vor einer knappen Stunde gegenüber J. P. C. Brachler vorgestellt hatte, reckte seinen Hals und schien irgendetwas überprüfen zu wollen, was sich draußen vor dem Bus abspielte. Wieder war der junge Mann mit Brachler aneinandergeraten, der in der Reihe vor ihm stand und sich am Gepäcknetz zu schaffen machte.

„Bitte?", fragte Brachler und hielt in seiner Bewegung inne. Er hatte offenbar keine Ahnung, was Schröder von ihm wollte.

„Ge-hen-Sie-mir-bitte-mal-aus-dem-Sicht-feld", wiederholte Danny Schröder in betontem Hochdeutsch seinen zuvor in berlinerischem Dialekt vorgetragenen Wunsch. „Mann", ergänzte er dann murrend, „ick will nur kiecken, wo der Fahrer bleibt! Ob et bald losjeht!"

Brachler brummte irgendeine Unflätigkeit und winkte ab. Dennoch setzte er sich und gewährte Schröder freie Sicht nach vorn.

„Der ist mir nicht geheuer", flüsterte Susanne in Martins Ohr und wies dezent nach hinten.

„Schröder?"

„Nee!", gab sie zurück. „Sein Hund."

Martin zuckte mit den Schultern. Er wusste, dass seine Frau Hunde nicht besonders mochte, aber Schröders Boxer schien eigentlich ein gutmütiges Tier zu sein.

Der Busfahrer, der in diesem Augenblick eingestiegen war und sich hinter das Lenkrad gesetzt hatte, zog sein Handy heraus und tippte auf dem Display herum. Im Fahrzeug herrschte, vom soeben stattgefundenen kurzen, aber nicht minder laustarken Disput zwischen Schröder und Brachler abgesehen, Stille. Die Erwachsenen hingen ihren Gedanken nach; die meisten von ihnen starrten durch die Fensterscheiben nach draußen, wo noch immer ein emsiges Treiben der Feuerwehrleute zu beobachten war. Und die Jungs der Familie aus dem Dachgeschoss sahen genauso verängstigt und übermüdet aus wie Luzie. Sie sagten keinen Ton, sondern kuschelten sich an ihre Mutter.

„Wann das hier wohl losgeht?", fragte Susanne leise. „Sind doch schon alle im Bus, oder?"

Martin hatte keine Ahnung, worauf der Fahrer noch wartete. Auf ein Zeichen von der Polizei vielleicht? Aber im Grunde war das auch völlig egal. Denn ob er hier im Bus saß oder im Hotel weilte, spielte eigentlich keine Rolle. Schlafen würde er ohnehin nicht können, heute Nacht. Nicht mit der Frage im Kopf, ob er noch an Gott glaubte.

Susanne
Zur selben Zeit

Mit ihren 34 Jahren fand sich Susanne Schenck-Lutze noch jung genug, um *neu anzufangen*, wie man es nannte. Zugleich hatte sie dieses *Neu-Anfangen* – zumindest teilweise – erst vor einem Jahr praktiziert. Zu dem Zeitpunkt nämlich, als sie mit Martin aus Nordbrandenburg hierher in die Großstadt gezogen war. Ihr Haus, ihre Arbeitsstelle, sie hatte alles zurückgelassen und war mit ihrem Mann hierhergekommen, weil dieser eine neue Pfarrstelle übernehmen sollte. Der Umzug war ihr nicht leichtgefallen, aber letztlich hatte sie sich schnell eingelebt. Die Arbeit in der Kita der Kirchengemeinde war okay, die Kolleginnen nett und die Wohnung ganz in Ordnung. Es war zwar nicht mehr die geräumige Großzügigkeit eines echten Pfarrhauses, aber Martin und sie hatten sich ihr neues Reich gemütlich eingerichtet. Nun aber, vor knapp zwei Stunden, war abermals eine Veränderung eingetreten und ihre neue Wohnung den Flammen zum Opfer gefallen. Oder den Wassermassen aus den Schläuchen der Feuerwehr, wie auch immer. In jedem Fall würde es bedeuten, dass sie wohl wieder von vorn beginnen mussten.

Susanne strich Luzie über ihre blonden Locken. Das Kind kuschelte sich an sie und war verständlicherweise verunsichert und ängstlich.

Martin, der neben ihr saß, wirkte ebenfalls bedrückt und Susanne erschien es, als würde er über irgendetwas grübeln, was über diesen Brand, über diese momentane Situation hinausging.

Schon in den letzten Wochen war ihr aufgefallen, dass Martin zunehmend schweigsamer geworden war. Die Aufgaben, mit denen er hier in der Gemeinde zu tun hatte, waren vielfältig und er bemühte sich, es jedem recht zu machen: dem Gemeindekirchenrat, dem Superintendenten, den Gottesdienstbesuchern. Dass er sich dabei selbst zu wenig beachtete und kaum noch auftankte, merkte er nicht. Und auf Susannes vorsichtige Hinweise reagierte er entweder verständnislos oder schroff abweisend. Susanne war sogar aufgefallen, dass Martin keine neuen Predigten mehr verfasste, sondern sich fast ausschließlich aus dem Fundus seiner früheren Texte bediente, diese ein wenig adaptierte und dann in den Sonntagsgottesdiensten zum Besten gab. In der Bibel las er kaum noch.

All das waren Signale, die Susanne für höchst bedenklich hielt, denn wie sollte er unter einem solchen Druck die nächsten Jahre durchhalten?

„Ich glaube, jetzt geht es los", hörte sie die Stimme ihres Mannes. Martin wies nach vorn, wo der Busfahrer gerade auf einen Knopf drückte, um die Türen zu schließen. Dann wurde der Motor gestartet und das Fahrzeug setzte sich langsam rückwärts in Bewegung. Das Piepen des Rangierwarners war so durchdringend, dass es Susanne in den Ohren schmerzte. Auch der Boxer, der ihrem Nachbarn, Herrn Schröder, gehörte und ein paar Reihen hinter ihnen am Boden lag, begann zu jaulen. Er tat ihr ein wenig leid, obwohl Susanne Hunde auf den Tod nicht ausstehen konnte. Als Kind war sie mal von einem gebissen worden, einem böswilligen Spitz namens Balduin, der einer Bekannten ihrer Mutter gehört hatte. Das Tier war damals zunächst mit dem Anschein von Freundlichkeit auf Susanne zugelaufen. Diese hatte als unbekümmerte Fünfjährige fröhlich nach Balduin gegriffen, um ihn zu streicheln. Der Spitz aber führte offenbar anderes im Schilde und schnappte ohne Vorwarnung nach Susannes Hand, was eine tiefe Bisswunde auf der oberen Handwurzel zur Folge hatte. Die Narbe war noch immer zu sehen und seither stand Susanne mit Hunden jeder Art und Größe auf Kriegsfuß.

Martin war in dieser Hinsicht komplett anders gestrickt. Der hatte keine Angst von Hunden. Was aber auch kein Wunder war, denn bei den Schencks hatte es immer einen Hund gegeben. Gleichwohl war Martin zum Glück bislang nicht auf die Idee gekommen, über die Anschaffung eines eigenen Vierbeiners nachzudenken. Obwohl Luzie sicher nichts dagegen haben würde.

Endlich hörte das nervige Piepen auf und der Busfahrer hatte sein Wendemanöver abgeschlossen.

„Wird auch Zeit", murmelte Martin und Susanne nickte. So war es wohl.

ଓ

Als der Bus nach wenigen Minuten Fahrzeit vor dem Hotel stoppte, in dem die evakuierten Mieter den Rest der Nacht verbringen sollten, drängten sich die Insassen durch die beiden geöffneten Türen und steuerten den Eingang an. Die Stimmung war merkwürdig und Susanne – hätte man sie danach gefragt – würde es als eine Mischung aus Verzweiflung und kindlicher Abenteuerlust bezeichnen. Auf jeden Fall schienen die Leute in einer psychischen Ausnahmesituation zu stehen. Und um genau eine solche handelte es sich ja auch.

Susanne, Martin und Luzie stiegen unmittelbar nach Herrn Schröder aus dem Bus, wobei Luzie jetzt von ihrem Vater getragen wurde.

„Ihr Hund", sagte Martin zu dem jungen Mann, „ist ein hübscher Kerl. Wo haben Sie ihn her? Von einem Züchter?"

Der Halbstarke schüttelte den Kopf. „Nee! Ick hab Blaschko aus'm Tierheim jeholt."

Martin nickte und Susanne sah, wie ihr Mann die Hand nach dem Tier ausstreckte, um es zu streicheln, dann aber kurz zögerte.

„Der war", fuhr der junge Mann etwas leiser fort, „damals jenauso alleene wie ick."

VI.

WAS ZUVOR GESCHAH

Karl und Marianne Klassen
Tag des Brandes, 10:00 Uhr

Als Karl Klassen am Morgen des Ostermontags den Frühstückstisch betrachtete, musste er schmunzeln. Marianne hatte Eier gekocht. Und immer, wenn Marianne zum Frühstück Eier kochte, begann ein besonderes Ritual, welches die beiden Eheleute seit vielen Jahren pflegten und das auf einer alten *Loriot*-Geschichte basierte: „Das Ei ist hart", verkündete Karl dann stets zweimal hintereinander, und zwar ganz unabhängig davon, ob das den Tatsachen entsprach oder nicht. „Ich habe es gehört", gab Marianne immer zurück, woraufhin Karl sich erkundigte, wie lange das Ei denn gekocht habe. „Zu viele Eier sind gar nicht gesund", verkündigte Marianne an dieser Stelle und spätestens jetzt mussten beide herzhaft lachen. „Viereinhalb Minuten" prusteten sie dann gemeinsam und freuten sich, einander zu haben und nach fast 40 Ehejahren immer noch glücklich miteinander zu sein.

So auch heute.

„Gibt es eigentlich", fragte Karl, nachdem er schließlich den Eierlöffel in die Hand genommen und den Salzstreuer ergriffen hatte, „gibt es eigentlich einen Unterschied zwischen Eiern aus DDR-Produktion und *modernen* Eiern?"

Marianne prustete erneut los. Diesen Spruch kannte sie noch nicht und er war auch kein Bestandteil ihres *Loriot*-Rituals. „Ich habe keine Ahnung", antwortete sie lachend. „Aber ich denke, um darauf eine Antwort zu bekommen, müsstest du die Hühner fragen."

Karl schüttelte schmunzelnd den Kopf. Dann schlug er das Ei auf, entfernte die Schale und bestreute es mit Salz.

„Was machen wir denn heute, an diesem schönen Ostermontag?", fragte er kauend, nachdem er den ersten Bissen genommen hatte.

Seine Frau zuckte mit den Schultern. „Vielleicht einen Spaziergang? Allerdings sollten wir damit bis nach dem Mittagessen warten. Patrizia hat gesagt, sie ruft noch an."

Patrizia war die 35-jährige Tochter von Karl und Marianne Klassen. Sie lebte am anderen Ende der Stadt in einem kleinen Reihenhaus und arbeitete als Lehrerin. Erst vorgestern, am Karsamstag, war Patrizia bei ihnen gewesen und sie hatten bis zum späten Abend zu dritt *Scrabble* gespielt.

„Patrizia will wissen, was du dir zum Jubiläum wünschst", fuhr Marianne kauend fort. „Hast du eine besondere Idee? Was soll ich ihr sagen?"

Karl hatte keinen Wunsch. Alle Wünsche, die er jemals gehabt hatte, waren entweder erfüllt worden oder sie würden sich niemals mehr erfüllen lassen. Nun aber stand sein 70. Geburtstag an und es war kaum zu vermeiden, dass Fragen nach seinen Wünschen auftauchten.

Siebzig! Eine unglaubliche Zahl! Eine Zahl, die ihm mehr Sorgen bereitete, als er es zugeben wollte.

Die letzten fünf Jahre seit seiner Berentung waren nicht leicht gewesen. Er, der einst als Abteilungsleiter im *VEB Textilmaschinenwerk „Hans Wudicke"* gearbeitet hatte, durfte nach der *Wende* gerade noch als Hausmeister im Bürgeramt sein Brot verdienen. Der Grund dafür war, dass Karl Klassen ein im Nachhinein beschämendes Erbe mit sich herumtrug: Er gehörte während der DDR-Zeit zu den inoffiziellen Mitarbeitern des Ministeriums für Staatssicherheit, zu den sogenannten IMs.

Marianne hatte es ohne Frage deutlich besser getroffen: Sie war bis 1990 bei der Volkspolizei, Abteilung Pass- und Meldewesen beschäftigt und konnte diese Tätigkeit praktisch nahtlos auch unter neuer Führung fortsetzen. Anders war lediglich, dass ihr Vorgesetzter jetzt nicht mehr mit *Genosse*, sondern mit *Herr* angesprochen wurde und die Dienststelle statt *Volkspolizeirevier* nun *Bürgeramt* hieß.

Es war dasselbe Bürgeramt, in dem Karl sich als Hausmeister *bewähren* durfte, wie man es damals genannt hatte. Auf Mariannes Drängen gegenüber ihrem Chef war Karl nach einer längeren Phase der Arbeitslosigkeit Mitte der 1990er Jahre endlich beim Bezirk eingestellt worden – nach gut fünf Jahren Sozialleistungsbezug!

Ja, dachte Karl, damals hatte er noch Wünsche. Etliche Wünsche sogar: Ein wenig berufliche Anerkennung. Ein Ende der verletzenden Kommentare seiner neuen Kollegen, die hinter vorgehaltener Hand über seinen ehemaligen Stasi-Job tratschten. Und nicht zuletzt natürlich ein paar Groschen mehr in der Lohntüte.

Es waren schwierige Zeiten gewesen. Und es hatte ihn viel Kraft, viel Substanz gekostet.

Irgendwann, kurz nach dem Beginn der von ihm als beschämend empfundenen Tätigkeit als Hausmeister im Bürgeramt hatte Karl ein kleines Heftchen im Briefkasten gefunden, eine Art Handzettel. Zuerst wollte er es genauso wegwerfen wie all die anderen Werbeprospekte, Reklamezeitungen und Flyer von irgendwelchen Umzugsunternehmen, die fast täglich im Kasten lagen und die er unmittelbar in den Papierkorb beförderte. Doch aus irgendeinem Grund hatte er diesen Handzettel behalten, ihn mit in die Wohnung genommen und ohne den Inhalt zu lesen ins Bücherregal geschoben. Ganz rechts, zwischen einen uralten Roman, den weder er noch Marianne je gelesen hatte, und die hölzerne Buchstütze, die eine grimmig dreinschauende Eule darstellte. Auf dem Deckblatt des kleinen Heftchens war eine Frage abgedruckt: *Was bleibt, wenn alles vergeht?* Eine ebenso simple, wie provozierende Frage. Besonders für ihn, Karl, war diese Frage nicht wirklich neu, auch, wenn sie ihm im direkten Wortlaut so nie in den Sinn gekommen wäre. Tief in seinem Innern herrschte damals seit Monaten eine große Unsicherheit, die genau diese Frage beinhaltete: *Was bleibt, wenn alles vergeht?*

Für Karl war es ein tiefer Einschnitt gewesen, als die DDR zusammengebrochen war und mit ihr all das, woran er geglaubt, für das er sich mit ganzer Kraft eingesetzt hatte. Die Folge war ein Rückzug aus Freundschaften, die Aufgabe seiner großen Leidenschaft Bogenschießen und eine immer stärkere Unzufriedenheit mit allem und jedem.

Was bleibt, wenn alles vergeht? – das war eine Frage, auf die er gern eine Antwort finden würde. Eine Antwort, die er aber bis heute nicht gefunden hatte.

„Und?", fragte Marianne irgendwann in seine Gedanken hinein. „Was soll ich Patrizia nun sagen, was du dir wünschst?"

Es war typisch für sie, ihrem Mann viel Zeit zum Nachdenken zu lassen.

„Hmm", brummte er und griff nach einer Scheibe Toast. „Mir fällt nichts ein."

„Gar nichts?"

Karl zuckte mit den Schultern.

„Vielleicht irgendein gutes Buch? Ein hochwertiger Bildband über die DDR?"

„Ich habe genug Bücher. Und ich brauche keine gedruckten Erinnerungen an eine Zeit, die nicht wiederkommen wird."

Marianne knüllte die Serviette zusammen, mit der sie sich den Mund abgewischt hatte. „Da hast du sicher recht."

Karl fragte sich, ob seine Frau ihn in dieser Sache überhaupt verstehen konnte. Ob sie wusste, was er *wirklich* meinte. Klar freute er sich über Erinnerungen an frühere Zeiten. An seine jungen Jahre. Und die hatte er nun mal in der DDR verbracht. Wer aus Köln, Hamburg oder auch aus Bielefeld stammte, würde sich an diese Orte erinnern. Er erinnerte sich an Dresden, die Insel Usedom und den Ostberliner Stadtteil Baumschulenweg, in dem er aufgewachsen war.

Politisch waren Marianne und Karl *offiziell* schon lange nicht mehr einer Meinung. Während Karl die Idee des Sozialismus – zumindest nach außen hin – nach wie vor verteidigte, äußerte Marianne ohne jede Scheu ihre Zweifel an dieser Gesellschaftsform. Und natürlich war Karl sich bewusst, dass die *Wende* ihm trotz aller Herausforderungen einen ganzen Strauß Annehmlichkeiten gebracht hatte: Reisen nach Österreich und an die Nordsee, ein modernes Auto und vieles mehr.

Zugleich waren ehemals selbstverständliche Werte seither weitgehend verschwunden: Die Fähigkeit der Menschen, mit wenig Luxus auszukommen. Die Mentalität der Verbundenheit und das Gefühl, gemeinsam im selben Boot zu sitzen. Und nicht zuletzt war es viel hektischer geworden im bunten neuen Alltag mit den unzähligen Ablenkungen.

Ja, dachte Karl, es war ein Tausch, der nicht nur positive Folgen mit sich gebracht hat. Freilich, die jungen Leute heute kannten das Leben nicht anders. Er, Karl, hingegen schon.

„Was denkst du?", unterbrach Marianne seine *inneren Betrachtungen*, wie er es manchmal nannte.

„Ich denke", entgegnete er, „dass früher vieles besser war."

Marianne hob die Augenbrauen. Diesen Satz, das wusste Karl, mochte sie ganz und gar nicht.

„Allein, wie die Leute miteinander umgegangen sind! Es war viel mehr Solidarität untereinander."

„Könnte es nicht doch sein", gab Marianne nach einer kurzen Pause zurück, „dass du da einen Denkfehler machst?"

Karl warf ihr einen fragenden Blick zu.

„Na ja", fuhr Marianne fort, „ich habe neulich irgendwo gelesen, dass die Vorstellung vieler Menschen, früher sei alles besser gewesen, nicht selten auf einem Irrtum beruht."

Karl wusste, was seine Frau meinte. Er hatte diesen Artikel ebenfalls wahrgenommen, der in einer Wochenendausgabe ihrer Tageszeitung abgedruckt war. Es ging darin um das sogenannte *Nostalgie-Phänomen*, welches angeblich die meisten Menschen befallen und zur irrigen Annahme führen würde, die eigene Jugendzeit sei so viel besser gewesen als das, was heute passiert. Forscher, die sich mit diesem Phänomen beschäftigten, hatten wohl herausgefunden, dass vieles davon nicht auf einer echten Basis beruhen würde. Das Gehirn hätte die Eigenheit, Positives abzuspeichern und negative Dinge auszublenden. Als eine Art Selbstschutz sozusagen. Und tatsächlich, das musste auch Karl zugeben, genügte ein Blick auf das Gesundheitswesen oder die Verkehrsinfrastruktur, um zu erkennen, dass früher nicht wirklich alles besser war. Und doch gab es sie, die kleinen persönlichen Dinge, die ein Mensch vermisste, weil sie im Laufe der Zeit verschwunden waren.

„Es war nicht *alles* besser", hob Karl schließlich an, „aber es waren viele Sachen besser. Das ist eine Tatsache. Kein Denkfehler."

Marianne nickte. Und schien offenbar noch immer eine Antwort auf die Frage nach Karls Geburtstagswunsch zu erwarten.

Marianne
Zur selben Zeit

Als sie ihren Mann anschaute, wie er so dasaß, eine Scheibe Toast mit Butter bestrich und über die Vergangenheit nachdachte, da wusste Marianne, dass sie ihn noch immer liebte. Schon so viele Jahre waren es nun und dabei hatte es zunächst gar nicht danach ausgesehen, dass sie beide jemals ein Paar werden würden.

Ihr erstes Treffen Anfang der 1980er Jahre in der Ostberliner *Mokka-Milch-Eisbar* war ihr noch so gut in Erinnerung, als sei es erst gestern gewesen. Karl, damals schon als Abteilungsleiter in höherer Position tätig, und sie, die kleine unscheinbare Büroangestellte, waren so verschieden, wie man nur sein konnte. Dennoch hatte es schnell zwischen ihnen gefunkt und die Verabredungen wurden häufiger. So waren sie zum Kulturpark Plänterwald gefahren oder ins Kino International gegangen, wo sie sich den DEFA-Spielfilm *Die Gerechten von Kummerow* oder die italienische Kriminalkomödie *Plattfuß am Nil* mit Bud Spencer in der Hauptrolle angeschaut hatten.

Überraschend schnell war klar, dass sie heiraten würden. Und so kam es auch.

Doch trotzdem sie gern so rasch wie möglich eine richtige Familie werden wollten, dauerte es noch ganze vier Jahre, bis ihre Tochter Patrizia geboren wurde. Lange hieß es, Marianne könne nicht schwanger werden, dann aber hatte es doch geklappt und heute war Patrizia längst erwachsen. Ja mehr noch, ihre Tochter hatte bereits eine gescheiterte Ehe hinter sich, aus der leider – oder doch glücklicherweise? – keine Kinder hervorgegangen waren. Und da es nicht nach einer neuen Beziehung ihrer Tochter aussah, hatte Marianne mittlerweile die Hoffnung aufgegeben, jemals Oma zu werden.

Dessen ungeachtet würde sie in wenigen Wochen in Rente gehen und danach jeden Tag zu Hause sein. Jeden Tag bei Karl, der *den Zustand der grenzenlosen Freizeit*, wie er es manchmal nannte, bereits länger erlebte, aber nicht wirklich glücklich darüber war.

Irgendwann, dachte Marianne, irgendwann blickt man auf das eigene Leben zurück und merkt, dass die ganze Zukunft schon hinter einem liegt.

Aber so war es nun mal.

Wenn Marianne am Schreibtisch in Bürgeramt eine Akte auf dem Tisch hatte und darin eine noch weit entfernte Frist notierte, ertappte sie sich fast jedes Mal bei dem Gedanken an die Zukunft. Was würde sein in drei, fünf, zehn Jahren?

Sie schrieb die Daten aufs Paper:

10.05.2026.

4.12.2029.

28.01.2033.

Was würde sein an diesen Tagen?

Sie selbst wäre dann längst in Rente. Alt. Krank. Oder vielleicht sogar schon tot.

„Eventuell wäre es ja ganz nett", unterbrach Karl ihren Gedankenfluss, „wenn wir zu meinem Geburtstag einfach eine Kurzreise machen."

„Du meinst als Geschenk von Patrizia?"

Karl schüttelte den Kopf. „Nein. Ich meine, wir könnten auf diese Weise einfach dem ganzen Trubel entgehen, es uns irgendwo zu zweit gemütlich machen und wiederkommen, wenn der Spuk vorbei ist."

Marianne verstand durchaus, was Karls Intention war: keine große Feier. Das hatte er noch nie gemocht. Aber zum Siebzigsten?

„Ich denke nicht, dass das eine gute Idee ist", wies sie das Ansinnen ihres Mannes mit mehr Nachdruck in der Stimme zurück, als sie eigentlich beabsichtigt hatte. Sie wusste ja, dass Karl seit seiner *Entfernung aus dem Dienst*, wie er es nannte, zu einem Einzelgänger geworden war. Auch die Bezeichnung *Eigenbrötler* wäre nicht ganz falsch, dachte sie. Aber eigentlich konnte Karl nichts dafür. Es war eine Folge dessen, wie sich sein Leben, seine Umstände, seine Anerkennung geändert hatten.

„Ich mag eben keine Partys", brummte Karl mehr zu sich selbst als zu Marianne. „Und schon gar nicht mag ich es, im Mittelpunkt zu stehen."

„Das wird sich diesmal kaum vermeiden lassen."

Marianne schenkte sich und Karl noch einmal Kaffee nach und gab ein Stück Würfelzucker in die Tasse ihres Mannes, ganz so, wie er es mochte. „Aber die Idee mit der Kurzreise ist natürlich auch nicht schlecht. Nur eben nicht gerade genau an deinem Ehrentag."

Karl griff nach dem Löffel, rührte in seinem Kaffeepott herum und setzte ein mürrisches Gesicht auf.

Es ist nicht immer leicht mit ihm, dachte Marianne. Aber es ist noch viel weniger leicht *für* ihn.

In der Nachbarschaft und vor allem hier im Haus, galt Karl als ausgeglichener Rentner, der immer freundlich grüßte und meist gute Laune hatte. Wie es aber wirklich in ihm aussah und wie sehr ihm sein beruflicher Abstieg auch nach über 30 Jahren noch zu schaffen machte, wusste keiner. Nicht einmal Patrizia. Denn ihr gegenüber vermied Karl Erzählungen über die Vergangenheit ganz bewusst. Er schien zu vermuten, dass sie sich während ihres Lehrerstudiums – zu ihren Kernfächern gehörte Geschichte – ein eigenes Bild über die Geschehnisse in der DDR geschaffen hatte. Ein Bild, das von Menschen vermittelt wurde, die das Leben im *Arbeiter- und Bauernstaat* auch nur aus zweiter Hand kannten oder auf persönliche Schicksale zurückblickten, die nicht dem entsprachen, was die Masse empfand. Bürgerrechtler, Oppositionelle, Unangepasste. Und doch konnte man in der DDR als gewöhnlicher Bürger durchaus ein ruhiges, geordnetes Leben führen. Für Menschen von heute war das manchmal nicht nachzuvollziehen. Für Menschen von heute war auch nicht nachzuvollziehen, dass nicht jeder *Stasi-Spitzel* freiwillig in diese Rolle geschlüpft, sondern unter Druck gesetzt, erpresst oder mit der Aussicht auf eine steile Karriere gelockt worden war.

Im Fall von Karl war es eine Mischung aus allem gewesen. Das wusste Marianne und das wusste natürlich auch Karl selbst. Aber ihre Tochter nicht! Sie wusste gar nichts davon.

Als Patrizia ein Kind gewesen war, hatte dieses Thema im Alltag der Familie Klassen keine Rolle gespielt und später, als sie aufs Gymnasium kam, waren andere Dinge wichtiger. Weder Marianne noch Karl verspürten damals große Lust, die mehr und mehr im Nebel versinkende Vergangenheit zurück ans Licht zu holen. So hatte es bis heute kein wirklich offenes Gespräch über die dunklen Zeiten gegeben, die wie ein Fluch auf Karl und, ja, auch auf Marianne lasteten.

Aber gerade diese Heimlichkeit war es, die wie ein Schatten über der Eltern-Kind-Beziehung lag. Ein Schatten, den ganz offensichtlich auch Patrizia spürte, dessen Ursache ihr aber gänzlich unbekannt sein musste.

„Dann wünsche ich mir eben einen finanziellen Zuschuss zu dieser Reise, die wir beide machen", sagte Karl irgendwann, schlug mit dem Löffel laut klirrend gegen seine Tasse und legte ihn sodann auf dem Unterteller ab.

Marianne nickte. Karls Idee war sicher nicht schlecht. So vermied er es, *unnötige Präsente* zu erhalten, wie er es zu nennen pflegte. Und auch sie, Marianne, hatte etwas davon. Denn der Kurztrip würde auch ihr zupasskommen.

In den letzten Jahren waren sie leider nur sehr selten unterwegs gewesen; aus den unterschiedlichsten Gründen.

Zu Hause ist es ohnehin am schönsten, hatte Karl gebetsmühlenartig betont, aber Marianne glaubte ihm nur bedingt. Vielmehr vermutete sie, dass seine Schwermütigkeit mit zunehmendem Alter immer stärker wurde. Eine Lösung für dieses Problem hatte sie allerdings keine.

Manchmal, in einer stillen Stunde oder kurz vor dem abendlichen Einschlafen fragte sich Marianne, ob sie etwas verpasst hatte in ihrem Leben.

Konnte das sein?

Es war noch gar nicht lange her, da hatte sie beim Saubermachen im Bücherregal einen kleinen Flyer gefunden. Ein Heftchen, in dem es um ein Thema ging, welches für sie bisher nie eine Rolle gespielt hatte: das Thema Gott.

Marianne war es schleierhaft, wie das Faltblatt in ihr Bücherregal geraten sein konnte, und sie hatte keine Ahnung, wie lange es dort schon lag, aber sie wollte ihren Mann, der möglicherweise als Einziger eine Antwort darauf geben konnte, trotzdem nicht danach fragen.

Aus einem unbestimmten Impuls heraus hatte sie ihre Gedanken geheim gehalten und sich vorgenommen, den Inhalt des Flyers bei passender Gelegenheit gründlich zu studieren. Was sie dann schließlich auch tat, als Karl an einem Samstagnachmittag mit seinem alten Freund Bernd – zwar etwas widerwillig aber letztlich ohne zu Murren – zu einem winterlichen Spaziergang ins Briesetal aufgebrochen war.

Marianne konnte sich noch genau an die innere Unruhe erinnern, die sie in damals beim Lesen erfüllt hatte, die zugleich aber mit einer bisher nie gekannten Sehnsucht verbunden gewesen war, sich dieser einen Frage zu nähern: Gab es Gott?

Hätte man sie auf der Straße danach befragt, so wäre Marianne sich sicher gewesen, mit einem kurzentschlossenen *Nein* zu antworten. Und mit Karl hätte sie dieses Thema nie erörtert, warum auch?

Und nun?

Woran lag es, dass sie den Drang verspürte, eine Antwort zu finden, die nicht nur oberflächlich war. Lag es an ihrem Alter? Daran, dass sie in Kürze Rentnerin sein würde, dass der *letzte Lebensabschnitt* begann, wie man so sagte?

Oder gab es einen ganz anderen Grund?

Marianne fiel nichts ein. Aber sie wusste, dass diese Sache zunächst etwas sehr Persönliches, Intimes war. Etwas, dass sie selbst mit Karl nicht teilen wollte.

Auch für diese neue Empfindung hatte sie keine Erklärung.

„Letzte Woche habe ich übrigens Sven getroffen", gab Karl irgendwann bekannt und holte Marianne in die Gegenwart am Frühstückstisch zurück.

Ihr Mann schnappte sich sein Geschirr und stand auf. „Mein lieber Cousin hat mir lang und breit erzählt, was er von der aktuellen politischen Lage in unserem Land hält und dass ihm vollkommen egal sein, ob andere ihn als *Querdenker* oder gar als *Rechten* bezeichnen würden".

„Hmm", gab Marianne unverbindlich zurück. Worauf wollte Karl hinaus?

„Sven sagt, er habe sich schon in der DDR nicht an die befohlene Marschrichtung gehalten und im Nachhinein festgestellt, dass diese Entscheidung richtig war."

Marianne erhob sich nun ihrerseits vom Tisch und begann damit, Marmelade, Butter und Wurstaufschnitt auf das Tablett zu stellen. „Und was hältst du davon?"

„Von der politischen Lage in unserem Land?", fragte Karl zurück und hielt in seiner Bewegung inne. Der Geschirrberg in seinen Händen klapperte bedrohlich.

„Nein. Ich meine von dem, was Sven sagt."

„Nun ja", Karl griff nach der Tasse und richtete sie so auf dem Teller in seiner Hand aus, dass sie nicht mehr wackeln oder herunterfallen konnte. „Ich bin, wie du weißt, mit vielem auch nicht einverstanden, was hier so abgeht."

„Und damals? Svens Meinung zu damals?"

Karl zuckte mit den Schultern. „Mein Cousin und ich waren uns früher spinnefeind. Er war ein Typ, der zur *Umweltbibliothek* in der Gethsemanekirche ging und dort auf Opposition machte, obwohl er gar nicht an Gott glaubte. Weder damals noch heute. Und ich stand eben auf der anderen Seite."

Marianne nickte. Dann griff sie nach dem Tablett und bedeutete Karl, dass sie ihr Gespräch in der Küche fortsetzen konnten. Sie war verblüfft, dass ihr Mann von Gott sprach, als hätte er irgendwie ihre Gedanken gelesen. Konnte das Zufall sein? Und was meinte Karl damit, dass er *auf der anderen Seite* gestanden hatte?

Karl
10:55 Uhr

Es war ihnen eine liebe Angewohnheit geworden, am Wochenende oder an einem Feiertag den Abwasch nach dem Frühstück gemeinsam zu erledigen und dabei in der Küche noch einen Kaffee zu trinken.

So auch heute.

Nachdem Marianne ihr Tablett abgestellt und die Klappe des Geschirrspülers geöffnet hatte, holte sie zwei frische Tassen aus dem Schrank und Karl füllte sie mit dem Rest aus der Kaffeekanne.

„Sven ist übrigens gerade dabei, sich aus dem Staub zu machen", begann Karl, nachdem er den ersten Schluck genommen hatte.

Marianne sah ihn fragend an.

„Er meint, er habe die Nase voll von Berlin. Will sich irgendwo im Südosten niederlassen. Sachsen oder Thüringen oder so."

„Warum das denn? Hat er hier nicht Arbeit? Sven ist doch erst Anfang fünfzig, wenn ich mich nicht irre."

Karl nickte. Sein Cousin war 1970 geboren, kurz nachdem er selbst volljährig geworden war und im gleichen Monat, in dem die Stasi das erste Mal Kontakt zu ihm aufgenommen hatte.

Karl wusste es noch ganz genau: Er ging auf die EOS, die *Erweitere Oberschule*, wie es in der DDR hieß. Heute würde man Gymnasium sagen. Jedenfalls gab es in Karls Umfeld einen Jungen, dessen Eltern nach einer Flugblattaktion gegen den Einmarsch von Soldaten der Sowjetunion, Polens, Ungarns und Bulgariens in die Tschechoslowakei, dem sogenannten *Prager Frühling*, inhaftiert und zu fünf Jahren Gefängnis verurteilt worden waren.

Jens, so hieß der Junge, wohnte zu dieser Zeit bei seiner älteren Schwester und bemühte sich nach Kräften, sein Abitur mit möglichst guten Noten hinzubekommen. Als Sohn von Regimekritikern hatte er es besonders schwer und sowohl die Schule als auch die Jugendhilfe, welche sich um den Jungen kümmerte, legten ihm hohe Hürden in den Weg. Was Karl nicht verstanden hatte. Denn was konnte Jens für das Verhalten seiner Eltern?

Eines Tages wurde Karl aus dem Unterricht geholt. Ohne anzuklopfen, stürmte der Direktor mitten in einer Staatsbürgerkundestunde in den Raum und befahl Karl, ihm zu folgen.

Der Weg führte ins Dienstzimmer des Schulleiters, wo zwei merkwürdige Typen herumstanden und sich leise unterhielten. Als der Direktor Karl auf einen der Besucherstühle gedrückt hatte, übernahm einer der beiden Männer die Gesprächsführung und kam ohne Umschweife zur Sache.

„Sie sind ein enger Freund von Jens Moltke, stimmt's?"

Karl nickte. Er hatte keine Ahnung, was man von ihm wollte und wer diese Typen waren.

„Wir sind von der Kriminalpolizei", erklärte der Mann, der die Frage nach Jens gestellt hatte und der zu erahnen schien, was in Karls Kopf vorging. „Und wir haben den Verdacht, dass sich Ihr Freund an verschiedenen Straftaten beteiligt."

Karl riss die Augen auf. Jens? Ein Verbrecher? Das war ausgeschlossen! Der Junge wollte Ingenieur werden und setzte alles daran, seine beruflichen Pläne nicht zu gefährden. Gerade, weil das mit seinen Eltern passiert war. Niemals würde Jens sich auf irgendwelche verbotenen Sachen einlassen!

„Nun?" Der Kommissar, oder was immer für einen Dienstgrad dieser Mann trug, schien eine Antwort zu erwarten, obwohl er keine weitere Frage gestellt hatte.

„Ich ...", Karl wusste nicht, was er sagen sollte.

„Kann es sein, dass Sie auch mit drinstecken?", mischte sich jetzt der andere Mann ein, der bislang geschwiegen hatte. Es war ein hagerer, langer Typ mit Glubschaugen.

„Was? Ich? Niemals!", rief Karl viel zu laut und viel zu schrill. Er merkte, wie sein Körper zu zittern begann.

„Na dann", grinste der erste Mann, „beweisen Sie uns das."

Was folgte, war aus heutiger Sicht betrachtet eine klassische Erpressung: Sie versprachen Karl, ihn in Ruhe zu lassen, wenn er ab sofort detailliert und regelmäßig über seinen Freund Jens berichten würde. Andernfalls würde es ihm an den Kragen gehen.

Der Kripomann zeigte ein Foto, auf dem Karl und Jens zu sehen waren, wie sie gemeinsam in einer westlichen Illustrierten blätterten. Auf einem zweiten Foto war eine Postkarte abgebildet, die Karl wiedererkannte: Jens und er hatten sie, unter falschen Namen zwar, aber offenbar trotzdem identifizierbar, an den *RIAS* geschickt, den unter Jugendlichen damals überaus beliebten Westberliner Radiosender. Es war nur ein Musikwunsch für die Sendung *Schlager der Woche* gewesen, der auf der Karte stand, aber der Kripomann nannte es *Ungesetzliche Verbindungsaufnahme*, die nach § 219 des DDR-Strafgesetzbuches verboten und mit einer hohen Haftstrafe belegt war. Schließlich sei der *RIAS* ein amerikanischer Propagandasender, die DDR würde von den *imperialistischen Moderatoren* Tag für Tag auf das Übelste verächtlich gemacht.

Also hatte Karl aus Angst eingewilligt und war auf diese Weise in die Fänge der Staatssicherheit geraten.

Er war an diesem Tag im Oktober 1970 zu einem kleinen Rädchen im großen Spitzel-Getriebe geworden, welches sich noch knapp 20 Jahre weiterdrehen und ihm dabei eine im Nachhinein betrachtet äußerst ungute Rolle zuweisen sollte.

„Was meinst du eigentlich damit, dass dein Cousin nicht an Gott glauben würde und du auf der anderen Seite gestanden hast?", sprach Marianne unvermittelt in die Stille und in Karls Gedanken hinein.

Die beiden Eheleute standen noch immer in der Küche vor der geöffneten Klappe des Geschirrspülers und hielten ihre Kaffeetassen in den Händen.

„Bitte?" Karl hatte keine Ahnung, was seine Frau von ihm wollte. Zu sehr beschäftigte ihn gerade die Erinnerung an seine Jugendzeit. An seinen Schulfreund Jens, an die plötzliche Drohung der Stasi-Leute, ihn, Karl, ins Gefängnis zu stecken und, ja, auch an das Gefühl der Erleichterung, das Angebot erhalten zu haben, sich aus der Gefahr freizukaufen.

„Du hast gesagt: *An Gott glaubte Sven weder damals noch heute, und ich stand auf der anderen Seite.*"

„Ja", entgegnete Karl nachdenklich, „das habe ich gesagt."

„Und was bedeutet das?" Marianne blieb hartnäckig.

„Das bedeutet gar nichts", brummte Karl, nahm den letzten Schluck aus seiner Kaffeetasse und stellte sie in den Geschirrspüler. Er hatte keine Lust, jetzt und hier die Vergangenheit zu diskutieren. Wozu auch? Marianne wusste, was in ihm vorging. Oder ahnte es zumindest. Und alles andere war nur Blabla.

୬

Als das Telefon klingelte, war es kurz nach eins. Karl, der seit dem Küchenkaffee auf der Couch gesessen und auf seinem iPad ein Video über das Elbsandsteingebirge angeschaut hatte, nahm das Gespräch entgegen, gab das Mobilteil aber fast unmittelbar an Marianne weiter. Er wusste ja, dass Patrizia mit ihrer Mutter über sein Geburtstagsgeschenk sprechen wollte.

Kurzerhand legte Karl das iPad beiseite, erhob sich und griff nach den Kellerschlüsseln. Mit einer entsprechenden Kopfbewegung in Richtung Tür gab er seiner Frau zu verstehen, dass er kurz die Wohnung verlassen würde und machte sich sodann auf den Weg hinunter in sein *Eigenes Reich*, wie er es nannte.

Im Keller, der naturgemäß bei einem Mietshaus nicht allzu geräumig war, konnte Karl nach Herzenslust basteln und reparieren, was im Alltag gebraucht wurde oder kaputtgegangen war. Erst neulich hatte er sogar das Schloss der Kofferraumklappe ihres *Skoda Fabia* instandgesetzt, worauf er ziemlich stolz war, zumal selbst Marianne, die seine handwerklichen Fähigkeiten durchaus kannte, ihm dafür ein bewunderndes Lob schenkte. Und jetzt wäre der Regenschirm dran, den seine Frau ihm kürzlich in die Hand gedrückt hatte, als sie am späten Nachmittag von der Arbeit nach Hause gekommen war. Irgendetwas stimmte mit der Mechanik nicht, die automatische Öffnung hakte.

Karl fand den Fehler schnell: Eine Feder musste etwas nachjustiert werden und schon würde Marianne den Schirm wieder normal nutzen können.

Als er das hölzerne Werkzeugschränkchen nach einer geeigneten Zange durchsuchte, hörte er vom Kellergang her Schritte. Vorsichtige Schritte, langsam und leise.

Karl spähte durch den Spalt der Holztür. Es war eine seiner Angewohnheiten, den Verschlag auch dann geschlossen zu halten, wenn er drinnen war und werkelte. Vorn, am ersten Kellerraum neben der Treppe entdeckte er Brachler aus dem Dachgeschoss. Der Mann hatte einen Benzinkanister in der Hand und war gerade dabei, wieder nach oben zu verschwinden.

Merkwürdig, dachte Karl. Soweit er wusste, fuhr Brachler ein Elektroauto. Wozu brauchte er dann Benzin?

Das Licht im Kellergang wurde gelöscht und Karl wandte sich wieder seiner Arbeit zu – Mariannes Regenschirm. Im selben Moment, in dem er eine geeignete Zange gefunden hatte, fiel eine kleine Metalltafel aus dem Schränkchen. Er hatte sie kurz vor dem Eintritt in den Ruhestand von einem Kollegen bekommen, der für die Reinigung der Büros im Bürgeramt zuständig gewesen war und der Karl immer irgendwie als väterlichen Berater betrachtet hatte. Vor diesem Hintergrund war wohl auch der Spruch zu verstehen, der die Tafel zierte: *Gute Freunde erkennt man in schweren Zeiten leichter.*

Karl musste schmunzeln und beschloss, das Schild mit hinaufzunehmen. Vielleicht sollte er es sogar in der Wohnung aufhängen. Der Spruch war es wert. Zumal er dazu geeignet schien, immer wieder über das Thema *Freunde* im engeren Sinne nachzudenken: Welche Freunde hatten Marianne und er? Auf wen von denen konnte man sich wirklich verlassen? Und wer von diesen Freunden würde auch dann noch ein Freund sein, wenn er Karls düsteres Geheimnis aus der Vergangenheit erführe? Wenn rauskäme, dass Karl zwanzig Jahre lang für die Stasi gearbeitet hatte? Ein Geheimnis, von dem selbst seine eigene Tochter keine

Ahnung hatte. Welches sie aber, und dessen war sich Karl in den letzten Stunden mehr und mehr klargeworden, erfahren sollte.

So bald wie möglich.

Marianne
14 Uhr

Patrizia hatte die Idee mit dem Zuschuss zu einer Kurzreise als Geschenk zu Karls 70. Geburtstag zwar nicht mit größter Begeisterung aufgenommen, schien aber auch nicht völlig abgeneigt zu sein. So waren Marianne und ihre Tochter übereingekommen, dass eine solche *Klassenfahrt* – zumindest aus Karls Sicht – wohl die beste Variante wäre. Und dass es ja schließlich darum ging, ihm eine Freude zu machen.

Nachdem das Telefonat beendet war und Marianne in die Stille des anbrechenden Nachmittags hinein lauschte, kehrten die Gedanken an Gott zurück. Sie kamen mit voller Wucht und Marianne frage sich, wie das sein konnte. Es war doch nichts anders als gestern oder als heute früh! Oder hing es mit Karls Bemerkung über dessen Cousin Jens zusammen? Dass Jens nicht an Gott glauben würde? Aber warum sollte das überhaupt ein Thema sein, warum sollte Karl das bewusst ansprechen? War es nicht einfach nur eine nebensächliche Bemerkung? Eine Floskel?

Marianne hatte keine Ahnung, wie sie das Ganze deuten sollte. Aber sie bemerkte wieder diese innere Unruhe, die sich in ihr breitmachte. Es war dieselbe Unruhe, die sie auch damals verspürt hatte, als sie zum ersten Mal in dem kleinen Heftchen aus dem Bücherregal gelesen hatte. Damals, an diesem Samstagnachmittag, als Karl zum Wandern ins Briesetal gefahren war.

Komisch, dachte sie, dieses Gefühl kommt immer dann, wenn ich allein bin. Wenn ich in der Stille bin.

Wie kann das sein? Was steckt dahinter?

Marianne, die noch immer mit dem Telefon in der Hand am Küchenfenster stand und hinausblickte, dachte zurück an ihre Kindheit. Sie war wohlbehütet aufgewachsen, wie man es nannte. Genau wie Patrizia war auch Marianne ein Einzelkind. Ihre erste bewusste Erinnerung bestand in einem Erlebnis, welches sich auf dem Bauernhof ihrer Großeltern zugetragen hatte. Marianne musste drei oder vier Jahre alt gewesen sein und nach allem, was sie noch wusste, war gerade Sommer gewesen. Ein heißer Sommertag in Mecklenburg, in der Nähe von Schwerin. Ihre Großeltern besaßen ein Gehöft in einem abgelegenen Kaff namens Schönfeld bei Gadebusch. Dort gab es weder einen *Konsum*, noch eine Bäckerei oder eine Schule. Nur eine kleine, ständig verräucherte Kneipe, ein altes Schloss und viele Bauernhöfe. Unter der Woche fuhr einmal am Tag ein Bus in die Bezirksstadt, nach Schwerin. Andere Verkehrsverbindungen gab es über die staubige Zufahrtsstraße nicht. Schönfeld lag, wie es im Volksmund hieß, *hinter dem Mond*. Und doch war Marianne als Kind gern bei ihren Großeltern gewesen. Die Einöde, die Abgeschiedenheit, die einfachen Menschen, all das hatte sie nicht gestört. Nein, sie hatte es sogar geliebt. Trotz des Vorfalls, der die erste bewusste Erinnerung war, die Marianne besaß: der Angriff eines wild gewordenen Bullen.

Das Tier war einfach auf sie zugestürmt, hatte sie umgerissen und mit dem riesigen Kopf immer wieder nach ihr gestoßen. Mariannes Glück war gewesen, dass ihr Großvater nicht allzu weit entfernt stand und das Geschehen beobachten konnte, wie sie später erfuhr. Eigentlich sollte er an diesem Tag zum Arzt nach Schwerin fahren, aber aus unerklärlichen Gründen war der Bus ausgefallen. Eine Situation, die – so wurde es im Dorf noch Jahre später erzählt – niemals zuvor und niemals danach passiert war. Der Bus fuhr immer. Im Sommer wie im Winter. Bei Hitze, Eis, Nebel, Schnee.

Es war also ein Wunder, welches der kleinen Marianne das Leben gerettet hatte, so sagte man. Denn durch seine Anwesenheit konnte der Großvater das Rindvieh rasch zur Raison bringen und Marianne vor Schlimmerem bewahren.

Die Leute in Schönfeld nannten es eine *göttliche Fügung*, dass der Bus ausgefallen war. Denn die ganze Sache hätte auch völlig anders ausgehen können. Dann wäre Marianne schwer verletzt oder sogar zu Tode getrampelt worden.

Aber sie war bewahrt geblieben.

Und stand daher heute hier am Küchenfenster ihrer Wohnung und dachte über ihr Leben nach. Und, ja, auch über Gott.

Im Rückblick fielen Marianne noch mehr Situationen ein, die sich mit dem logischen Verstand nicht komplett erklären ließen. Denen ein gewisser *mystischer Zauber* anhing, wie sie es bis vor Kurzem noch genannt hätte. Die Umstände, in denen sie Karl kennengelernt hatte. Die Geburt ihrer Tochter, obwohl die Ärzte mehrfach betont hatten, Marianne könne nicht schwanger werden. Die Chance, als Einzige nach der Wende in den öffentlichen Dienst übernommen worden zu sein, während alle ihre Kolleginnen in die Arbeitslosigkeit gingen.

All das waren Vorgänge, die nach logischem Verstand hätten anders verlaufen müssen. Und die doch so gekommen waren, wie es niemand erwartet hätte; Marianne selbst am allerwenigsten.

Heute, jetzt in diesem Moment, fragte sie sich, ob es Gott gewesen sein könnte, der seine Hand im Spiel hatte. Doch das würde natürlich voraussetzen, dass Gott tatsächlich existierte. Und diese Schlussfolgerung erschien Marianne so gewaltig, dass sie sie sich nicht zu eigen machen wollte. Jedenfalls noch nicht. Denn wenn sie die Erkenntnis als wahr anerkennen würde, dass es Gott tatsächlich gab, dann würde sich wohl einiges ändern in ihrem Leben, das war Marianne durchaus bewusst. Warum hätte sie gar nicht sagen können, aber sie wusste, dass es so war. Es war so, wie wenn man plötzlich eine Sache erfährt, die einem bislang verborgen geblieben war, die aber vollkommen logisch ist. Es war dieser *Aha-Effekt*, wie Karl es nennen würde. Aber vor genau diesem *Aha-Effekt* fürchtete sich Marianne auch.

Zugleich war sie unendlich neugierig und verspürte eine tiefe Sehnsucht nach einer Antwort.

Gab es Gott?

Gab es ihn wirklich?

Dann würde es ihm sicher nichts ausmachen, ihr ein kleines Zeichen zu geben, oder? Vielleicht einen kleinen Hinweis, dass sie ihren Weg ändern sollte. Dass es in Zukunft anders laufen sollte?

Irgend so etwas.

Marianne zuckte mit den Schultern.

Dann sprach sie es leise vor sich hin: „Gott, wenn es dich wirklich gibt, dann möchte ich gern ein Zeichen ...“

Wie von ferne riss sie ein Geräusch von der Wohnungstür her aus ihren Gedanken. Marianne hatte völlig vergessen, dass Karl in den Keller gegangen war. Sie war so in sich versunken gewesen, dass Zeit und Raum keine Rolle mehr spielten.

„Schau mal, was ich gerade gefunden habe", strahlte Karl, nachdem er auf direktem Weg zu ihr in die Küche gekommen war. Seine Griesgrämigkeit vom Vormittag, die er seit dem unglücklich abgebrochenen Kaffeetrinken vor sich hergetragen hatte, schien wie weggewischt zu sein. Stattdessen drückte er Marianne ihren offensichtlich gerade erfolgreich reparierten Regenschirm in die Hand und hielt eine kleine Spruchtafel in die Höhe. *Gute Freunde erkennt man in schweren Zeiten leichter*, stand darauf.

„Ich dachte", fuhr er fort und öffnete seine Hand, in der ein mittelgroßer Nagel zum Vorschein kam, „ich dachte, wir könnten den Spruch vielleicht im Flur aufhängen".

Ohne eine Antwort abzuwarten oder irgendwie darüber zu diskutieren, steuerte Karl die schmale Fläche neben der Wohnzimmertür an, zog einen Hammer aus seiner Hosentasche und trieb den Nagel mit wenigen kräftigen Schlägen in die Wand.

Marianne warf einen Blick auf ihre Armbanduhr und seufzte: Es war nicht nur Mittagsruhe, es war heute sogar Feiertag. Und das Haus galt als äußerst hellhörig.

Karl
Zur selben Zeit

Als Karl die Tafel an der Wand aufgehängt und waagerecht ausgerichtet hatte, war er zufrieden. Der Spruch gefiel ihm: *Gute Freunde erkennt man in schweren Zeiten leichter*. Das war nicht einfach nur ein Satz, das war eine Weisheit.

„Patrizia hat zugestimmt", schob Marianne in seine stillen Überlegungen hinein. „Sie fand die Idee mit der Kurzreise zu deinem Geburtstag ganz gut."

Karl hob die Augenbrauen. „Ganz gut?"

„Ganz gut, ja." Marianne, die sich hinter Karl gestellt und sein Werk betrachtet hatte, zuckte mit den Schultern, drehte sich um und ließ ihren Mann im Flur zurück.

„Na dann", sagte er mehr zu sich selbst, fuchtelte noch ein, zwei Mal mit dem Hammer herum und legte das Schlagwerkzeug schließlich beiseite. Wenn Patrizia erfahren würde, was er ihr zu sagen hatte, würde sie ihm vielleicht nie wieder etwas schenken wollen, dachte er.

Dass die Wahrheit ans Licht kommen musste, endlich gesagt werden musste, war ihm heute klargeworden. Sein 70. Geburtstag stand bevor. Und er würde dieses Jubiläum nicht begehen, ohne mit seiner Tochter über die Vergangenheit gesprochen zu haben. Denn die Alternative mochte sich Karl nicht vorstellen: Dass Patrizia erst nach seinem Tod durch irgendwelche Dokumente im Nachlass davon erfuhr. Und er nichts mehr erklären, geraderücken, bekennen konnte.

Mitte der 1990er Jahre hatten er und Marianne beim *Bundesbeauftragten für die Unterlagen des Staatssicherheitsdienstes der ehemaligen Deutschen Demokratischen Republik* einen Antrag auf Akteneinsicht gestellt. Und zwar nicht nur als Betroffene, sondern für Karl auch in seiner Eigenschaft als früherer *Inoffizieller Mitarbeiter*.

Während die Papiere, die sich über Marianne im Archiv fanden, kaum Aussagewert hatten und sich auf die Feststellung ihrer *uneingeschränkten Eignung für den Dienst beim Ministerium des Innern, Abteilung Pass- und Meldewesen* beschränkten, wurden Karl bei seinem Besuch im Lesesaal der umgangssprachlich auch *Stasi-Unterlagen-Behörde* genannten Einrichtung vier übervolle Aktenordner mit insgesamt sage und schreibe knapp 2000 Seiten vorgelegt.

Die Fülle des Materials hatte Karl ebenso fassungslos gemacht wie die zum Teil erschreckende Banalität des Inhalts. So war detailliert aufgelistet, wann und wo er seinen Urlaub verbracht, in welchen Ferienheimen er gewohnt und mit welchen anderen Gästen er am Tisch das gemeinsame Frühstück und Abendessen eingenommen hatte.

All dies war von Karl seinerzeit auf Wunsch seines Führungsoffiziers tatsächlich aufgezeichnet worden, aber er hätte weder gedacht, dass diese lächerlichen Informationen es wert sein könnten, Eingang in eine

Aktensammlung zu finden, noch konnte er ahnen, welche Konsequenzen sich aus seinen weithin unbedachten Notizen für die Betroffenen ergeben würden.

So gab es in den Dokumenten Vermerke über *Maßnahmen*, die aufgrund einiger seiner Berichte veranlasst worden waren: Ein Kollege aus dem Textilmaschinenwerk, ein Lagerarbeiter, mit dem sich Karl beim Skat im Ferienheim über die nicht immer ganz einfache Beschaffung von Bettwäsche im staatlichen Einzelhandel unterhalten hatte, war aufgrund von Karls entsprechender schriftlicher Randbemerkung später wegen *offen geäußerter Kritik an der Versorgungslage in der DDR* vom MfS einbestellt und vernommen worden. Nach dem, was in Karls Akte stand, hatte der Mann unter Androhung einer Inhaftierung im Wiederholungsfall versprochen, sich künftig als treuer Bürger zu erweisen.

An anderer Stelle stieß Karl bei der Durchsicht seiner Akten auf Hinweise, wonach ein Kurzbericht über seine Sekretärin dazu geführt hatte, dass deren Mutter eine Besuchsreise in die Bundesrepublik verwehrt wurde.

Die größte und für Karl erschreckendste Ungeheuerlichkeit jedoch bestand in der Tatsache, dass das MfS Patrizias Kindergärtnerin aus dem aktiven Dienst entfernt hatte, weil von Karl in einem nach seiner Erinnerung eher zwanglos verlaufenen Gespräch mit seinem Führungsoffizier beiläufig erwähnt worden war, dass seine Tochter von den Bastelideen ihrer Tante sehr begeistert gewesen sei, da die Kinder ein Ausschneidebild mit *Ernie und Bert* aus der *Sesamstraße* zusammengestellt hätten.

Karl hatte sich damals noch gewundert, dass Frau Meusert, so war der Name der Kindergärtnerin, von einem Tag auf den anderen verschwunden gewesen war und Patrizia eine neue, deutlich unbeliebtere Erzieherin bekommen hatte. Dass dies aber mit seiner Bemerkung über die *westlichen Basteleien* zusammenhängen könnte, wäre ihm nie in den Sinn gekommen. Bei seinem Termin in der Stasi-Unterlagenbehörde las er es dann schwarz auf weiß.

Ja, dachte Karl, wenn Patrizia die Kopien in die Hand bekäme, die er sich von den Akten damals angefertigt hatte, würde sie schockiert sein.

Seine Tochter kannte die Zusammenhänge nicht. Sie hatte keine Ahnung davon, wie Karl in die Fänge der Staatssicherheit gekommen war, wie sie ihn erpresst und später nie mehr in Ruhe gelassen hatten. Und sie würde ohne seine Erklärungen auch nicht nachvollziehen können, wie erschrocken er im Nachhinein über die Brisanz seiner mündlichen und schriftlichen Berichte war. Wie sehr ihm das alles leidtat. Wie sehr er es bereute.

Daher, dessen war sich Karl bewusst, musste er unbedingt mit Patrizia sprechen. So bald wie möglich. Und unbedingt noch vor seinem 70. Geburtstag!

Doch Karl hatte keine Ahnung, wie er das anstellen sollte.

Und den Mut dazu hatte er schon gar nicht.

ော

Kurzentschlossen war Karl mit Marianne gegen halb fünf zu einem kleinen Spaziergang aufgebrochen. Als sie eine gute halbe Stunde später zurückkehrten, brach zwischen ihnen ein Streit aus. Ein ungewöhnlich heftiger Streit, der wie aus dem Nichts aufgekommen war und sich so weit steigerte, dass Karl seiner Frau wohl zum allerersten Mal in ihrer langen Ehe die Frage stellte, ob es klug gewesen sei, damals geheiratet zu haben. Zwar war diese Frage rhetorisch gemeint und das schien auch für Marianne auf der Hand zu liegen, dennoch hatte sie seine Frau sehr verletzt.

Der Streit war aus Karls Gedanken über die Wichtigkeit einer ehrlichen Offenbarung gegenüber seiner Tochter entstanden. „Ich will, dass der Schatten verschwindet", hatte er zu seiner Frau gesagt, während er ihrer beider Jacken an das kleine Garderobenregal im Flur hängte.

Marianne, die gerade auf dem Weg ins Wohnzimmer war und den Fernseher einschalten wollte, hielt inne und warf ihrem Mann einen fragenden Blick zu.

„Ich will, dass Patrizia von meiner Vergangenheit erfährt", ergänzte er.

„Du willst ... was?" Marianne schien verwirrt und geschockt zugleich.

„Sie muss es erfahren. Endlich. Es ergibt keinen Sinn, die Sache länger geheim zu halten. Ich werde bald siebzig und dann ..."

„Aber dir ist schon klar, was du möglicherweise damit auslöst?", unterbrach ihn Marianne und setzte sich auf einen der Stühle am Esstisch.

Karl zuckte mit den Schultern. „Es muss sein."

„Wirklich?", fragte Marianne. „Muss es das?"

Karl lief um den Tisch herum zum Fenster und schaute hinaus.

Er war sich dieser Sache so sicher wie bei kaum etwas anderem in den letzten Jahren. Seine Tochter war Lehrerin und sprach mit ihren Schülern auch über die DDR. Sie war das Kind eines Stasi-Spitzels, so hart diese Wahrheit klang. Und das musste sie wissen. Sie musste wissen, wie es damals wirklich war, wie ihr Vater in die Fänge dieses Regimes geraten und einer Zusammenarbeit zustimmen konnte.

Es gab mehr als das Schulbuchwissen über den untergegangenen zweiten deutschen Staat!

Und es gab mehr als den *Grünen Abbiegepfeil* an der Ampel und das *Sandmännchen*, was übernehmenswert gewesen wäre aus der damaligen Gesellschaft.

„Du willst dich reinwaschen", sagte Marianne nach einem Moment des Schweigens. „Du willst mit der Wahrheit rausrücken und hoffst, dass deine Tochter dann sagt: *Ach, ist schon gut, Papa, alles nicht so schlimm.* Ist es das, was du glaubst, das passiert?"

Karl fuhr herum. Was sagte Marianne da? *Reinwaschen* – was sollte diese Bemerkung? Darum ging es ihm doch überhaupt nicht! Es ging ihm vielmehr darum, endlich offen und ehrlich zu sein. Zu sagen, was war. Auch, was falsch war.

„Du meinst doch nicht im Ernst, dass du die DDR verteidigen kannst?", fuhr Marianne fort. „Patrizia weiß genau, was damals alles falsch gelaufen ist. Dass der Sozialismus gescheitert ist."

„Ich habe gar nicht vor, die DDR zu verteidigen!", gab Karl zurück. „Darum geht es mir überhaupt nicht! Vielmehr geht es darum, dass ich ihr sagen will, was schiefgegangen ist. Warum es gekommen ist, wie es gekommen ist. Warum aus einem Abteilungsleiter im Textilmaschinenwerk ein kleiner, schlecht bezahlter Haustechniker im Bezirksamt wurde."

Marianne nickte. „Ich sagte es ja: Du willst dich rechtfertigen."

Und dann war es aus Karl herausgeplatzt: „Ich weiß inzwischen nicht mehr, ob es klug gewesen ist, *dich* geheiratet zu haben!".

Marianne war daraufhin für eine halbe Stunde im Badezimmer verschwunden und dann schweigend, aber mit verheultem Gesicht zurückgekehrt. In der Küche hatte sie das Abendessen zubereitet, welches sie gegen 20 Uhr schweigend miteinander einnahmen. Karl tat längst leid, was er gesagt hatte. Aber seine Worte ungeschehen machen konnte er nicht.

ଔ

Als Karl endlich so weit war, einschlafen zu können, zeigten die Leuchtziffern seines Radioweckers 23 Uhr 10. Der Tag, obwohl ein Feiertag, war anstrengend und nervenaufreibend gewesen. So heftig wie heute war er eigentlich noch nie mit Marianne aneinandergeraten. Und wenn er es genau bedachte, war es seine Starrköpfigkeit und seine eigene Furcht, die den Streit ausgelöst hatten. Er wollte so gern über seinen eigenen Schatten springen, seine ganze miese Stasi-Vergangenheit ein für alle Mal hinter sich lassen. Mit seinem früheren Leben abschließen und Reue zeigen. Die Wahrheit sagen und sich entschuldigen. Vor allem seiner Tochter Patrizia gegenüber wollte er ehrlich sein. Bislang war er zu feige dafür gewesen. Und mit Marianne, die ihn letztlich ganz sicher unterstützen und ihm beistehen würde, wie sie es immer getan hatte, ausgerechnet mit ihr musste er sich verkrachen!

Vorsichtig drehte er seinen Kopf, um zu sehen, ob Marianne schon schlief. Normalerweise hörte er ihr leises, gleichmäßiges Atmen. Jetzt aber ließ es sich nicht vernehmen. Jetzt war irgendetwas anders als sonst. Und das kam nicht von Marianne, die ihm abgewandt auf der Seite lag und sich in diesem Moment ebenfalls aufrichtete.

„Hörst du das?", frage sie.

Karl horchte.

Irgendetwas schien im Haus vor sich zu gehen.

Es war lautes Gepolter zu hören, Stimmen. Dann Schläge gegen die Wohnungstür.

„Was, zum Kuckuck, geht da vor?", fluchte Karl, sprang aus dem Bett, lief in den Flur und riss die Tür auf.

Eine halbe Treppe tiefer sah er gerade die blonde Frau aus dem Dachgeschoss nach unten rennen und von oben stürzte deren Freund, Lebenspartner oder was immer er auch war, hinter ihr her.

„Sie müssen schnell raus", rief er Karl im Vorbeilaufen zu. „Das Haus brennt!"

Marianne
Zur selben Zeit

Marianne merkte, dass sie am ganzen Körper zitterte. Wie in einem schlechten Traum war es ihr erschienen, als Karl sie aus dem Bett geholt, in aller Eile nach der Jacke gegriffen und sie dann schleunigst ins Treppenhaus gedrängt hatte.

„Sei vorsichtig", murmelte er und half ihr dabei, im Laufen die Jacke überzuziehen und dabei nicht zu stolpern. Im ganzen Gebäude war Brandgeruch wahrzunehmen und dichter Qualm breitete sich aus.

Als sie das Haus verlassen hatten, war sie von Karl ebenso sanft wie bestimmt auf die andere Straßenseite geführt worden, wo sie jetzt standen; ein Stück weit entfernt vom Geschehen.

Nach und nach kam Marianne zu sich. Um sie herum erkannte sie andere Mieter des Hauses, einige in direkter Nähe, andere etwas abseits.

Da war der Junge mit dem Boxer, der gegenüber auf ihrer Etage wohnte. Der Reporter aus dem zweiten Stock und dieses etwas zwielichtige Pärchen aus dem Dachgeschoss.

Direkt neben Marianne und Karl stand der Pfarrer, der mit Frau und Kind vor einem guten Jahr hier eingezogen war.

Die Feuerwehrautos machten einen ziemlichen Lärm, ein Polizeiwagen näherte sich mit eingeschalteter Sirene, woraufhin der Hund laut zu knurren begann und an der Leine zerrte.

„Was, um alles in der Welt, ist hier passiert?", hörte Marianne im nächsten Moment die Stimme von Herrn Wulfert, dem älteren Mann, der in der Wohnung direkt über ihnen lebte.

Der Pfarrer zuckte mit den Achseln. „Ein Feuer ist ausgebrochen. Ich weiß auch nichts Genaues, aber vermutlich liegt die Brandursache im Dachgeschoss", entgegnete er und Marianne war erschrocken über die

Emotionslosigkeit, die in seiner Stimme zu liegen schien. Hier brannte ein komplettes Haus ab, hier verloren Menschen ihr Hab und Gut und dieser Mann spricht mit einer Sachlichkeit, als erklärte er das morgige Wetter!

„Wir wissen noch nicht viel mehr, als dass die Brandursache in einer der oberen Etagen liegen muss", fuhr der Pfarrer fort. Seine Frau stand daneben und sagte nichts.

„Sind alle rausgekommen?", fragte Herr Wulfert nach einem kurzen Moment des Schweigens und wies nach oben.

Der Pfarrer bestätigte es.

„Na Gott sei Dank!", murmelte Wulfert.

Jetzt reichte es Marianne: „Gott sei Dank?", mischte sie sich ein und erschrak selbst über die Lautstärke, mit der sie sprach, ja fast schrie. „Wir verlieren gerade alles!", schluchzte sie und senkte die Stimme. „Die ganzen Möbel, die ganzen Erinnerungen, alles weg!"

Der Pfarrer sah sie entgeistert an.

„Wie kann das nur sein? Das ist so ungerecht!", stieß sie hervor.

Dann erschrak sie und verspürte ein merkwürdiges Gefühl. Ein Gefühl des Hin- und Hergerissen-Seins. Als wenn tief in ihr ein mächtiger Kampf tobte. Auf der einen Seite hatte sie Angst und zitterte. Auf der anderen Seite war ihr, als streiche ihr jemand über den Kopf und sagte ihr zu, dass letztlich alles gut werden würde.

Dieser Kampf tief in ihr machte Marianne vollkommen unsicher, weshalb sie sich einfach ihren Gefühlen hingab. Sie warf dem Pfarrer einen zornigen Blick zu, viel zorniger, als sie es eigentlich wollte: „Wie kann so etwas sein?", fragte sie mit fester Stimme. „Wir haben keinem was getan. Wir sind ehrliche, ruhige Leute. Wie kann so etwas sein?"

Der Pfarrer schwieg. Schwieg einfach! Und Marianne war wütend, dass er schwieg. Hatte er denn keine Antwort? Keinen Trost? Wenn er Pfarrer war, musste er doch Gott kennen, musste er doch wissen, *wozu* solche Dinge passierten!

„Sie müssen es doch wissen", schrie sie ihm ins Gesicht. „Sie müssen doch sagen können, wie ihr Gott so etwas zulassen kann! Sie sind doch Pfarrer!"

Der Mann zuckte zusammen. Aber er antwortete noch immer nicht. Und er würde wohl auch nichts zu dem Kampf sagen können, den Marianne noch immer tief in sich spürte. Und von dem sie in diesem Moment genau wusste, dass es ein Kampf war zwischen Gut und Böse, zwischen Hell und Dunkel, zwischen Ja und Nein.

Sie hielt sich die Hände vor die Augen und schluchzte.

Was gerade passierte, war unglaublich.

VII.

DIE WETTE MIT GOTT

Martin Cornelius Schenck und Susanne Schenck-Lutze
In der Hotelhalle, 0:50 Uhr

Für Martin war die momentane Situation viel dramatischer, als es nach außen den Anschein hatte. Er bemühte sich, einigermaßen gefasst und besonnen zu wirken, schoss damit aber offenbar deutlich über das Ziel hinaus, wie ihm die Reaktion der Menschen vor Augen führte, von denen er momentan umgeben war. Sie mussten ihn für kalt und emotionslos halten und keiner sah, was ihn wirklich beschäftigte.

Abgesehen von der Tatsache, dass seine Familie und er gerade ihre Wohnung und damit all ihr Hab und Gut verloren hatten, machte ihm in erster Linie die Erkenntnis zu schaffen, dass er auch Gott verloren zu haben schien. Martin konnte es drehen und wenden, wie er wollte: Gott war nicht da. Jedenfalls spürte er ihn nicht. Nirgends.

Es war ganz und gar nicht so, dass Martin sich getragen fühlte in dieser Notlage. Es war nicht so, wie er es anderen Menschen in seelsorgerlichen Gesprächen immer wieder versichert hatte, dass Gott gerade in Krisen da wäre und Sicherheit böte. Nein, bei ihm war es definitiv anders – er fühlte sich nicht getragen. Er fühlte stattdessen eine vollkommene Leere. Eine große Ungewissheit. Und ja – er fühlte auch Furcht. Furcht davor, sein bisheriges Leben und seine berufliche Laufbahn auf Sand gebaut zu haben. Nicht im Traum hätte er gedacht, dass es so sein könnte. Vielmehr war er immer der Meinung gewesen, fest zu stehen. Sicher zu sein. Stabil.

Und jetzt?

Dem Bild der Bibel zufolge baut derjenige auf Sand, der sich nicht an Gott orientiert, der nicht auf Gott vertraut. Und damit war offenbar tatsächlich er gemeint, Pfarrer Martin Cornelius Schenck.

„Ich gehe mit Luzie nach oben", hörte er Susanne sagen, die neben ihm stand. Seine Frau hielt den Schlüssel für das Zimmer in der Hand, der ihnen vor wenigen Augenblicken an der Rezeption übergeben worden war. Diese Nacht würden die obdachlosen Mieter hier im Hotel verbringen können, hatte man ihnen erklärt. Danach hinge es davon ab, ob jemand anderweitig unterkam. Andernfalls stünden die Zimmer auch in den nächsten Tagen bereit. Die Kosten dafür würden, so hatte es ihnen der Koordinator erklärt, in aller Regel von der privaten Hausratversicherung übernommen. Sollte später ein Verursacher des Brandes ermittelt werden, holte sich die Versicherung das Geld von demjenigen wieder, der das Desaster ausgelöst hatte.

„Ja, geht nur", sagte Martin und drückte Susanne kurz an sich, strich Luzie über den Kopf und wies dann auf die anderen Mieter, die mehr oder weniger hilflos in der Hotelhalle herumstanden. „Ich werde sehen, ob ich hier noch ein wenig Unterstützung geben kann."

Susanne nickte und verschwand mit Luzie in Richtung Treppe.

Martin atmete tief durch und schob sich dann langsam in Richtung Rezeption. Brachler stand dort, der smarte Typ aus dem Dachgeschoss, und gestikulierte heftig mit den Armen. Die Rezeptionistin machte allerdings einen eher erschrockenen als imponierten Eindruck.

„Ja, es war quasi ein Osterfeuer", hörte er J. P. C. sagen und sah, wie die Frau hinter dem Tresen versuchte, sich irgendwie der Aufmerksamkeit des überschwänglich und offenbar ohne jede persönliche Betroffenheit quasselnden Mannes zu entziehen.

Brachlers Freundin Cindy, die emsig auf das Display ihres Smartphones einhämmerte und anscheinend eine Nachricht verfasste, ließ ihren Gemütszustand nicht erkennen.

Martin überlegte, ob er sich zu ihnen gesellen und versuchen sollte, etwas Licht in die Sache zu bringen: Warum war Brachler so euphorisch? Auch er hatte doch alles verloren. Sein Zuhause, seine Kleidung, sein gesamtes Hab und Gut. Und bestimmt war die Dachgeschosswohnung nicht schlecht ausgestattet. Gleichwohl schien es dem Mann nicht das Geringste auszumachen.

Nach zwei Schritten in Richtung der Rezeption, hielt Martin inne. Was sollte er Brachler denn fragen? Wie konnte er ein Gespräch entfachen, welches nicht zu plump anmutete, zugleich aber auch nicht auf den grotesken Clownerien dieses offenbar erfolgreichen Jungunternehmers basierte?

Martins Blick fiel auf die Wandtafel neben dem Aufzug. Ein Werbeplakat für das Treffen eines *Ersten Reitvogelvereins Villingen-Schwenningen e. V.* hing dort und er fragte sich, was *Reitvögel* wohl für Tiere sein mochten. War ein Strauß ein Reitvogel? Martin hatte keine Ahnung. Und er hatte auch noch immer keine Ahnung, wie er Brachler aus der Reserve locken konnte. Dessen Verhalten war absurd, aufgesetzt, unecht. Kein normaler Mensch wäre in einer Situation wie dieser derart positiv gestimmt. Vielleicht konnte man emotionslos erscheinen – Martin erlebte es ja gerade an sich selbst – aber positiv? Belustigt? Die Frage war daher, ob hinter Brachlers Pseudo-Frohsinn etwas anderes steckte. War dieser Mann am Ende der Brandstifter?

„Herr Pfarrer?" Martin fuhr erschrocken herum und blickte in das Gesicht der Frau, die ihn vorhin aufgebracht angesprochen und gefragt hatte, wie Gott so etwas zulassen könne. Jetzt stand sie direkt vor ihm und machte einen relativ gefassten Eindruck.

„Frau ..."

„Klassen", sagte sie. „Marianne Klassen."

Martin schüttelte die hingehaltene Hand und räusperte sich. „Es tut mir wirklich leid, dass ich mir noch immer nicht alle Namen der Nachbarn gemerkt habe", sagte er. „Schließlich wohnen wir schon ein ganzes Jahr unter einem Dach!"

Frau Klassen zuckte mit den Schultern. „So ist das in Berlin. Da bleibt lieber jeder für sich. Machen Sie sich darüber mal keine Gedanken."

Martin nickte.

„Ich wollte mich eigentlich nur bei Ihnen entschuldigen", fuhr die grauhaarige Dame fort. „Es tut mir leid, was ich vorhin gesagt habe. Aber ich war sehr erschrocken über das, was passiert ist. Und bin es im Grunde noch immer."

„Sie brauchen sich nicht zu entschuldigen", gab Martin zurück. „Was wir gerade erleben, ist ja wirklich zum Erschrecken."

„Ja", bestätigte sie. „Da haben Sie wohl recht." Sie deutete mit dem Kopf zu einer Sitzecke links vom Eingangsbereich. „Wollen wir uns einen Moment setzen? Ich würde mich gern kurz mit Ihnen unterhalten, wenn Sie nicht zu müde sind."

Martin nickte. Er war alles andere als müde. Ausgelaugt, leer, angeschlagen. Aber nicht müde, ganz im Gegenteil. Schlafen würde er jetzt nicht können. Und außerdem hatte er Susanne gegenüber erklärt, dass er noch unten im Foyer bleiben wolle, um den anderen Mietern seelsorgerlichen Beistand leisten zu können. Dass dieser Grund eher vorgeschoben war und er in erster Linie den Fragen seiner Frau aus dem Wege gehen wollte, stand auf einem anderen Blatt.

„Es ist schon ein wenig merkwürdig", begann Frau Klassen schließlich, als sie sich gesetzt und einen kurzen Moment geschwiegen hatten. „Wenn das Ganze heute Vormittag passiert wäre, hätte ich es vermutlich ganz anders weggesteckt."

Martin horchte auf. „Wie meinen Sie das?"

Marianne Klassen zuckte mit den Schultern. „Es ist eine, wie soll ich es nennen, *neue Komponente* hinzugekommen."

„Eine neue Komponente?"

Die Frau sah Martin in die Augen und es schien eine Ewigkeit zu dauern, bevor sie antwortete.

„Gott", sagte sie schließlich.

„Gott?" Martin merkte, dass seine Stimme merkwürdig schrill klang. Unwirklich. Blechern.

Marianne Klassen holte tief Luft. Dann erzählte sie Martin, was ihr am Nachmittag passiert war. Dass sie einen christlichen Flyer gefunden hatte. Dass sie sich gefragt hatte, ob es Gott wirklich gab. Und dass sie eine Art *Abmachung* mit Gott getroffen hatte. Dass er sich ihr zeigen sollte, wenn er tatsächlich existierte. Dass er ihr deutlich machen sollte, dass sie einen neuen Weg einzuschlagen hatte, neu anfangen sollte.

„Als ich vorhin so dachte, hatte ich natürlich niemals einen Brand und die Zerstörung meines Zuhauses im Sinn. Nie hätte ich mir eine solch dramatische, imposante Demonstration vorstellen können. Aber jetzt? Jetzt glaube ich ehrlich gesagt, dass die Geschehnisse der letzten Stunden irgendwie ... damit im Zusammenhang stehen?"

„Frau ... Klassen", Martin hatte keine Ahnung, wie er den Gefühlen und Überlegungen dieser Frau begegnen sollte. „Ich weiß nicht. Normalerweise würde ich sagen ..."

„Sie würden sagen: So ist Gott nicht, habe ich recht?"

Martin nickte. So in etwa hatte er es in seinem Kopf. Gott zündet doch keine Häuser an! Gott nutzt nicht ein derartiges Drama, um sich zu erkennen zu geben. Gott ... – aber gab es ihn denn überhaupt?

Und da war Martin wieder bei der Frage, die ihn seit Marianne Klassens Gefühlsausbruch vor knapp zwei Stunden umtrieb.

„Was ich nicht verstehe", sagte er und blickte Frau Klassen in die Augen, „vorhin haben Sie Gott ... angeklagt. Sie haben mir zugerufen, dass Sie sich fragen, wie Gott so etwas zulassen könne. Wenn Sie solch eine Frage stellen, müssten Sie dann nicht sowieso voraussetzen, dass es ihn gibt?"

Marianne Klassen erhob sich und lief die wenigen Schritte zur Rezeption. Dort wechselte sie mit der Frau hinter dem Tresen ein paar Worte und kam anschließend zurück.

Martin sah sie fragend an.

„Sie bringt uns gleich zwei Gläser und eine Flasche Mineralwasser. Ich nehme an, Sie sind auch ein wenig durstig?"

„Ja, durchaus. Danke. Aber zurück zu meiner Frage ..."

Frau Klassen zuckte mit den Schultern. „Ich war vollkommen durcheinander. Ich spürte, dass das Ganze mit mir zu tun haben musste. Mit meiner, wenn Sie so wollen, *Wette mit Gott*."

Martin schüttelte den Kopf. „Aber Frau Klassen ..."

„Nein, nein, lassen Sie mal. So habe ich mich gefühlt. Und Angst gehabt."

„Hören Sie", Martin suchte verzweifelt nach den richtigen Worten. Weder wollte er Frau Klassen verletzen, noch sich auf eine Zustimmung zu ihren Überlegungen hinreißen lassen. „Sehr viele Menschen haben das schon versucht: ein Zeichen zu bekommen. Selbst zu biblischen Zeiten. Aber so einfach ist das nicht. Gott lässt sich nicht auf solche Deals ein!"

Marianne Klassen legte die Stirn in Falten und Martin merkte, dass er sich ungeschickt ausgedrückt hatte. Er war kein guter Pfarrer. Und schon gar kein guter Seelsorger.

Er war vielleicht nicht mal mehr ein Christ.

„Ich habe bis vor wenigen Wochen keinen Gedanken an Religion, Kirche oder Gott verschwendet", fuhr sie erklärend fort. „Ich stamme aus der DDR, war sogar in der SED, der Staatspartei. Genau wie Karl, mein Mann."

Martin nickte.

„Dann fand ich vor ein paar Wochen ein kleines Heftchen im Bücherregal. Ein Heftchen, in dem von Gott die Rede war. Keine Ahnung, wie es in unsere Wohnung gekommen ist. Karl muss es von irgendwo mitgebracht haben, vermute ich. Jedenfalls hat mich der Inhalt, wie soll ich sagen, ins Herz getroffen. Ich habe gespürt, dass es mehr ist als nur irgendeine Werbebroschüre. Dass es ... mit mir zu tun hat."

Die Rezeptionistin erschien und brachte Wasser und Gläser.

Martin griff nach der Flasche und schenkte ihnen ein. Er überlegte angestrengt, wie er sich zu alledem verhalten sollte. Unmöglich konnte er Frau Klassen in dem Glauben belassen, dass Gott für den Hausbrand verantwortlich sein könnte! Dieser Gedanke war absurd. Viel eher hatte er J. P. C. Brachler im Verdacht, vielleicht auch den Jungen mit dem Boxer. Aber doch nicht Gott!

„Als Pfarrer müssten Sie doch schon mal von so etwas gehört haben: Dass Menschen plötzlich an Gott glauben. Oder bin ich eine völlige Ausnahme?"

Um Zeit zu gewinnen, nahm Martin einen kräftigen Schluck aus seinem Wasserglas. Dann fuhr er sich über den Nacken, der zu schmerzen begann.

„Nun, es ist so", hob er vorsichtig an, „die meisten Menschen aus den Gemeinden, in denen ich als Pfarrer arbeite, sind irgendwie ... schon immer gläubig gewesen. Sie sind getauft und konfirmiert und gehen mehr oder weniger regelmäßig in den Gottesdienst. Dass jemand von heute auf morgen zum Glauben kommt, so etwas gibt es sicher auch. Schließlich haben wir hin und wieder Anfragen von Erwachsenen nach einer Taufe oder es kommen Menschen, die der Kirche schon mal den Rücken gekehrt haben, und treten irgendwann wieder ein. Aber eine solche Geschichte, wie Sie sie mir gerade erzählt haben, eine solche Geschichte ist mir bislang noch nicht vorgekommen, nein."

Marianne Klassen nickte. Sie drehte ihr Wasserglas, ohne daraus zu trinken. Dann erhob sie sich, legte Martin mit einem kurzen Wort des Dankes die Hand auf die Schulter und verschwand in Richtung Treppe.

VIII.

WAS ZUVOR GESCHAH

Jan Möller
Tag des Brandes, 10 Uhr

Dieser Morgen war kein guter. Jedenfalls bisher nicht.
Jan Möller hatte die Hände tief in den Taschen seines schon etwas
in die Jahre gekommenen Trenchcoat vergraben und setzte missmutig
einen Schritt vor den anderen.

Heuchler, hatte Ulrike ihn genannt und war wutschnaubend im Bad
ihrer kleinen Einzimmerwohnung in Reinickendorf verschwunden.
Seine aktuelle Freundin arbeitete als Fotomodell, vor allem für Produkt-
werbung. Am Wochenende stand sie abends zudem am Tresen einer
Bar, wo sie sich als gelegentliche Aushilfe ein paar Euro nebenher verdiente.

Heuchler. War er das?

Zum Streit zwischen Ulrike und ihm war es gekommen, als sie ihn
gefragt hatte, ob er seinen Beruf als Journalist überhaupt noch ernst nehmen würde. Sie hatte ihm vorgeworfen, sich anzupassen, keine kritischen Fragen mehr zu stellen und sich hinter angeblichen *gesellschaftlichen Verpflichtungen* zu verstecken.

Er, Möller, hatte daraufhin versucht, seiner Freundin klarzumachen,
dass es heute nicht mehr so einfach sei, frei von der Leber weg seine
Storys zu schreiben. Es gäbe eine Vielzahl von Befindlichkeiten, auf die
Rücksicht genommen werden müsse. Vom sehr heterogenen Leserkreis

über die Geldgeber des Verlages bis hin zum leicht cholerischen Chefredakteur, demgegenüber man sich, nun ja, ein wenig unterwürfig zeigen sollte, um nicht aus seiner Gunst zu fallen.

An dieser Stelle des Gesprächs war dann das Wort *Heuchler* gefallen, was ihn zu einem verärgerten Kommentar provoziert hatte, auf den hin Ulrike wutschnaubend ins Badezimmer geflüchtet war.

Eine knappe halbe Stunde ließ er ihr Zeit, aber sie kam nicht wieder heraus. Also hatte Jan Möller sich schließlich seinen Trenchcoat geschnappt und Ulrikes Wohnung verlassen. Wie er sie kannte, würde sie ihn spätestens am Nachmittag anrufen und um Verzeihung bitten. Und wenn nicht, war es auch nicht zu ändern, dachte er. Dann würde eben ein neues Kapitel seines mehr oder weniger turbulenten Lebens aufgeschlagen werden.

Mit anderen Darstellern.

Und einem anderen Plot.

☙

Eine knappe halbe Stunde später hatte Möller die Straße erreicht, in der er seit ein paar Jahren wohnte. Von Ulrike war es mit dem Bus keine allzu weite Strecke hierher. Ein eigenes Auto besaß er nicht und sein Motorrad war noch eingemottet. Im Winterhalbjahr fuhr er nicht damit. Zur Redaktion nahm er ohnehin stets die U-Bahn.

Noch immer ging ihm Ulrikes Zynismus nicht aus dem Kopf und er musste zugeben, dass ihn ihre Vorwürfe mehr ärgerten, als ihm lieb war. Vielleicht, weil sich ein Fünkchen Wahrheit darin verbarg? *Was trifft, trifft zu!*, war ein Satz, den er irgendwo mal gehört hatte und der nicht ganz falsch zu sein schien.

Völlig in Gedanken versunken trat Möller auf die Straße und erschrak im nächsten Augenblick: Den heranrollenden roten Golf hatte er überhaupt nicht wahrgenommen!

Dem Fahrer war es gelungen, geistesgegenwärtig eine Vollbremsung einzuleiten und rechtzeitig zum Stehen zu kommen, aber um ein Haar wäre Möller wegen seiner dämlichen Grübelei von dem Auto erfasst worden. Wegen so einer banalen, unwichtigen Sache, die ihn keinen Schritt weiterbrachte. An seiner beruflichen Situation war nun mal nichts zu ändern, das konnte er drehen und wenden, wie er wollte. Jeder hatte sein Päckchen zu tragen. Und mit Ehrlichkeit und Heldenmut war kein Brot zu verdienen.

Nein, dachte er und setzte seinen Weg fort, Ulrike macht es sich zu einfach. Sie hatte ja keine Ahnung davon, wie schwierig es war, immer den richtigen Ton zu treffen. In Zeitungsartikeln und bei Rundfunkbeiträgen jede riskante Formulierung geschickt zu umschiffen und neben alldem immer das große Ziel seines Chefs im Hinterkopf zu haben: den finanzstarken Entscheidungsträgern zu gefallen.

Missmutig stieß Möller die Haustür auf und erklomm die zwei Treppen zu seiner Wohnung. Er zog den Schlüssel aus seiner Tasche, steckte ihn ins Schloss und öffnete. Fast unmittelbar nahm er den Geruch von vergorenen Speiseresten wahr. Er hatte tatsächlich vergessen, den Abfalleimer zu leeren, bevor er sich vorgestern am frühen Vormittag zu Ulrike aufgemacht hatte.

Also holte Möller den Müllsack aus dem Behälter, knotete die Tragegriffe zusammen und verfrachtete den übelriechenden Sack kurzerhand in den Hausflur. Später würde er ihn zur Tonne tragen, jetzt brauchte er erstmal eine Pause.

Nachdem Möller die Küchen- und Badfenster geöffnet hatte, zog er seinen Trenchcoat aus und hängte ihn direkt an den Garderobenhaken. Einen Bügel zu benutzen, hielt er für spießig.

Kurz bevor er sich umwandte, fiel sein Blick auf das gerahmte Foto an der Flurwand, welches ihn und den ehemaligen Regierenden Bürgermeister zeigte. *Eine schnittige Erscheinung*, dachte er. *Alle beide.* Obschon ihm sein eigenes Konterfei noch besser gefiel als das des Bürgermeisters. Nun ja, es war über zwanzig Jahre her, kurz nach Möllers Umzug in die Hauptstadt. Das Foto stammte von einer Begegnung auf der *Berlinale*, wo Möller mehrere Schauspieler und natürlich auch den einen oder anderen Politiker interviewt hatte. Damals war es noch nicht Usus, sich jeden Text vor der Abgabe mehrfach durchzulesen und auf *Political Correctness* hin zu überprüfen. Auch wirtschaftliche Befindlichkeiten des Verlages spielten seinerzeit nur eine sehr untergeordnete Rolle. Wer es vermied, gesellschaftliche Größen übermäßig stark zu attackieren oder gar der Lächerlichkeit anheimzugeben, hatte kaum etwas zu befürchten.

Wie anders war dagegen die heutige Situation, dachte Möller und erinnerte sich an einen seiner jüngsten Beiträge. Er hatte einen designierten Staatssekretär befragt, der heute, am Ostermontag, seine Ernennungsurkunde erhalten sollte. Möllers Artikel hatte Widersprüche in den Forderungen und Zielen dieses zwielichtigen Politikers nicht ausgespart, woraufhin sich der Chefredakteur eingeschaltet und den Text auf wenige, für den Interviewten vorteilhafte, in der Sache jedoch nur oberflächliche Sätze zusammengestrichen hatte. Obwohl Möller der Meinung war, bei seinen Formulierungen zurückhaltend und vorsichtig gewesen zu sein, zog er sich einen Rüffel zu.

„Wir hinterfragen politische Entscheidungen nicht!", hatte ihn der Chefredakteur mit erhobenem Zeigefinger belehrt.

Ihm, Möller, war darauf nichts anderes eingefallen, als devot zu nicken und seinem Brötchengeber die künftige Beachtung dieses Grundsatzes zu versichern.

Nein, dachte er, es war kein Ruhmeszeugnis, was er sich mit seiner unkritischen, zustimmenden Haltung ausgestellt hatte. Insofern war er vielleicht tatsächlich ein bisschen so etwas wie ein Heuchler. Doch was wäre die Alternative? Sich gegen den cholerischen Chefredakteur aufzulehnen? Was würde das bringen? Seine Artikel würden trotzdem nicht in der Ursprungsfassung erscheinen und möglicherweise hätte Jan Möller sogar bei nächster Gelegenheit keinen Job mehr. Das war es doch nicht wert. Oder?

Der Journalist wandte sich vom gerahmten Foto mit ihm und dem Regierenden ab und schlich in die Küche. Aus dem Kühlschrank nahm er eine noch halbvolle Flasche Tonic-Water, holte ein Glas aus dem Regal und setzte sich an den kleinen Tisch neben dem Fenster.

Was war nur aus ihm geworden? Als er unmittelbar nach seinem Hamburger Studienabschluss die erste Anstellung als redaktioneller Mitarbeiter bei einem eher mittelmäßig erfolgreichen Regionalblatt in Sachsen-Anhalt angetreten hatte, waren ihm die journalistischen Grundsätze noch so geläufig wie die Regeln der Straßenverkehrsordnung. Wahrhaftig und korrekt sollte berichtet werden. Und immer erst nach sorgfältiger Recherche. Sensationsberichterstattung war ebenso tabu wie die Verletzung von Persönlichkeitsrechten. Atze Brosemann, sein damaliger Chef vom Dienst, hatte immer wieder betont, dass sich alle Kollegen der Zeitungsredaktion *verdammt nochmal* daran zu halten hatten. Und so war es auch gewesen.

Erst als die Verkaufszahlen in den Keller gingen und der Verleger sich von Brosemann getrennt hatte, begann eine andere Ära. Mit dem neuen CvD kam der unbedingte Wille, die Auflage des Blattes maximal zu steigern. Koste es, was es wolle.

Schnell war auch ein Thema gefunden, das sich seinerzeit gut verkaufen ließ: die Stasi-Vergangenheit von Politikern, Künstlern und wirtschaftlichen Entscheidungsträgern. So hatte es damals eine Zeit gegeben, in der sie regelrecht Jagd auf ehemalige Stasi-Mitarbeiter machten. Auf die hauptberuflichen genauso wie auf IMs. Möller konnte sich noch gut daran erinnern, wie er, damals grün hinter den Ohren, vom Chefredakteur höchstpersönlich mit entsprechenden Rechercheaufgaben betraut worden war. Noch heute besaß er eine Namensliste aus jenen Tagen, in der die Gehälter der Angestellten des MfS, des Ministeriums für Staatssicherheit, aufgeführt waren. Im Laufe der Jahre hatte er die Liste immer mal wieder benutzt, wenn er sich über bestimmte Personen informieren wollte, zu denen er einen Artikel verfasste. Es war für ihn zu einer Selbstverständlichkeit geworden, alle Personen des Geburtsjahres 1973, seines eigenen Jahrgangs also, und alle älteren Ostdeutschen auf dunkle Schatten in ihrer Vergangenheit abzuklopfen. Und rückblickend konnte Möller tatsächlich eine beachtliche Trefferquote vorweisen: Fast zwanzigmal war es ihm gelungen, ehemalige Stasi-Schnüffler zu enttarnen, die es sich in Wirtschaft, Politik oder Verwaltung bequem gemacht hatten.

Doch während er am Anfang noch als Held gefeiert und für seine Scharfsinnigkeit gelobt worden war, wollte irgendwann niemand mehr etwas davon wissen. *Das Thema ist verbrannt*, hatte der Chefredakteur durchblicken lassen und ihm zu verstehen gegeben, dass Enthüllungen der genannten Art ab sofort tabu seien.

Trotzdem konnte Möller nicht anders, als auch heute noch bei fast jeder Recherche zu prüfen, ob sein aus Ostdeutschland stammendes Gegenüber in der Liste stand.

So war er auch bei jenem Politiker vorgegangen, der heute zum Staatssekretär ernannt werden würde. Allerdings mit negativem Ergebnis. Sonst hätte er vielleicht doch noch eine Chance gehabt, diesem fragwürdigen Arroganzbolzen einen Strich durch die Rechnung zu machen.

Und den Bürgern dieser Stadt eine Menge Ärger zu ersparen.

☙

Nachdem sich Jan Möller den Rest des Vormittags mit dem Abruf von E-Mails seiner Redaktion beschäftigt und geprüft hatte, welche Meldungen der Nachrichtenagenturen für seinen morgen online erscheinenden *Kommentar zum Wochenanfang* infrage kommen könnten, fiel ihm gegen 14 Uhr der stinkende Müllbeutel ein, der noch immer vor der Tür stand und darauf wartete, in die Tonne gebracht zu werden. Also schnappte sich Möller sein Schlüsselbund, trat in den Hausflur, griff nach dem Beutel und machte sich auf den Weg nach unten.

Als er die Wohnung von Herrn und Frau Klassen im ersten Stock passierte, hörte er ein hämmerndes Geräusch, welches aus einem der vorderen Räume kam, vermutlich aus dem Flur.

Möller fragte sich, was es wohl an einem Feiertag zu hämmern gab. Aber was wusste man schon über die Lebensweise andere Menschen? Überhaupt: Wie gut kannte man seine Nachbarn, Freunde, Kollegen eigentlich? War es nicht immer nur ein äußerst bescheidener Abriss der Realität, den man als Außenstehender wahrnahm? Trug nicht jeder eine Maske, die seine tatsächlichen Gefühle, seine Sorgen, Ängste und seine Lebensgeschichte wie ein Schleier verbarg?

War das nicht bei ihm selbst ganz genauso? Hielten ihn seine Freunde, seine Bekannten, seine Eltern und vielleicht sogar seine Nachbarn nicht für einen richtig guten, wahrhaften, kompromisslosen Journalisten – obwohl er in Wirklichkeit ein *Heuchler* war?

Mit einem leichten Anflug von Erschrockenheit nahm Möller wahr, dass er nicht nur druckreif formulieren konnte, sondern dass er sogar druckreif dachte.

Vielleicht würde es sich lohnen, zu diesem Thema mal einen Beitrag zu machen, überlegte er. Denn es stimmte ja: Kaum jemand war in der Lage, wirklich hinter die Maske anderer Menschen zu blicken. Kaum jemand sah eine Person so, wie sie wirklich war; konnte wissen, was im Gegenüber vorging. Welche Geschichte der Andere hatte – und nicht nur, was er vorgab zu sein.

Über Herrn Klassen wusste Möller etwas, was wohl keinem anderen Mieter hier im Haus bekannt war. Und was der ältere Mann vermutlich auch sonst nicht als Ehrenzeichen vor sich hertrug: Karl Klassen hatte einst als IM in Diensten der DDR-Staatssicherheit gestanden.

Für Möller war es ein Leichtes gewesen, an diese Information zu gelangen. Wozu hatte er schließlich seine Liste? Die nutzte er nicht nur für Recherchen über Prominente, sondern hin und wieder auch, um herauszufinden, mit wem er es in seinem Umfeld zu tun hatte.

So war er auf Karl Klassens Vergangenheit gestoßen.

Obwohl – und das war der Knackpunkt – rein theoretisch natürlich eine Namens- und Altersgleichheit vorliegen und es sich um einen anderen Karl Klassen handeln konnte. Da die Liste zwar den Namen und das Geburtsdatum, nicht aber die Meldeanschrift der jeweiligen Person umfasste, war immer Vorsicht geboten. Man sollte sein Wissen also nicht vorschnell an die große Glocke hängen, sondern nur dann damit an die Öffentlichkeit gehen, wenn kein Zweifel an der Zuordnung bestand. Außerdem waren Privatpersonen ohnehin geschützt und wurden grundsätzlich nicht zum Objekt entsprechender Berichterstattung. Und nicht zuletzt – das galt es ebenfalls immer im Hinterkopf zu behalten! – beschränkte sich Möllers Erkenntnis auf das Wissen, *dass* jemand im entsprechenden Verzeichnis auftauchte. Welche Untaten die betreffende Person zu DDR-Zeiten wirklich verübt hatte, blieb im Dunkeln.

So auch hinsichtlich von Karl Klassen: Möller hatte keine Ahnung, welche Funktion dieser Mann als IM einst bekleidete und wem Klassen geschadet haben könnte. Wie allgemein bekannt war, hatten nicht wenige Menschen der Stasi eher unfreiwillig gedient, weil sie entweder erpresst oder mit dem Ende ihrer Karriere bedroht worden waren. Also fügten sie sich zähneknirschend dem System, passten sich an und taten, was man von ihnen verlangte. Und wer konnte schon sagen, wie er selbst, Jan Möller, sich in einer solchen Situation verhalten hätte?

Mitten in diesem Gedanken hielt Möller inne.

Er war soeben unten bei den Briefkästen angekommen und die Klinke der Haustür, die er gerade herunterdrücken wollte, um ins Freie zu treten, schien förmlich an seiner Hand zu kleben.

Er spürte, wie sein Herz klopfte.

Erging es ihm nicht genau so? Passte nicht auch er sich an? Tat nicht auch er, was man von ihm verlangte, damit er seine Karriere nicht gefährdete? Hatte Ulrike am Ende doch recht und er war ein ... Heuchler?

Möglicherweise hatte seine Freundin mit ihrem wachen Blick erkannt, was er selbst nicht sehen wollte. Denn natürlich war es falsch, was er tat. Für einen guten Journalisten gehörte eine reichliche Portion Kritik zum Beruf. Nicht umsonst wurden die journalistischen Medien auch als die *vierte Gewalt* im Staat bezeichnet. Neben den drei klassischen Elementen der Gewaltenteilung – den Gerichten als Judikative, dem Parlament als Legislative und den ausführenden Organen als Exekutive – übten Presse, Funk und Fernsehen normalerweise eine unverzichtbare Rolle in der Demokratie aus. Sie sollten schon aus ihrem Selbstverständnis heraus unabhängig über politische Geschehnisse berichten und, wo nötig, nicht mit Widerspruch und Kritik sparen.

Heute, so schien es Möller, war diese *vierte Gewalt* fast zu einem kostenlosen Werbeinstrument der Parteien und der Regierung verkommen. Die Riege der Journalisten bestand zum guten Teil aus einem Heer willfähriger Claqueure der Herrschenden. Und das Volk bekam zu hören und zu lesen, was es hören und lesen sollte. Wirklich nachdenken taten nur die Wenigsten, denn Denken strengte an, das wusste Möller auch. Zudem waren Denken und Kritik heutzutage keine Eigenschaften, mit denen man vorankam, ganz im Gegenteil. Wer sich gegen die Hauptmeinung, den *Mainstream*, stellte, bekam schnell den Gegenwind der Faktenschaffer zu spüren.

Wer gegen den Strom schwamm, verlor irgendwann die Kraft.

Wer es sich erlaubte, eine eigene Meinung zu haben und diese auch noch zu äußern, kollidierte mit der Toleranzwalze ideologisierender Umdenker.

Ja, dachte Möller, er hätte das Vorgehen der politisch Verantwortlichen viel öfter hinterfragen, seinem Instinkt folgen und die Halbwahrheiten, Beschönigungen und *alternativen Fakten* aufdecken müssen.

Nichts von alledem hatte er getan. Denn wenn er es getan hätte, wäre er längst aus dem Spiel geworfen worden.

Immer wieder hatte er gehört, dass es *die eine Wahrheit* nicht geben würde. Dass jeder *seine eigene Wahrheit* hätte. Und dass man tolerant den *anderen Wahrheiten* gegenüber bleiben müsse – gerade als Journalist.

So hatte er es gelernt, so hatte er es gelebt.

Und doch blieben Zweifel.

Endlich drückte Möller die Klinke herunter und trat aus dem Haus. Mechanisch setzte er sich in Gang und steuerte den Müllplatz an.

Seine Gedanken kreisten weiter um die Vergangenheit, Gegenwart und Zukunft seines Jobs. Es war ihm, als wenn sich ein Schleier hob und plötzlich wusste er, dass er hätte nicht schweigen dürfen, als sie in der Redaktionskonferenz darüber beraten hatten, wie mit den Informationen zum sogenannten *Heizungsskandal* umgegangen werden sollte. Mit den Machenschaften dieses Fast-Staatssekretärs, die er aufgedeckt hatte.

Aus ziemlich verlässlicher Quelle waren ihm brisante Papiere zugespielt worden, die den Mann schwer belasteten. Konkret ging es um gefälschte Statistiken über die Auswirkung klassischer Ölfeueranlagen in Wohn- und Industriegebäuden. Anhand offenbar manipulierter Zahlen sollte bald ein neues Gesetz erlassen werden, welches die Betreiber zu teuren Umbaumaßnahmen verpflichtete. Den wohl größten politischen Sprengstoff bot dabei die Tatsache, dass besagter Abgeordneter – und in wenigen Stunden frisch ernannter Staatssekretär – Mitinhaber einer der bedeutendsten Herstellerfirmen von chemischen Filtersystemen war. Er verdiente sich also genau mit jenen Bauteilen eine goldene Nase, die nach dem Inkrafttreten der gesetzlichen Neuregelung in großen Mengen benötigt werden würden!

Eine Verstrickung zur Ausnutzung persönlicher Vorteile lag klar auf der Hand.

Doch trotz der belastenden Fakten und den kaum anzweifelbaren Informationen wagte es niemand, die Öffentlichkeit zu informieren. Angesichts der bevorstehenden Ernennung des betroffenen Politikers zum *Staatssekretär für Klimaschutz* solle man keine schlafenden Hunde wecken und sich besser in Zurückhaltung üben, hatte der Chef vom Dienst unmissverständlich zu verstehen gegeben.

Alle hatten zugestimmt. Auch er selbst, Jan Möller.

Was ein Fehler gewesen war. Ganz gewiss. Denn damit hatte er seine Berufsehre verraten.

Ja, dachte Möller, er war keinen Deut besser als Karl Klassen, der ehemalige Stasi-IM! Und er war ein Heuchler, ganz so, wie Ulrike es am Morgen gesagt hatte. Die Frage blieb, was er mit dieser Erkenntnis anfangen konnte. Wie er sich verhalten, was er tun sollte. Denn eigentlich durfte es so nicht weitergehen.

ଔ

Nachdem Jan Möller den Abfallbeutel endlich in die Tonne geworfen, sich die Hände an seiner Jeans abgeklopft und die Müllstandsfläche wieder ordnungsgemäß verschlossen hatte, entschied er sich, noch eine kurze Runde um den Block zu drehen. Der Sonnenschein war sehr angenehm und Möller fühlte sich mit seinem Rollkragenpullover ausreichend warm bekleidet. Vielleicht würde das Wetter ja sogar bald dazu geeignet sein, das Motorrad aus der Garage zu holen und eine erste Tour zu unternehmen.

Auf der betonierten Fläche neben dem Zugang zu den Mietergärten hockte Timo Kernchen, der freundliche Familienvater aus dem Dachgeschoss.

„Na, wird das Fahrrad vom Sohnemann wieder in Gang gebracht?", fragte Möller den Nachbarn und blieb neben der Teppichklopfstange stehen.

Kernchen nickte und hielt einen Schraubenschlüssel in die Höhe. „Ich versuch's. Ist nicht ganz so einfach. Bei meinem Kinderrad damals war ein Reifenwechsel kein Problem. Heute gibt es nur noch Bikes mit Gangschaltung. Das macht es nicht leichter."

Möller nickte seinem Mitmieter freundlich zu, wünschte ihn viel Erfolg und tippte sich als Abschiedsgruß symbolisch an die nicht vorhandene Mütze. Dann setzte er seinen kurzen Spaziergang fort und steuerte den kleinen Schaukasten an, den die Wohnungsbaugesellschaft vor ein paar Monaten neben der Schranke des Parkplatzes aufgestellt hatte. Darin hingen meist aktuelle Vermietungsangebote oder Hinweise zu geplanten Reinigungs- oder Reparaturarbeiten. Momentan prangte im Kasten lediglich ein einzelnes DIN A4-Plakat, auf dem ein lachender

Hase zu sehen war, der auf einem bunten Ei balancierte. *Allen Mietern ein schönes Osterfest!* stand darunter und Möller überlegte, ob das mal eine Idee wäre: Auf die Titelseite der Tageszeitung nur *ein* großes Bild zu setzen. Vielleicht ein strahlendes Kindergesicht. Und darunter den Satz: *Ab heute bringen wir die Wahrheit!*

Ja, dachte Möller, das wäre ein wirklich spektakulärer Aufmacher. Aber auch vollkommen illusorisch. Denn heutzutage war es ja schon schwer, in den Medien überhaupt noch rundum verlässliche Informationen zu finden. Längst nicht mehr leisteten sich die Redaktionen einen großen Pool von Fachjournalisten für die unterschiedlichsten Themen, sondern kauften Texte übers Internet ein. Hierfür gab es extra Agenturen, bei denen sich auch umfangreiche Beiträge zu Spezialgebieten für wenig Geld bekommen ließen. Die Textagenturen ihrerseits traten dabei lediglich als Vermittler auf und stellten eine Verbindung zu freiberuflichen Autoren her, die entsprechende Artikel verfassten. Das Spektrum dieser Autoren war breit und reichte von der Hausfrau im Nebenerwerb über Gelegenheitsschreiber bis hin zu echten Profis. Grundsätzlich gab es an diesem System gar nichts zu bemängeln und der teilweise sehr hohe Bedarf an Texten für Internetseiten und Artikelbeschreibungen, Online-Ratgeberformate und viele weitere Bereiche war anders kaum zu bewältigen. Das Problem lag allerdings in der mitunter recht abenteuerlichen Recherchefähigkeit manch externer Autoren.

Möller hatte das vor einiger Zeit am Beispiel der ehemaligen Fluggesellschaft *Air Berlin* mal exemplarisch nachgeprüft und sich die im Internet verfügbaren Lexikon-Texte angesehen. Hier gab es zwei unterschiedliche Angaben zu der Frage, wann *Air Berlin* Mitglied der International Air Transport Association, der IATA, geworden war. Während *Air Berlin* selbst das Jahr 1997 nannte, wimmelte es von Texten, in denen 1999 angegeben war.

Angesichts der weiten Verbreitung der falschen Angabe wurde mehr als deutlich, dass hier ein Autor vom anderen abgeschrieben und nicht, wie es zum guten journalistischen Handwerk gehören würde, die Primärquelle – in diesem Fall also die eigene Unternehmensvorstellung auf der Online-Seite von *Air Berlin* – genutzt hatte.

Auch an anderer Stelle war Möller diese nachlässige Vorgehensweise schon aufgefallen und er erschrak immer wieder, welche Fehler in die breite Öffentlichkeit getragen und so zu *Wahrheiten* gemacht wurden.

Insbesondere bei Gesundheitsthemen, so fand Möller, war eine Schmerzgrenze überschritten, die zu echten Gefahren führen könnte.

Aber was sollte man machen?

Wen kümmerte das?

Wer hatte überhaupt ein Interesse an der Wahrheit in Zeiten, in denen die Menschen Texte nur noch überflogen, ihre Meinung von Schlagzeilen abhängig machten und sich von geschickt in Szene gesetzten Fotos beeinflussen ließen?

Möller wandte sich vom Schaukasten der Wohnungsgesellschaft ab und setzte seinen kleinen Spaziergang in Richtung des Parks neben der Ausfallstraße fort. Er merkte, dass sein Magen nach etwas Essbarem verlangte und entschloss sich, an der Tankstelle ein Schinken-Käse-Sandwich zu erwerben. Das wäre zwar keine vollwertige Mahlzeit, aber besser als nichts. Ulrike würde die Hände über dem Kopf zusammenschlagen und ihn ermahnen, dass er sich endlich einen geordneten Ernährungsrhythmus zulegen sollte, wenn sie davon wüsste.

Aber was nutzte ihm das jetzt?

Jetzt, wo er einfach einen knurrenden Magen beruhigen musste?

ભ

Außer dem Schinken-Käse-Sandwich hatte sich Jan Möller an der Tankstelle einen Kaffee im Pappbecher sowie die neueste Ausgabe eines wöchentlich erscheinenden Nachrichtenmagazins gekauft. Die Titelstory versprach Enthüllungen zu einem angeblichen Vergabeskandal beim Bundesverkehrsministerium, aber Möller vermutete mehr Sensationsgehasche als tatsächlich neue Erkenntnisse.

So war es in letzter Zeit meistens: Es wurde mächtig viel Staub aufgewirbelt, aber wenn die Schmutzpartikel gesunken waren und sich über die Geschichte gelegt hatten, blieb das Bild dasselbe wie zuvor.

Kaum jemand traute sich mehr, wirklich brisante Storys zu veröffentlichen. Weil kaum jemand seine Karriere gefährden wollte!

Genau wie er selbst das nicht wollte.

Und so kamen groß aufgemachte, letztlich aber rundum weichgespülte Beiträge heraus, die kein Mensch auch nur ansatzweise als *Knüller* bezeichnen würde.

Trotzdem gab es noch immer Leute, die Zeitungen und Zeitschriften kauften oder gar abonnierten. Leute, die ihre Rundfunkgebühren ohne mit der Wimper zu zucken fröhlich abbuchen ließen und sich von den Nachrichtensendungen des Öffentlich-Rechtlichen Rundfunks umfassende, unabhängige, journalistisch saubere Berichterstattung versprachen.

Er, Möller, hatte diesen Kinderglauben längst verloren.

Was ihm geblieben war und woran er sich über Wasser hielt, war seine Freude am Formulieren. Das hatte er schon immer gekonnt.

Anstöße für neue Beiträge hingegen ließ er sich lieber von der Redaktion geben und setzte sie dann sprachlich um. Nur selten kamen ihm eigene Ideen für Themen oder Reportagen, und wenn, waren sie flüchtig wie der Rauch einer ausgeblasenen Kerze. Sie verschwanden innerhalb kurzer Zeit und ließen sich nicht zurückholen.

Manchmal wünschte sich Möller so etwas wie einen *Gedankenkäscher*, mit dem er seine kurzen Erleuchtungen einfangen und behalten konnte. Zwar hatte er meist einen Notizblock dabei, oft aber kamen ihm die besten Ideen in Situationen, in denen er sie nicht einfach so notieren konnte oder wollte: beim Autofahren, unter der Dusche, kurz vor dem Einschlafen.

Kauend ließ sich Möller auf einer Bank im Park nieder und blätterte missgelaunt in dem bunten Journal. Wie erwartet war es der alltägliche Einheitsbrei. Kein echter Kracher dabei, nichts, was ihn hätte aufhorchen lassen. Und wie gern hätte er mal wieder einen Kollegen für dessen Mut bewundert, sich von der *Mainstream-Meinung* zu lösen und eigene Gedanken zu Papier zu bringen!

Gab es solche Journalisten nicht mehr oder scheiterte die Veröffentlichung nur an den Einwänden der Redaktionen oder der Verleger?

Vielleicht, dachte Möller, vielleicht sollte ich einfach die Probe aufs Exempel machen. Vielleicht wäre es gar keine schlechte Idee zu testen, wie weit man gehen konnte – für die Wahrheit und gegen die Angst vor einem beruflichen Karriereverlust. Vielleicht konnte er Ulrike ja beweisen, dass er das Zeug dazu hatte, sich von einem *Heuchler* in einen Mann zu verwandeln, der guten Gewissens in den Spiegel schauen konnte. Und vielleicht konnte er als einer der ersten mithelfen, die Medienlandschaft wieder breiter, schöner, *wahrer* zu machen.

War er ein Träumer? Ein Fantast? Möglicherweise. Aber er hatte es satt, Tag für Tag sich selbst zu verleugnen. Er hatte es satt, ständig den Verdacht zurückzudrängen, der seit vielen Monaten, wenn nicht gar seit Jahren in seinem Kopf herumspukte: dass Absicht dahintersteckte. Die Absicht, das Denken der Leser, Hörer, Zuschauer langsam, aber stetig zu verändern. Die Absicht, Menschen in eine bestimmte Richtung zu bringen, ohne dass sie etwas davon merkten.

Schon öfter hatte sich Möller bei dem Gedanken ertappt, dass es eine bewusste Taktik war, behutsam, Stück für Stück vorzugehen und nicht auf einen Schlag. So wie in der beispielhaften Geschichte mit dem Frosch im Wasserglas, dem sogenannten *Boiling-Frog-Syndrom*: Setzte man einen Frosch in ein Glas mit kochendem Wasser, würde er sofort wieder hinaushüpfen, weil er merkt, dass etwas nicht stimmt und es gefährlich für ihn ist. Wird der Frosch hingegen in ein Glas mit kaltem Wasser gesetzt und das Wasser langsam immer mehr erhitzt, bleibt er drin. Zwar wird seine Umgebung wärmer und wärmer, er aber gewöhnt sich daran. Bis das Wasser schließlich kocht und es zu spät ist für den armen Frosch.

Möller schlug das Nachrichtenmagazin zusammen, trank den letzten Schluck aus seinem Kaffeebecher und warf selbigen sodann zusammen mit der Folie seines inzwischen verspeisten Schinken-Käse-Sandwiches in den Papierkorb.

War er wirklich mutig genug für einen Versuch, sich der Wahrheit zum Diener zu machen?

Es müsste ein Zeichen geben, dachte er. Irgendein Zeichen, dass ich es wirklich tun soll. Etwas Spektakuläres, das keine Zweifel offenließ.

Aber er hatte keine Ahnung, wie dieses Zeichen konkret aussehen könnte.

ଓଃ

Das Telefonat mit Ulrike war nicht so verlaufen, wie eigentlich von ihm erhofft. Zwar hatte seine Freundin – wie erwartet – gegen 16 Uhr von sich aus angerufen, sie war aber noch immer mächtig sauer auf ihn. Dass er einfach so ihre Wohnung verlassen und nicht den *Mumm* besessen hatte, sich ihren Vorwürfen zu stellen, empfand sie als *weibisches Gehabe*.

Nach nicht einmal einer Minute Gespräch waren sie schließlich so verblieben, dass sie sich eine kurze Auszeit gönnen wollten: Vor kommendem Freitag war keine neuerliche Kontaktaufnahme vorgesehen.

Ohne recht zu wissen, wie er die ganze Situation einschätzen sollte, hatte Jan Möller den Rest des Nachmittags damit zugebracht, seine Steuerbelege zu sortieren, das Badezimmer grob zu säubern und sich zwei Flaschen Bier zu gönnen.

Ab 21 Uhr hockte er vor dem Fernseher und zog sich aus Langeweile die neueste *Traumschiff*-Folge rein. Die war zwar schon gestern gesendet worden, ließ sich aber bequem aus der Mediathek abrufen.

Eigentlich war Möller kein Freund von leichter Unterhaltung, aber der heutige Tag war so mies gewesen, dass er jetzt auch nicht mehr schlimmer werden konnte.

෬

Um 23.15 Uhr wusste Jan Möller, dass er sich gewaltig geirrt hatte: Der Tag, dieser vermaledeite Ostermontag, hatte durchaus das Zeug dazu, noch schlimmer zu werden.

Er war gerade dabei, nach dem Zähneputzen in seinen Pyjama zu steigen, als er einen beißenden Geruch aus dem Flur wahrnahm.

Humpelnd, weil erst halb in der Schlafanzughose angekommen, begab er sich zur Wohnungstür. Hier war der Gestank noch stärker und im Schein seiner Dielenbeleuchtung fielen ihm gräulich-weiße Schwaden auf, die oberhalb der Schwelle in seinen Flur drangen.

Ohne weiter nachzudenken, öffnete er die Tür und fühlte sich im nächsten Moment wie hypnotisiert: Das Treppenhaus war in dichten Rauch gehüllt. Von unten jaulte ein Hund. Und oben schrie jemand den Namen *Cindy*.

Möller hätte nicht sagen können, wie lange er im Türrahmen stand. Erst als der Typ aus dem Dachgeschoss an ihm vorbeilief, kurz abbremste und rief, er solle zusehen, dass er Land gewönne, erwachte Möller aus seiner Schockstarre.

Kurzerhand schnappte er sich seinen Trenchcoat vom Kleiderhaken, griff nach der immer bereitstehenden Umhängetasche und holte zuletzt noch sein Handy aus dem Bad. Dann eilte er die Treppe hinab und verließ das Haus.

Als er ins Freie trat, blitzte ein Gedanke in ihm auf: War das das Zeichen, auf das er gewartet hatte?

൪

Nachdem Möller unten angekommen war und etwas entfernt vom Eingang des Hauses einen Standplatz gefunden hatte, fragte er sich, ob es sich lohnen könnte, seine unmittelbaren Eindrücke in dem kleinen Notizheft zu skizzieren, welches stets griffbereit in seiner rechten Jackentasche steckte und ihm längst zu einem unverzichtbaren Begleiter geworden war. Auch ein paar Fotos mit dem Handy könnte er machen. Schließlich war er selbst als Journalist nur selten so dicht am Ort des Geschehens.

Auf der anderen Seite war da die persönliche Betroffenheit. Die Tatsache, dass es hier nicht um mehr oder weniger neutrale Fakten ging, sondern dass er und sein direktes Umfeld im Mittelpunkt standen.

Und genau das lähmte Jan Möller. Mehr, als er gedacht hätte.

Im Hauseingang erschien jetzt das Ehepaar aus dem 1. Stock, die Klassens. Der ehemalige Stasi-Mann schob seine Frau mit sanftem Druck ins Freie. Beide schienen mit der Situation genauso überfordert zu sein wie die meisten anderen Nachbarn, die sich um Möller gesammelt hatten: Der junge Pole mit seiner Freundin. Die kinderreiche Familie aus dem Dachgeschoss und der Bursche mit dem *Kampfhund*, wie Möller das Tier gern nannte. Zwar war der Boxer eigentlich nie unangenehm aufgefallen und nur selten akustisch in Erscheinung getreten, gleichwohl hatte Jan einigen Respekt vor dem kräftigen Vierbeiner; die Storys seiner Kollegen über folgenreiche Begegnungen zwischen Mensch und Hund kannte er nur allzu gut. Es gab eine Zeit lang sogar eine regelrechte Welle von Berichten über Berliner, die durch Bisse verletzt worden waren. Die Lokalredakteure hatten es scherzhaft *Die beiße Phase* genannt.

Als hätte der Boxer Möllers Gedanken erraten, begann er zu knurren und zerrte an der Leine. Aber das lag wohl doch eher an dem Radau, den die eben eingetroffenen Feuerwehrfahrzeuge verursachten.

Möller ließ seinen Blick wandern und blieb am Pfarrer haften, der mit Frau und Tochter etwas abseits stand und ein verzweifeltes Gesicht machte. Neben ihm hatten sich inzwischen die Klassens eingefunden, beide sichtlich aufgewühlt. Lediglich der überelegante Tesla-Fahrer aus dem Dachgeschoss gab den Clown und grinste trotz der außergewöhnlichen Sachlage vor sich hin, was Möller nicht kapierte. Wie konnte man angesichts des Verlustes seiner Wohnung so gleichgültig, ja fast fröhlich sein? Es war ein bizarres Bild. Seine blonde Freundin, die danebenstand, gab sich neutral und war mit ihrem Smartphone beschäftigt.

„Was, um alles in der Welt, ist hier passiert?", erklang in diesem Moment die Stimme von Horst Wulfert, dem rüstigen Rentner, der Jans direkter Etagennachbar war.

„Ein Feuer. Wohl aus dem Dachgeschoss", erklärte der Pfarrer betont sachlich und schluckte. „Wir wissen noch nicht viel mehr, als dass die Brandursache wohl in einer der oberen Etagen liegen muss."

Horst Wulfert warf Möller einen undefinierbaren Blick zu. Dann wandte er sich wieder an den Kirchenmann und zeigte nach oben. „Sind alle rausgekommen?"

Der Pfarrer nickte und Wulfert atmete auf.

„Na Gott sei Dank!", sagte der Rentner.

„Gott sei Dank?", hörte Möller fast unmittelbar auf Wulferts Bemerkung folgend die grelle Stimme von Frau Klassen. „Wir verlieren gerade alles! Die ganzen Möbel, die ganzen Erinnerungen, alles weg!"

Der Pfarrer schien zu erstarren.

„Wie kann das nur sein?", fuhr Frau Klassen schluchzend und nun deutlich leiser fort. „Das ist so ungerecht! Wie kann so etwas sein? Wir haben keinem was getan. Wir sind ehrliche, ruhige Leute. Wie kann so etwas sein?"

Der Pfarrer sagte noch immer kein Wort und Möller schien es, als sei er vollkommen perplex und absolut unfähig, auf den angesichts der momentanen Situation mehr als verständlichen Gefühlsausbruch der Frau auch nur ansatzweise einzugehen.

„Sie müssen das doch wissen!", schrie Frau Klassen ihn jetzt regelrecht an. „Sie müssen doch sagen können, wie ihr Gott so etwas zu lassen kann! Sie sind doch Pfarrer!"

Jan sah, wie der Pfarrer kurz zusammenzuckte. Der Mann schien nicht nur getroffen zu sein, er schien verzweifelt. Keine guten Eigenschaften für einen Geistlichen, dachte Möller. Sollten Theologen nicht auch Seelsorger sein?

Nun, wie auch immer, er selbst, Jan Möller, fühlte jedenfalls – trotz allem Ärger über den Verlust seines Hab und Gut – auch eine Art Aufbruchsstimmung in sich. Wenn er es nüchtern betrachtete, war eine Last, eine Belastung, weggefallen. Denn bisher war ihm klar: Mit einer abweichenden Meinung würde er seinen Job, seine wirtschaftliche Existenz, seinen Lebensstil gefährden. Alles, was er sich geschaffen hatte und besaß, würde er verlieren, wenn er aus der Gunst seines Chefredakteurs fiel, der auch nur von der Gnade des Verlegers lebte.

Möller war klar: Wenn er seine Anstellung verlor, riskierte er, was er aufgebaut und sich geschaffen hatte.

Jetzt aber merkte er, dass der Verlust von Hab und Gut auch ganz anders, aber ebenso schnell erfolgen konnte. Und merkwürdigerweise war das befreiend. Es war wie ein abgeworfener Ballast: Er hatte die Möglichkeit, noch einmal neu anzufangen. Mit einer neuen Wohnung, einem neuen Job, einem neuen Leben. Vielleicht ganz woanders und nicht mehr in Berlin. Die Stadt war ihm längst fremd geworden und es könnte sich lohnen, von hier zu verschwinden.

Der Brand und der damit verbundene Verlust seiner Wohnung waren möglicherweise genau der Startschuss, auf den er tief in seinem Innern schon lange gewartet hatte.

FROMME SPINNER

Martin Cornelius Schenck
Im leeren Hotelrestaurant, 1:25 Uhr

Der Satz von Marianne Klassen ging Martin nicht aus dem Kopf: *Als Pfarrer müssten Sie doch schon mal von so etwas gehört haben – dass Menschen plötzlich an Gott glauben.*
Seine Antwort war ausweichend gewesen. Aber was hätte er auch sagen sollen? Natürlich kannte er Geschichten, vor allem aus Berichten über US-amerikanische Gemeinden, in denen Leute davon erzählten, *Gott begegnet* zu sein oder *zu Gott gefunden* zu haben. Verstanden hatte er das nie. Die Christen, die Martin Cornelius Schenck kannte, waren gewöhnliche Menschen. Menschen, die als Kinder getauft wurden und sich nach der Konfirmation noch zur Kirche hielten – was schon etwas Besonderes war. Klar gab es auch Erwachsene, die aufgrund irgendeines einschneidenden persönlichen Erlebnisses oder nach Bewahrung in einer brenzligen Situation um Aufnahme in die Kirchengemeinde baten und sich taufen ließen. Aber Martin hatte sich nie die Mühe gemacht, die jeweiligen Beweggründe tiefer auszuforschen. Wenn Menschen den Wunsch hatten, Kirchenmitglieder zu werden, war das doch gut, was sollte er da nachhaken?
Während seines Studiums gehörte es für Martin und seine Kommilitonen zum Alltag, sich lustig zu machen über einzelne *fromme Spinner*, von denen hier und da zu lesen war. Typen, die sich für *Erwählte* hielten, von einer *Lebensübergabe an Jesus* faselten oder laut herausposaunten, man sei nicht deshalb ein Christ, weil man sonntags in die Kirche ginge,

denn schließlich sei man ja auch kein Auto, nur weil man in einer Garage stehen würde.

Wie oft hatten Martin und seine angehenden Pfarrerskollegen sich damals auch über die sicher etwas überstrapazierte fiktive Szene erheitert, in der ein Straßenprediger mit Inbrunst und voller Überzeugung den Passanten zuruft: *Jesus is the answer!* Worauf ein Umstehender antwortet: *Yes! But what is the question?*

Nein, Martin hatte sich bisher nie wirklich vertiefte Gedanken darüber gemacht, dass möglicherweise mehr dahinterstecken könnte, wenn Menschen plötzlich und wie aus heiterem Himmel begannen, an Gott zu glauben. Und was Frau Klassen ihm erzählt hatte, war auf den ersten Blick eigentlich auch eine ganz klassische *Gott-wenn-es-dich-wirklich-gibt-dann-mache-bitte-dies-und-das*-Geschichte, die meist aus der Verzweiflung in einer Extremsituation heraus entstand. Menschen versprachen Gott, an ihn zu glauben, wenn sie aus einer akuten Notlage gerettet würden. Das gab es zuhauf. Auch Frau Klassen hatte zugegeben, eine Art *Abmachung mit Gott* getroffen zu haben, wie sie es nannte: Dass er sich ihr zeigen sollte, wenn er denn tatsächlich existierte.

Der Unterschied war allerdings, dass sich Frau Klassen zu diesem Zeitpunkt noch gar nicht in Gefahr befand, sondern durch irgendeine Broschüre auf das Thema Glauben aufmerksam geworden war. Und das machte die Sache so schwierig.

Darüber hinaus spürte Martin, dass hier etwas anderes am Laufen war. Dass gerade etwas geschah, was er nicht einordnen konnte. Was ihm wie eine Zäsur erschien. Und daran waren nicht nur der Hausbrand und die Evakuierung schuld, ganz sicher nicht. Hier passierte etwas, das Auswirkungen auf sein weiteres Leben haben würde, dessen war sich Martin sicher. Nur blieb die Frage, in welche Richtung das Ganze ging. Und was das Ziel war.

Nach dem Gespräch mit Frau Klassen hatte Martin sich mit seinem Wasserglas ins leere, längst geschlossene Hotelrestaurant begeben und an einen abseitigen Tisch gesetzt. Außer ihm war niemand im Raum. Die Nachbarn lagen sicher längst in ihren Betten.

Das Hotel war auf den plötzlichen Ansturm von 17 Mietern eines abgebrannten Hauses samt Hund nicht eingestellt und so hatte es zunächst einige Aufregung um fehlende Schlafmöglichkeiten gegeben.

Schließlich war es dem Personal aber gelungen, allen ein geeignetes Zimmer zuzuweisen und es war Ruhe eingekehrt – soweit das in der augenblicklichen Situation möglich sei konnte.

Auch Susanne und Luzie lagen längst oben im Doppelbett und schliefen. Er selbst, Martin, war viel zu aufgewühlt gewesen, um ein Auge zuzutun. Und so saß er nun hier im Schummerlicht einer kleinen Wandleuchte und starrte hinaus in die Dunkelheit.

War Gott da draußen oder war er es nicht?

Gab es ihn?

Und wenn ja, warum spürte Martin diese Leere in sich? Diese Verlassenheit?

Wie er es auch betrachtete, eine Antwort auf seine Fragen fand er nicht. Nicht hier und nicht jetzt. Und er wusste ebenso wenig, wie er das einordnen sollte, was Frau Klassen ihm erzählt hatte.

Irgendwann gab sich Martin einen Ruck, trank den letzten Rest Wasser aus seinem Glas und erhob sich. Mit dem plötzlichen Anflug von Müdigkeit kämpfend, steuerte er die Hotelhalle an. Er würde wie alle anderen auf sein Zimmer gehen und versuchen, ein wenig Schlaf zu finden. Ob ihm das gelänge, stand auf einem anderen Blatt.

Als er den Lift erreicht hatte, drückte er auf den Rufknopf. Das Lämpchen mit dem nach oben weisenden Pfeil leuchtete auf und er konnte das Geräusch des Aufzugmotors hören, der gestartet worden war.

„Na, sind Sie auch noch munter?", erklang wie aus dem Nichts eine Stimme hinter ihm.

Martin drehte sich um und erkannte Jurek Kostecki, den jungen Studenten, der vorhin bei ihm so heftig geklopft und ihn vor dem Brand gewarnt hatte – vor einer gefühlten Ewigkeit, wie es Martin erschien. In einem anderen Leben.

„Ja", gab er zurück. „Aber ich denke, so langsam wird es auch für mich Zeit, ins Bett zu gehen."

Der Student nickte. „Ich war kurz eine Runde an der frischen Luft. Bin zu unserem Haus gelaufen. Es hat mir keine Ruhe gelassen. An Schlaf war nicht zu denken."

„Und?", fragte Martin, „wie sieht es aus?"

Kostecki schüttelte den Kopf. „Der Brand ist gelöscht. Aber was den Flammen nicht zum Opfer gefallen ist, dürfte wohl vom Löschwasser zerstört sein. Ich fürchte, es gibt keine Wohnung, in der noch was zu gebrauchen ist."

Das hatte Martin befürchtet. So aggressiv wie das Feuer sich gezeigt hatte, so groß würde auch der Schaden sein, der durch den Einsatz der Rettungskräfte entstanden war.

„Zum Glück ist Jenny und mir nichts passiert", fuhr der Student etwas leiser fort. „Und den anderen Mietern auch nicht."

Martin nickte. „Wie geht es ihrer Freundin?"

„Meiner Verlobten!", korrigierte Kostecki und für einen kurzen Moment huschte ein Schmunzeln über sein Gesicht. „Seit heute Morgen sind wir verlobt." Er schaute auf seine Uhr. „Oder besser gesagt, seit gestern Morgen."

Das Surren des Aufzugsmotors verstummte und die Türen des Lifts öffneten sich.

„Dann meinen herzlichen Glückwunsch", lächelte Martin und klopfte dem Studenten freundschaftlich auf die Schulter. „Verlobungen und Hochzeiten werden heute ja leider immer seltener."

Kosteckis Gesichtsausdruck wechselte zu einer Mischung aus Schmerz und Verzweiflung. „Wir müssen sehen, wie es weitergeht", sagte er und trat in die Aufzugskabine.

Martin folgte ihm.

Jeder drückte die Taste der Etage, in welcher sich sein jeweiliges Zimmer befand: Martin die Fünf, Kostecki die Drei.

„Wissen Sie denn schon, wo Sie die nächsten Tage unterkommen können?", fragte Martin, als sich die Türen geschlossen hatten und der Lift Bewegung aufnahm.

Der Student zuckte mit den Schultern. „Vielleicht erstmal bei Jennys Eltern. Aber das ist natürlich keine Dauerlösung."

„Sie stammen aus Polen, nicht wahr?"

Kostecki bestätigte es. „Aus Stargard Szczeciński."

„Und wo werden Sie leben, wenn Jenny und Sie verheiratet sind?"

Als Antwort kam ein versteinerter Blick. Nicht mehr.

Der Aufzug hielt, sie hatten die 3. Etage erreicht.

„Schlafen Sie gut", murmelte der junge Mann und stieg aus.

Martin hatte keine Ahnung, was plötzlich mit Kostecki los war.

Als Martin den Aufzug nach dem Stopp in der 5. Etage verlassen wollte, kollidierte er fast mit Jan Möller, dem Pressemann aus seinem Haus, welches nun wohl nur noch sein *ehemaliges* Haus war.

Möller trug einen schwarzen Rollkragenpullover, hatte einen Kaffeebecher in der Hand und war im Begriff, den Aufzug zu betreten. „Hoppla", sagte er und balancierte seinen Becher, dessen Inhalt überzuschwappen drohte.

Martin murmelte einen kurzen Gruß und schob sich an dem Journalisten vorbei in den Hotelflur. Er fragte sich, woher Möller den Kaffee hatte. Gab es hier oben einen Automaten oder hatte der Journalist in seinem Zimmer eine Kaffeemaschine?

„Ich hatte ja gehofft, Sie noch unten im Restaurant anzutreffen", rief der Journalist hinter Martin her und hielt seine Hand vor die Lichtschranke an der Aufzugstür, um zu verhindern, dass sie sich schloss.

Martin, der schon im Begriff war zu verschwinden und Kurs auf sein Zimmer zu nehmen, blieb stehen und drehte sich um. „Mich?"

Möller nickte.

„Was kann ich denn für Sie tun?"

Der Journalist zeigte nach unten. „Wenn es Ihnen nichts ausmacht und Sie noch ein paar Minuten Zeit haben, würde ich mich gern kurz im Foyer mit Ihnen unterhalten."

Martin zuckte mit den Schultern. Vermutlich war ohnehin nicht an Schlaf zu denken. Da würde es auf eine Stunde mehr oder weniger auch nicht ankommen. Gegen acht würde er in der Superintendentur anrufen und klären, ob die Kirche eine neue Bleibe für ihn und seine Familie hatte. Vorher konnte er nichts weiter tun, als abzuwarten.

„Also gut", sagte er, trat zu Möller in den Aufzug und fuhr mit ihm zurück ins Erdgeschoss.

Während der Lift hinabglitt, deutete Martin auf den Kaffeebecher, aus dem Möller gerade einen Schluck genommen hatte. „Es macht Ihnen nichts aus, mitten in der Nacht Koffein zu sich zu nehmen?"

Der Journalist schüttelte den Kopf. „Absolut nicht. Und auch andere gesundheitliche Bedenken bereiten mir in diesem Zusammenhang kein

Kopfzerbrechen. Es gibt beispielsweise ein Zitat, welches fälschlicher-
weise immer wieder Franz Kafka zugeschrieben wird: *Kaffee dehydriert
den Körper nicht, ich wäre sonst schon Staub.*"

Martin grinste. Die Türen öffneten sich. Sie hatten das Hotelfoyer erreicht.

ଔ

Aus *ein paar Minuten* waren fast zwei Stunden geworden. Um kurz nach
drei Uhr saß Pfarrer Martin Cornelius Schenck noch immer mit dem
Journalisten Jan Möller in der Sitzecke des Foyers. Möllers Kaffee war
längst ausgetrunken.

Nach einem kurzen Geplänkel zum Auftakt war der Pressemann
schnell zur Sache gekommen. Ganz im Stil eines Interviews hatte er versucht, Martin über das Thema *Wahrheit* zu befragen. Offensichtlich lag
es Möller am Herzen, sich eine Art *Absolution* zu holen für das, was in
seinem Job bisher schiefgelaufen war. Und eine Bestätigung dafür, dass
es kein Fehler sein würde, künftig mehr auf sein Gewissen zu hören als
auf die scheinbar höchst unangenehmen Drohungen seines Redaktions-
chefs.

„Wir leben", hatte Möller gesagt, „in Zeiten eines gesellschaftlichen
Klimawandels. Minderheiten, die ohne Frage des Schutzes und oft auch
einer gewissen Unterstützung würdig sind, bestimmen über die Mehr-
heit. Und drängen denen, die tolerant sind, ihre Weltanschauung auf."

Martin konnte dem Journalisten nur bedingt folgen. „Was meinen Sie
damit?"

„Nun – Toleranz heißt, ich respektiere die Meinung eines anderen
Menschen, aber ich muss sie mir nicht zu eigen machen. Ich kann getrost
anderer Ansicht sein und also erwarten, dass der Andere mir gegenüber
ebenfalls tolerant ist."

„Und?"

„Heute ist es so, dass unter Toleranz die Zustimmung zu einer anderen Meinung, Lebensweise oder Ansicht verstanden wird, der man sich
vollständig und ohne Widerworte – ja sogar ohne widerstrebende Gedanken! – anzuschließen hat. Tut man das nicht, ist man intolerant, ein
Ewiggestriger oder sogar ein Nazi."

Martin hob die Augenbrauen. „Übertreiben Sie da nicht ein bisschen?"

Der Zeitungsmensch schüttelte mit dem Kopf. „Keineswegs. Ich spreche vielmehr aus Erfahrung. Aus der Erfahrung eines Journalisten, der viel gesehen, gehört, erlebt hat. Sie können sicher sein, dass ich nicht übertreibe. Es kann heute leicht das berufliche Aus für jeden Kollegen bedeuten, der zu kritisch über bestimmte Themen berichtet oder es wagt, der *Mainstream-Meinung* einen eigenen Standpunkt entgegenzusetzen und diesen vehement vertritt. Mein Chefredakteur hat mich mal belehrt, dass wir politische Entscheidungen nicht zu hinterfragen haben. Ich denke, das spricht eine deutliche Sprache und zeigt die Brisanz der Lage."

„Hmm", gab Martin zurück, bemüht, unverbindlich zu bleiben.

„Journalismus heißt", fuhr Möller fort, „an allem zweifeln. So sollte es bestenfalls sein. Aber das funktioniert oft nicht mehr. Und wie gesagt, es ist für die eigene Karriere nicht ungefährlich. Auch ich habe in den letzten Jahren manche kritische Frage ungestellt gelassen und Konflikte vermieden, wo es ging. Der Weg vom Schweigen zum Lügen ist kurz und manchmal nicht so einfach auszumachen."

„Und nun?"

„Nun habe ich genug davon! So kann es doch nicht weitergehen: Dass keiner den Mut hat, dieser Entwicklung entgegenzutreten! Denn letztlich leiden alle. Keiner weiß mehr, wem er noch trauen oder was er noch glauben kann."

Martin nickte. So war es wohl.

„Wissen Sie, was George Bernard Shaw einmal gesagt hat?", fuhr Möller fort.

Martin legte seine Stirn in Falten. „Eine ganze Menge, nehme ich an."

„Er hat mal gesagt: *Die Strafe für den Lügner besteht nicht darin, dass man ihm nicht glaubt, sondern darin, dass er selber niemandem mehr glauben kann.*"

„Ein kluger Satz", entgegnete Martin und blickte auf die Uhr. Es war mittlerweile Viertel nach drei geworden. Eigentlich sollte er endlich nach Susanne und dem Kind sehen. Prüfen, ob es ihnen gut ging, ob sie ruhig schliefen.

„Um abschließend noch einmal zum Kern zu kommen", holte der Journalist Martin aus seinen Gedanken, „ich möchte künftig wieder authentisch sein. So arbeiten, wie ich es einmal gelernt habe. Damit würde ich zwar möglicherweise meinen aktuellen Job verlieren und meine wirtschaftliche Existenz gefährden. Aber wie der Brand gezeigt hat, kann das alles auch ganz schnell auf andere Weise passieren."

„Das ist nicht ganz falsch", gab Martin zurück.

„Dieses Wissen ist merkwürdigerweise sogar befreiend! Wie ein abgeworfener Ballast: Ich kann einfach woanders neu anfangen. Mit einer neuen Wohnung. Und mit der Wahrheit."

Ja, dachte Martin, das war eigentlich eine schöne Vorstellung: Mit der Wahrheit neu anzufangen. Denn im Grunde wollte er selbst das auch.

Und schon wieder hatte er das Gefühl, dass hier und jetzt etwas geschah, was Leben veränderte: das Leben von Jan Möller, das Leben von Marianne Klassen und auch sein eigenes Leben.

X.

WAS ZUVOR GESCHAH

Horst Wulfert
Tag des Brandes, 14:00 Uhr

Woher das Geräusch genau gekommen war, hätte er nicht sagen können. Vermutlich aus der Wohnung unter ihm. Es war ein Geräusch wie von Hammerschlägen. Und es war vollkommen überraschend aufgetreten, mitten in die Stille dieses tristen Nachmittags hinein. Mitten hinein in das Ticken der antiken *Mauthe*-Uhr, die auf dem schweren Eichenholzschrank in seinem Wohnzimmer stand.

Das Geräusch war laut genug, dass Wulfert es an seinem Schreibtisch gehört hatte, an dem er seit Stunden saß und über die nächsten Worte nachdachte, die zum bereits vorhandenen Text passten. Zu seinem Text. Zum Text, der sein Leben erzählen sollte. Kindheit, Jugend, Älterwerden. Freundschaft und Ehe. Vaterschaft und Lebensabend. Arbeit und Ruhe. Tage und Jahre.

Er wollte etwas hinterlassen. Für Andreas, seinen Sohn, der im Erzgebirge lebte und für Paula, seine Tochter, die ihr Geld als Sekretärin in einem Münchner Unternehmen verdiente.

Wulfert sah seine Kinder viel zu selten. Und seitdem Ingeborg vor gut zehn Jahren verstorben war und er allein lebte, hatte sich der Besuch von Andreas und Paula noch weiter reduziert.

Warum das so war, wusste er nicht. Aber es machte ihn traurig, auch wenn er das den Kindern gegenüber nie klar geäußert hatte. Sie lebten beide ihr eigenes Leben und das war auch gut so. Trotzdem fühlte sich Horst Wulfert oft sehr einsam und wünschte sich, mehr Kontakt zu haben. Erzählen zu können. Von früher. Von den *guten alten Zeiten*, die nicht immer wirklich so gut gewesen waren, wie es im Nachhinein schien und wie die lückenhafte Erinnerung einem weismachen wollte.

Gern hätte Wulfert seinem Sohn und seiner Tochter etwas von den Erlebnissen mitgegeben, die ihm noch präsent waren und über die zu reden es sich lohnen könnte. Nach seinem Tod würde niemand mehr davon sprechen und Zusammenhänge erklären können. Er selbst kannte das von seinem eigenen Vater. Nachdem der verstorben war, hatte Wulfert erst gemerkt, wie wenig er über seine Vorfahren wusste. Das sollte bei seinen Kindern anders sein. Die sollten erfahren, was gewesen war und was ihre Eltern durchgemacht, empfunden, erlebt hatten. Doch während der seltenen Treffen mit Andreas und Paula war kaum Gelegenheit, tiefer in die Vergangenheit einzutauchen. Daher hatte er sich entschlossen, seine Geschichte aufzuschreiben.

Wenn der Text fertig wäre, würde er ihn ausdrucken, hübsch binden lassen und seinen Kindern schenken. Ob sie ihn je lesen würden, war eine andere Frage. Aber sie hatten zumindest die Möglichkeit dazu.

Wulfert hob den Blick und schaute von seinem Schreibtischplatz aus nach draußen. Auf dem mit ersten zarten grünen Knospen herübergrüßenden Kastanienbaum direkt vor seinem Fenster saß ein kleiner Vogel und schien hereinzublicken. Ein Kleiber, dachte Wulfert, es könnte ein Kleiber sein. Aber sicher war er sich keineswegs, denn Horst Wulfert hatte von der Vogelwelt so gut wie keine Ahnung. Obwohl er fast sein halbes Leben lang im Freien tätig gewesen war. Bei Wind und Wetter. Auf den verschiedensten Gebäuden hatte er gearbeitet und dabei so manche Sonderschichten und Überstunden geleistet. Aber Vögel hatte er dabei nicht viele getroffen. Weder auf dem Dach der Humboldt-Universität noch am Fernsehturm auf dem Alexanderplatz oder am Pankower Julius-Fučík-Denkmal. Scheinwerfer waren es gewesen, die er hier vor Augen hatte. Anstrahlungsanlagen, wie es offiziell hieß. Anstrahlungsanlagen zur Illumination repräsentativer Gebäude in Berlin, Hauptstadt der DDR.

Wulfert legte den Stift beiseite und dachte an seine Jahre im Elektroamt. Es war eine tolle Zeit gewesen. Er war viel unterwegs, fast immer an der frischen Luft und hatte Zutritt zu Orten, die Normalsterbliche nicht einfach so aufsuchen konnten. Etwa das Brandenburger Tor, welches sich im damaligen Grenzgebiet zu Westberlin befand und schwer

bewacht wurde. Wulfert hatte es jedes Mal als ebenso spannend wie be-
klemmend empfunden, wenn er dem Posten seinen Arbeitsauftrag prä-
sentierte und dann, unter den Argusaugen der mit Maschinenpistolen
bewaffneten Grenzsoldaten, den schmalen Eingang zum kleinen Gebäude links neben dem Tor betrat. Über eine Treppe ging es hinauf zur
Quadriga, wo Scheinwerfer angebracht waren, um die er sich zu kümmern hatte. Von oben reichte der Blick weit nach Westen. Die Straße des
17. Juni, die Siegessäule – all das konnte er sehen. Zeit dafür blieb ihm
aber kaum, denn die Posten unten beobachteten genau, was er tat und
schnauzten ihn an, wenn er für seine Arbeit zu lange brauchte.

Auch Uhren hatten sie betreut, damals im Elektroamt. Zum Beispiel
die Weltzeituhr auf dem Alex und Wulfert musste schmunzeln, als er
an die Geschichte mit dem unterirdischen Café dachte:

Es gab an der Seite des säulenförmigen Sockels der Weltzeituhr eine
Tür, die ins Innere des Ostberliner Wahrzeichens führte. Wulfert und
seine Kollegen öffneten diese Tür, die sich praktisch nahtlos in die metallene Sockelverkleidung einfügte und auf den ersten Blick nur schwer
erkennbar war, regelmäßig, um entweder den Motor des auf dem Dach
befindlichen Planetensystems zu warten oder den unter der Erde gelegenen Schaltraum zu betreten. Unten befanden sich mehrere Siche-
rungskästen und weitere technische Anlagen für die Steuerung der Uhr.

Nun war es so, dass die Weltzeituhr auf dem Alexanderplatz damals
wie heute als Touristenmagnet galt. Stand die Tür offen, weil Wulfert
oder seine Kollegen in der Uhr arbeiteten, kam es daher regelmäßig zu
neugierigen Blicken der Passanten und Berlin-Besucher.

Manchmal machte Horst oder ein anderer Mitarbeiter des Elektro-
amts sich dann einen Spaß und antwortete auf die Frage der Touristen,
was denn da unten zu finden sei: „Ein Café ist da unten."

„Ein Café? Aha." Der Fragende schien meist ebenso überrascht wie
imponiert. „Und wann ist das geöffnet?"

„Nun ja", gaben die Techniker dann grinsend zurück, „die machen
erst am Nachmittag auf. So gegen 17 Uhr."

Voller Ehrfurcht und im absoluten Glauben, die Wahrheit gehört zu
haben, verabschiedeten sich die Touristen und verschwanden.

Ob jemals einer wirklich wiedergekommen war, um das Café während der *Öffnungszeiten* zu besuchen, hatten Horst und seine Kollegen

nie herausgefunden. Aber es war immer wieder lustig gewesen, sich diesen kleinen Spaß zu gönnen. Und letztlich tat eine solche Neckerei auch niemandem weh.

Wulfert griff nach seinem Kugelschreiber. Gern hätte er diese und ähnliche Geschichten seinen Kindern persönlich erzählt. Aber dazu fehlte einfach die Zeit. So würde er es eben aufschreiben, um seine Erlebnisse für später zu konservieren.

Als Andreas und Paula noch zu Hause gelebt hatten, war er oft viel zu beschäftigt gewesen, um sich intensiv mit seinem Nachwuchs zu befassen; Ingeborg hatte sich meist allein um die Kinder gekümmert.

Vielleicht lag es auch daran, dass Wulfert als Lehrmeister im Elektroamt genug mit der Erziehung junger Menschen befasst war und diese Aufgabe zu Hause deshalb in erster Linie seiner Frau überlassen hatte? Er wusste es nicht. Und er würde es auch nicht mehr ändern können. Die Zeit war vorbei. Mit jedem Ticken der Uhr verschwand eine Sekunde. Irgendwie ins Nichts.

ෙ

Als er den letzten Schluck aus der vor ihm stehenden Kaffeetasse genommen hatte, waren die Hammerschläge längst verklungen, die vermutlich aus der Wohnung unter ihm gekommen waren. Aus der Wohnung, in der seit vielen Jahren Karl und Marianne Klassen wohnten. Trotzdem sie schon so lange Nachbarn waren, gab es kaum Berührungspunkte. Man grüßte sich und wechselte hin und wieder mal ein Wort, das war aber auch alles. Genauso verhielt es sich mit den anderen Mietern hier im Haus. Sicher, ab und an nahm Wulfert für jemanden ein Paket entgegen und er hatte auch schon einmal den Wasseruhrenableser von den Stadtwerken in die Wohnung des jungen Herrn Schröder gelassen, nachdem der ihn, Wulfert, darum gebeten und ihm den Schlüssel gegeben hatte. Damals war ihm ein Foto aufgefallen, welches in der fremden Wohnung an der Wand gehangen hatte: Der junge Mann saß fröhlich auf einem Fahrrad, neben ihm ein hübsches Mädchen, das ihn anstrahlte. Wulfert erinnerte sich daran, dass er seinerzeit über das Bild verwundert gewesen war, denn so ausgelassen wie auf dem Foto hatte er den Nachbarn nie erlebt. Warum war das so? Was hatte den jungen

Mann verbittern lassen? Denn dass mit Schröder etwas nicht stimmte, sagte Wulfert sein Instinkt, den er in langen Jahren Lehrlingsarbeit entwickelt hatte.

Und die anderen im Haus? Die meisten Menschen, die jetzt hier lebten, waren Wulfert fremd. Zwar kannte er fast alle vom Sehen und wusste ihre Nachnamen, aber das war auch schon alles. Viel mehr konnte er über seine Nachbarn kaum sagen. Sie lebten anonym nebeneinander und gingen alle ihre eigenen Wege.

Da war dieser Pfarrer mit Frau und Tochter. Er wirkte nett, seriös, zufrieden mit sich und seinem Leben.

Da war das Pärchen aus dem Erdgeschoss, der Pole und seine Freundin. Beide schienen glücklich und verliebt und Wulfert musste an Ingeborg und sich denken, als sie beide so jung gewesen waren. Doch auch damals gab es nicht immer eitel Sonnenschein, auch sie hatten ihre Schwierigkeiten gehabt. Vielleicht gerade, weil sie jung waren. Aber das war ihre Sache gewesen, das wurde nicht nach draußen getragen. Genauso würde es wohl auch hier sein. Es war nichts Falsches daran. Nur eben bestand immer die Gefahr, dass man seine Mitmenschen durch eine dumme Bemerkung, ein ungeschicktes Verhalten oder einen abschätzigen Blick verletzte. Weil man ihre Hintergründe, ihre Probleme, ihre Geschichte nicht kannte.

Trotz aller Privatsphäre war das früher doch ein wenig anders gewesen, dachte Wulfert. Ingeborg und er hatten schon in diesem Haus gewohnt, als das Gebäude noch mit Öfen beheizt wurde und jeder Mieter nicht nur Kohlen aus dem Keller in seine Wohnung schleppen, sondern regelmäßig auch Asche zum Müllplatz bringen musste. Nicht selten hatten die Abfallcontainer in Flammen gestanden, wenn wieder einmal jemand so unvorsichtig war, seine heißen Verbrennungsrückstände in den normalen Hausmüll zu kippen. Auch ihm, Wulfert, war das passiert. Wenn mal wieder keine Aschekübel da waren, blieb eben nur die Tonne für den Restmüll. Was sollte man tun?

Glücklicherweise hatten die Wulferts ihre Küche schon zu DDR-Zeiten mit einer Gastherme beheizen und die Wärme im Bad durch einen an der Wand befestigten Heizstrahler erzeugen können. Eigentlich war letzterer gar nicht erlaubt, denn Wärmesonnen galten wegen des hohen Energieverbrauchs und angesichts der Brandgefahr in Privathaushalten als zu gefährlich. Horst als Elektriker sah jedoch keinen vernünftigen Grund, der gegen die Heizsonne im Badezimmer sprach. Sie war vorschriftsmäßig angeschlossen, erfüllte alle gültigen Normen und befand sich zudem weit genug entfernt von jedem Wasserhahn, sodass gefährliche Situationen nahezu ausgeschlossen waren. Der Strahler leistete treu seine Dienste, bis 1995 die Komplettsanierung des Gebäudes begann und Wulferts Wohnung an das Fernwärmenetz angeschlossen worden war.

Er blickte in seine leere Kaffeetasse und legte den Löffel gerade.

Damals, dachte er, damals waren sich die Nachbarn noch nahe. Heute lebte jeder für sich. Heute hatte jeder seine Geschichte, seine Sorgen, seine Geheimnisse. Es war ein *Haus der Heimlichkeiten* geworden. Aber welches Haus war das nicht? Die meisten Menschen schienen sehr oberflächlich zu sein. In ihren Gedanken, Einschätzungen, Urteilen. Sie sahen nur, was auf den ersten, oberflächlichen Blick erkennbar war. Aber kaum jemand schaute hinter die Kulissen. Hinter die Kulissen eines nach außen hin einigermaßen zurechtgezimmerten Lebens, welches den Schein von Normalität, Harmonie und Glück aufwies. Leider sah es in Wirklichkeit nicht selten ganz anders aus. Denn jeder Bewohner, jede Familie kämpfte mit ihren ganz eigenen Problemen, die von kleinen Kümmernissen bis hin zu handfesten, existenzbedrohenden Situationen reichten. Und kaum ein Fremder wusste davon. So wie hier im Hause ja auch niemand eine Ahnung davon hatte, dass er, Horst Wulfert, sich Tag für Tag alleingelassen fühlte. Sich nichts sehnlicher wünschte, als mehr Kontakt zu seinen Kindern zu haben. Und doch still und unscheinbar vor sich hin lebte, zu seinen Nachbarn freundlich war und immer guter Dinge schien.

Aber wie anders sollte es auch sein? Wie sollten seine Mitmenschen wissen, was sich hinter seinem gutmütigen Lächeln verbarg? Wem hätte er denn sagen sollen, wie er sich wirklich fühlte, wie es ihm ging?

Zu den Nachbarn bestand kaum Kontakt, für die war er eben einfach der nette Opa, der immer freundlich grüßte. Aber das war doch nur ein Teil von ihm! Der andere Teil war tieftraurig, weil er sich alleingelassen fühlte. Weil er leben musste ohne seine geliebte Ingeborg. Und im Grunde auch ohne seine Kinder, die er so selten sah, dass man es kaum erwähnen konnte.

Mitten in Wulferts Gedanken hinein schlug die *Mauthe*-Uhr. Nur einmal. Es war halb drei.

ଔ

Eine gute Stunde später beschloss Horst Wulfert, den Text über sein Leben zur Seite zu legen und stattdessen seinem Sohn zunächst einfach einen Brief zu schreiben. Einen richtigen, klassischen, mit Hand verfassten Brief.

Also holte er einen Block kariertes Papier hervor und begann. Er wollte Andreas davon berichten, wie er das Osterfest verbracht hatte. Dass er gestern mit dem Bus im Britzer Garten war und wie schön alles blühte. Dass er wie jedes Jahr zum Kaffee einen Baumkuchen gekauft hatte. Und dass er sich über das immer belanglosere Fernsehprogramm ärgerte. Doch schon nach zwei Zeilen legte Wulfert den Kugelschreiber beiseite und schüttelte den Kopf. Was sollte sein Sohn mit derartigen Banalitäten anfangen? Wozu sollte er solchen Blödsinn zu Papier bringen? All das konnte er Andreas doch genauso gut am Telefon erzählen.

Also riss Wulfert das Blatt vom Block, knüllte es zusammen und schmiss es in den Papierkorb.

Missmutig erhob er sich und schlurfte eine Runde durch das Wohnzimmer. Sein Blick fiel auf das Regal mit den Schallplatten. Im Laufe der Zeit hatten sich bestimmt hundert Stück angesammelt, wobei der letzte Neuzugang naturgemäß schon länger zurücklag. War es einst gang und gäbe, sich zum Geburtstag oder zu Weihnachten eine LP zu schenken, kam heute kaum mehr jemand auf diese Idee. Selbst CDs galten bereits als Relikt vergangener Zeiten, denn inzwischen gab es Musik vor allem digital im Internet oder als Datei. Jederzeit verfügbar, in allen nur denkbaren Varianten und von sämtlichen Künstlern der Welt. Während der Kauf einer guten Platte – vorzugsweise einer westlichen Band oder eines internationalen Solosängers – damals in der DDR dem Erwerb einer Trophäe gleichkam, war dieser Zauber heute völlig verflogen. Man konnte hören, was man wollte, wann man wollte und von wem man wollte. Und wenn es einem nicht gefiel, klickte man einfach weiter zum nächsten Lied und hatte in der Regel noch nicht einmal Geld in den Sand gesetzt.

Wulfert erinnerte sich noch gut daran, wie ihm sein Sohn in den frühen 1980er Jahren eine LP mit dem Titel *Some Broken Hearts* aus der volkseigenen Produktion des Herstellers *VEB Deutsche Schallplatten Berlin* geschenkt hatte. Dem ersten Anschein nach eine Kollektion von Top-Titeln renommierter West-Interpreten. Als Wulfert die Scheibe am Weihnachtsabend aber auf den Plattenteller gelegt und in Gang gesetzt hatte, war die anfängliche Freude der ernüchternden Erkenntnis gewichen, dass es sich um von DDR-Künstlern nachgesungene Lieder handelte!

Die Sechzehnmarkzehn, die Sohn Andreas in die LP investiert hatte, waren mehr oder weniger rausgeschmissenes Geld. Denn wer wollte schon den zweitklassigen Singsang hören, der naturgemäß nicht einmal ansatzweise an das Original heranreichte?

Wulfert zog die entsprechende Platte aus seinem Regal. Das blaue Cover hatte er schnell gefunden. Jetzt, dachte er, jetzt war gerade diese Scheibe etwas Besonderes. Denn sie hat eine Geschichte.

Wulfert schob die Schallplatte zurück und blickte auf die Uhr. Die Zeit war kaum vergangen, der Tag hatte noch viele Stunden vor sich.

Manchmal ertappte er sich bei einer sonderbaren Vorstellung: Was wäre, wenn die Menschen keine Uhren erfunden hätten? Gäbe es den klassischen Zeitbegriff trotzdem? Wie würde man sich verabreden? Wann zur Arbeit fahren oder den Feierabend antreten? Würde man je seinen Geburtstag begehen? Und nach welchem System würden Busse und Bahnen fahren?

Wulfert schüttelte den Kopf. Was für eine blöde Idee! Wie kam er nur auf solch einen Quatsch? Ein Leben ohne Uhren, so ein Unsinn!

Dennoch war die Zeit eine sonderbare Sache und Wulfert hatte keine Ahnung, ob es anderen Menschen auch so ging, aber jeder einzelne Monat war für ihn etwas Besonderes. Nicht, weil im Dezember Weihnachten, im Oktober der Reformationstag und im Juni sein Geburtstag war. Vielmehr war jeder Monat bei ihm mit einem bestimmten Gefühl verbunden:

Im November stellte sich mit aller Macht die Trauer über den verschwundenen Sommer ein, die sich aber mit der Freude auf den ersten Schnee, die Adventszeit und auf die Tage rund um Heiligabend vereinte.

Anfang Januar glaubte Wulfert, die Schwere des neuen Jahres zu spüren: 365 Tage lagen vor ihm wie ein unbeschriebenes Buch. War es im Dezember der Zauber der Weihnacht, der ihm als Ziel aller Anstrengungen galt, begann nun alles wieder von vorn.

Der Februar dann war ein seltsamer Gefährte. Kalt, dunkel, nichtssagend. Sicher war es kein Zufall, dass dieser Monat auf 28 Tage begrenzt war und nur alle vier Jahre einen kleinen Zuschlag bekam. Gut, ja, er wusste, dass der Grund hierfür in Wirklichkeit die Einführung des julianischen Kalenders war, bei dem der Februar als letzter Monat hinten angefügt und aus rein rechnerischen Gründen und wegen der Mondphasen auf genau vier Wochen festgelegt worden war. Ihm, Wulfert, genügten diese vier Wochen jedenfalls völlig. Ihm war die Undefinierbarkeit dieses Monats, irgendwo zwischen Winter und Frühling, eine Last und aus seiner Sicht verkörperte der Februar einen Schwebezustand, den kein Mensch länger als nötig aushielt. Aber vielleicht spürten andere das auch gar nicht, wer wusste das schon?

Der einzige Lichtblick, dachte Wulfert, den der Februar mit sich brachte, war die lustige Übertragung des *Groundhog Day*, des *Murmeltiertags*, aus Punxsutawney, Pennsylvania, USA.

Andreas hatte ihm den Link zum *Livestream*, wie man es nannte, als Lesezeichen im Laptop gespeichert. So konnte Wulfert Jahr für Jahr am 2. Februar pünktlich dabei sein, wenn die elegant gekleideten Männer vom *Groundhog Club* das Murmeltier Phil aus seinem Bau holten und es befragten, ob der Winter noch weitere sechs Wochen bleiben oder aber mit einem frühen Frühling zu rechnen sein würde. Populär geworden war dieses Spektakel nicht zuletzt durch einen Kinofilm aus den 1990er Jahren mit dem deutschen Titel *Und täglich grüßt das Murmeltier*, den Wulfert und sein Sohn früher x-mal gemeinsam angeschaut hatten.

Ja, dachte Wulfert, das war eine kleine Freude in diesen dunklen Tagen: Der Murmeltiertag und vor allem die Erinnerung an die gemeinsame Zeit mit seinem Sohn. Ansonsten konnte ihm der Februar gern gestohlen bleiben.

Jetzt jedenfalls war April. Ostern. Ostermontag, genau gesagt. Auch so eine Zeit, die Wulfert mit ganz bestimmten Gefühlen verband. Damals in der DDR war dieser Tag ein gewöhnlicher Werktag, an dem jeder Bürger seiner Arbeit nachzugehen hatte. Bei ihm im Elektroamt gab es allerdings Kollegen, die das nicht einsahen und sich dem staatlich verordneten Atheismus nicht beugen wollten.

Wulfert erinnerte sich gut an Ralf, für den es zur Tradition geworden war, jeden Ostermontag dazu zu nutzen, sich ausschließlich mit privaten Dingen zu befassen. Seinerzeit war es in seinem Betrieb ohnehin nicht gänzlich unüblich gewesen, tagsüber zum Friseur zu gehen (*„Die Haare wachsen schließlich auch während der Arbeitszeit!“*), in der Musikabteilung des Kaufhauses in der Schlange zu stehen, wenn es ausnahmsweise rare West-Schallplatten gab (*„Kommt man sonst ja nie ran!“*) oder Holz vom Baustoffhandel aufs eigene Grundstück zu fahren (*„Wer hat schon privat einen Transporter zur Verfügung?“*).

Igel bürsten hieß die Erledigung privater Angelegenheiten während der Dienstzeit damals und Wulferts Kollege Ralf jedenfalls nutzte alle Möglichkeiten dazu, wenn es sich für ihn lohnte. Zugleich war er aber stets der Ansicht, der Arbeitstag müsse zur Beruhigung des Gewissens zumindest teilweise mit *echter Arbeit* verbracht werden. Nur am Ostermontag verstand Ralf keinen Spaß: An diesem Tag sah er sich als Katholik veranlasst, die Vorschriften des atheistischen Staates vollständig zu ignorieren. Er erschien zwar am Arbeitsplatz, tat jedoch keinen Handschlag.

Wulfert hatte das Ganze damals immer ein wenig merkwürdig gefunden, denn Ralf besuchte an diesem Tag ja auch keinen Gottesdienst, obwohl er das unter Verzicht auf seinen Lohn nach der DDR-Gesetzeslage sogar gedurft hätte!

Außerdem verhielt sich sein Kollege auch sonst nicht besonders kirchlich an diesem Tag. Aber in dieser Hinsicht war Wulfert inzwischen zu der Erkenntnis gelangt, dass er sich kein Urteil anmaßen sollte. Was wusste er von den wahren Beweggründen dieses Mannes?

Und heute war nun also wieder so ein Ostermontag.

Wulfert trat ans Fenster und sah hinaus.

Unten, vor dem gegenüberliegenden Haus, stand ein Junge, der ein blaues Modellflugzeug in der Hand hielt. Sein Vater, der in diesem Moment durch die Tür auf die Straße kam, trug einen Pappkarton bei sich, strich dem Kind über die Haare und beide liefen fröhlich in Richtung der Parkplätze davon.

Ja, dachte Wulfert, so war es früher auch mit Andreas gewesen: Sie hatten viel gemeinsam unternommen. Und jetzt? Jetzt lebte Andreas in Annaberg-Buchholz und arbeitete als Seilbahnwärter am Fichtelberg. Er hatte vor allem an Feiertagen reichlich zu tun und kam längst ohne die Unterstützung seines Vaters aus.

Genauso wie Wulferts Tochter: Ab und an besuchte er Paula, die als Sekretärin im Vorzimmer eines Automobilbau-Chefs in München lebte und irgendwie immer unter Stress zu stehen schien. Mit ihrem Mann Robert und den beiden Kindern Helena und Philipp kam Wulfert gut zurecht. Aber eine nützliche Hilfe war er dort nicht. Und wenn er, was nur sehr selten geschah, als Besucher für ein paar Tage in München war, fühlte er sich irgendwie als Fremdkörper und nicht als Familienmitglied. Zum diesjährigen Osterfest hatten sie ihn nicht eingeladen und so verbrachte Wulfert die Tage allein. So wie im vergangenen Jahr und wie sicher auch im kommenden Jahr. So wie gestern, heute und vermutlich auch morgen.

ଔ

Um 19.30 Uhr saß Wulfert am Abendbrottisch. Er hatte sich ein paar belegte Brote gemacht und eine Bockwurst aufgewärmt, die er so gern aß.

Damals, während seiner Zeit im Elektroamt, hatten ihn seine Kollegen liebevoll *Hotta* gerufen. Wer ihn weniger mochte, nannte ihn *Hotta, die alte Bockwurst*.

In den meisten Fällen störte ihn das nicht, auch wenn er keine Ahnung hatte, wie diese Bezeichnung zustande gekommen war. Dass er Bockwürste mochte, war allgemein bekannt, aber war das der Grund für seinen Beinamen? Jedenfalls machte es ihm nicht viel aus, so bezeichnet zu werden. Nur wenn die Lehrlinge in der Nähe waren, verstand er keinen Spaß. Die sollten nicht in solche Respektlosigkeiten hineingezogen werden. Schließlich war er ihr Ausbilder und somit eine Instanz.

Wir machen Qualität, hatte er seinen Zöglingen damals immer wieder eingeschärft und ihnen beigebracht, mit Werkzeugen, Arbeitsmaterialien und betrieblichen Ausrüstungsgegenständen pfleglich umzugehen. Vielleicht war er zu pedantisch, zu akkurat, das konnte durchaus sein.

Vielleicht musste er einfach mal *Fünfe gerade sein lassen,* wie man sagte. Aber das war ihm damals schon genauso schwergefallen wie heute. Andererseits: Was würde es ihm nützten, mehr Lockerheit in seinen Alltag zu bringen? Hätte er irgendeinen Vorteil davon?

Manchmal fragte Wulfert sich, wozu er überhaupt noch lebte. Warum er mit seinen 77 Jahren noch immer auf der Welt und nicht längst gestorben war, so wie Ingeborg.

Fast zehn Jahre war er nun schon Witwer und seinen Lebensabend hatte er sich gewiss anders vorgestellt.

Ach was, dachte er, es ist schon alles richtig so. Es wird schon einen Sinn haben. Einen Grund geben. Auch wenn ich den nicht sehe.

☙

Nach dem Abendessen und der *Tagesschau* hatte sich Wulfert seine Jacke geschnappt und war zu dem abendlichen Spaziergang aufgebrochen, den er fast jeden Tag unternahm. Inmitten seiner Einsamkeit war es ihm zu einer festen Größe geworden, vor dem Zubettgehen eine Runde zu drehen. Mal nur kurz ums Karree, mal bis zu den Karpfenteichen. Bei Wind und Wetter. Und so hatte er sich auch heute auf den Weg gemacht und war erstaunlicherweise bis fast an den Stadtrand vorgedrungen, bevor er umkehrte und, längst in der Dunkelheit, sein Wohnviertel erreichte.

Allerdings schien heute etwas anders zu sein als sonst.

Noch bevor Wulfert um die letzte Ecke gebogen war und seine Straße erreicht hatte, befiel ihn der Eindruck, dass etwas nicht stimmte.

Schon vor ein paar Minuten waren die Sirenen von Rettungswagen oder Feuerwehrautos zu hören, die sich in größerer Zahl näherten. Und jetzt reflektierten die Fassaden der umliegenden Häuser zuckende Blaulichtblitze. Hinzu kam das bedrohliche Geräusch von Aggregaten, wie man sie für größere Wasserpumpen verwendete.

Genau in dem Moment, in dem Wulfert die Fahrbahn überquerte, um in seine Straße einzubiegen, rauschte ein Polizeiwagen mit eingeschalteter Sirene an ihm vorbei. Und dann sah er es: Das Dachgeschoss und der unmittelbar darunterliegende Bereich seines Hauses stand in hellen Flammen!

Etwas abseits, auf der anderen Straßenseite, hatte sich eine Traube von Menschen gebildet, offenbar seine Nachbarn. Der Hund des jungen Schröder aus der ersten Etage zerrte an der Leine und knurrte laut.

„Was, um alles in der Welt, ist hier passiert?", fragte Wulfert atemlos in die Runde, als er die Menschengruppe endlich erreicht hatte.

Der kürzlich ins Haus gezogene Pfarrer blickte ihn an und zuckte mit den Achseln. „Ein Feuer, wohl aus dem Dachgeschoss", sagte er.

„Hmm", brummte Wulfert mehr für sich selbst und überlegte für einen kurzen Moment, ob möglicherweise die Chance bestand, dass die Flammen nicht bis in seine Wohnung hinabkamen. Als er jedoch der Unmengen von Löschwasser gewahr wurde, die aus den Schläuchen ins Haus gepumpt wurden, verschwand seine Hoffnung schnell.

„Ich weiß auch nichts Genaues. Aber vermutlich liegt die Brandursache im Dachgeschoss", fuhr der Pfarrer fort und wies nach oben.

Horst Wulfert nickte. „Sind denn alle rausgekommen?", fragte er. „Ich meine …"

„Ich glaube schon. Es sollte eigentlich keiner mehr im Haus sein. Die Feuerwehr hat wohl auch schon sämtliche Wohnungen abgesucht", bestätigte der Pfarrer.

Wenigstens eine gute Nachricht, dachte Wulfert und atmete kurz durch. „Gott sei Dank!"

Kaum hatte er seinen nur halblaut ausgesprochenen Satz beendet, kreischte Frau Klassen, die Nachbarin von direkt unter ihm, los. „Gott sei Dank?", wiederholte sie seine Worte mit schriller Stimme und Wulfert wich instinktiv einen Schritt zurück. „Wir verlieren gerade alles!", schluchzte sie, „die ganzen Möbel, all die Erinnerungen, alles!"

Wulfert blickte den Pfarrer an, dem sämtliche Farbe aus dem Gesicht gewichen war.

„Wie kann das nur sein?", fuhr Frau Klassen in etwas gemäßigterer Tonlage fort. „Das ist so ungerecht!"

Nachdem niemand etwas entgegnete und auch der Pfarrer nur betreten schwieg, platzte es aus Frau Klassen zornig heraus: „Wie kann so etwas sein? Wir haben keinem was getan. Wir sind ehrliche, ruhige Leute. Wie kann so etwas sein?"

Der Pfarrer schwieg weiter, sagte nichts. Kein Wort. Und Wulfert fragte sich, ob der Mann während seines Theologiestudiums nicht auch etwas über das Verhalten in Krisensituationen und über psychologische Betreuung gelernt hatte.

„Sie müssen es doch wissen", schrie Frau Klassen den Geistlichen jetzt in einer Lautstärke an, die Horst Wulfert peinlich war und die auch die anderen Umstehenden zu erschrecken schien. „Sie müssen doch sagen können, wie ihr Gott so etwas zulassen kann! Sie sind doch Pfarrer!"

Wulfert sah, wie der Geistliche zusammenzuckte. Eine Antwort gab er der Frau dennoch nicht und Horst Wulfert ertappte sich bei dem Gedanken, dass dieser Mann ein echtes Problem zu haben schien. Ein Problem, das weit über die momentane Situation und das Chaos vor dem brennenden Haus hinausging.

D A S   W I C H T I G S T E

Martin Cornelius Schenck
Hof des Hotels, 3:30 Uhr

W as hatte den Brand ausgelöst? Wer steckte dahinter? Und wie würde es weitergehen?

Pfarrer Martin Cornelius Schenck stand im Hof des Hotels, atmete die kühle Nachtluft ein und versuchte, einen klaren Gedanken zu fassen. An Schlaf war nach wie vor nicht zu denken. Und so rekapitulierte er das Gespräch mit Jan Möller, dem Journalisten, und rief sich in Erinnerung, was die Quintessenz der Diskussion gewesen war.

Die Wahrheit wiederfinden hatte Möller seinen Wunsch genannt, der ihm nach eigenem Bekunden im Verlauf des gestrigen Tages und vor allem durch die Situation des ausgebrannten Hauses in den Sinn gekommen war.

Die Wahrheit wiederfinden. Das war auch etwas, was Martin wollte. Doch was war die Wahrheit?

Wenn er es streng biblisch betrachtete, gab es darauf eigentlich nur eine einzige Antwort: Jesus Christus. Denn Jesus hatte von sich selbst einmal gesagt, dass er *der Weg und die Wahrheit und das Leben* sei, und dass niemand zu Gott kommen könne, außer durch ihn.

Als Pfarrer wusste Martin, wo diese Stelle in der Heiligen Schrift zu finden war. Sie stand im Neuen Testament, im Johannesevangelium, Kapitel 14 Vers 6.

Doch ganz so einfach war es nicht, diese Worte im irdischen Leben zu verstehen und richtig einzuordnen. Denn seit er mit seinem Theologiestudium begonnen hatte, war Martins Glaubensleben aus den Fugen geraten.

Als junger Student war er zunächst voller Euphorie gewesen. Er wollte für Gott arbeiten, etwas Gutes tun. Doch sein Professor war ein Mann der klaren Worte und bestand von Anfang an darauf, die Bibel *wissenschaftlich* zu betrachten und nach den Maßstäben der *menschlichen Geschichtsforschung* zu lesen. Weder die Schöpfung in sechs Tagen noch die Verwandlung von Wasser zu Wein und schon überhaupt gar nicht die Jungfrauengeburt Jesu seien als historische Tatsachen anzusehen! Nicht umsonst hätte der große Theologe Rudolf Bultmann schon 1941 sehr scharfsinnig formuliert, dass man nicht das elektrische Licht und den Radioapparat benutzen oder bei Krankheiten moderne ärztliche Hilfe in Anspruch nehmen, zugleich aber an die Geister- und Wunderwelt des Neuen Testaments glauben könne.

Nein, nein, hatte der Professor damals gebetsmühlenartig wiederholt, die ganzen Fabeln in der Bibel seien zum allergrößten Teil nichts als frommes Wunschdenken ungebildeter und leicht beeinflussbarer Menschen. Mit Gott habe das alles wenig zu tun.

So war nach und nach nicht nur Martins Denken beeinflusst und seine Beziehung zum Glauben verändert worden, auch seine Sicht auf die Bibel wandelte sich. Wenn die Bibel nämlich nur ein Buch voller Menschenworte war, dann durfte man ihr nicht mehr und nicht weniger Bedeutung zumessen als beispielsweise Goethes *Faust* oder dem *Kapital* von Karl Marx. Und wie konnte man dann noch von einer besonderen Offenbarung sprechen? Wie konnten biblische Maßstäbe, Erklärungen, Vorhersagen als gültig und wirkungsvoll bezeichnet werden?

Ja, dachte Martin jetzt hier im Hof des Hotels, er hatte damals tatsächlich viel Neues gelernt. Aber eben auch viel verloren von seinem kindlichen Glauben. Vom einstigen Vertrauen auf Gott als liebenden, treusorgenden, verlässlichen Vater. Heute war Gott für Martin eher etwas Abstraktes. Kein handelndes Gegenüber, sondern eine ferne, unbekannte Größe. Eine Größe, von der nicht einmal klar war, ob sie überhaupt existierte. Für ihn als Pfarrer mit dem Auftrag, seiner Gemeinde von diesem Gott zu erzählen, war das mehr als deprimierend.

„Guten Morgen", hörte Martin mitten in seine Gedanken hinein eine Stimme hinter sich und fuhr herum. Direkt hinter ihm stand Herr Wulfert, der Rentner aus der 2. Etage. „Sie können wohl auch nicht schlafen?"

Martin schüttelte den Kopf. „Nein. Es gelingt mir nicht."

„Kein Wunder", fuhr Wulfert fort und zupfte sich am Schal. „Ich habe auch gerade noch ein paar Schritte gemacht. Die ganze Aufregung lässt einen nicht wirklich zur Ruhe kommen. Aber es ist kalt geworden, hier draußen. Vielleicht sollten wir besser wieder hineingehen?"

Ohne einen weiteren Kommentar nahmen die beiden Männer Kurs auf die Hintertür, durch die sie in den Anlieferungsbereich des Hotels gelangten. Hier standen mehrere Gepäckkarren, alte Kartons und einige leere Milchkisten aus Plastik herum.

„Haben Sie Lust, mich auf mein Zimmer zu begleiten?", fragte Wulfert. „Ich habe einen Wasserkocher und einige Teebeutel auf der Minibar entdeckt."

„Gern." Martin folgte Wulfert Richtung Aufzug. Er fragte sich, ob der Rentner ihm auch dann Tee angeboten hätte, wenn er nicht Pfarrer wäre. Offenbar glaubten viele Menschen, für Geistliche würde es zum guten Ton gehören, statt einer Tasse Kaffee oder auch mal einem Gläschen Bier lieber Tee zu trinken. Aber vielleicht war Wulfert ja einfach nur selbst ein Freund aromatischer Aufgussgetränke. Wer konnte das schon wissen?

❧

Wenige Minuten später saßen sie in Wulferts Zimmer im dritten Stock und rührten in ihren Tassen. Der freundliche Rentner schien tatsächlichen ein Faible für Tee zu haben, denn er hielt während des Aufgießens einen Kurzvortrag über die Ziehzeiten der unterschiedlichen Sorten.

„Ihnen ist anzusehen, dass Sie sehr erschöpft sind", lenkte Wulfert das Gespräch irgendwann auf ernstere Themen. „Ich hoffe, es geht Ihrer Frau und Ihrer Tochter soweit gut?"

Martin nickte. „Sie sind in ihrem Zimmer und schlafen."

Wulfert hielt im Rühren inne und warf dem Pfarrer einen forschenden Blick zu. „Aber Ihnen selbst macht mehr als nur der Brand zu schaffen, nicht wahr?"

Sich fast am heißen Tee verschluckend, hob Martin den Kopf. „Wie kommen Sie darauf?"

Der Rentner lächelte. „Nun ja, ich war mal Lehrmeister und hatte viel mit Menschen zu tun. So habe ich ein Gespür dafür entwickelt, unterdrückte Gefühle oder Sorgen zu erkennen."

„Wo waren Sie denn Lehrmeister?"

Wulfert legte den Löffel auf den Tisch, griff nach seiner Tasse und pustete sacht hinein. „In einem mittelgroßen Ostberliner Magistratsbetrieb. Dem Elektroamt."

„Und was genau haben Sie da gemacht?"

„Vor allem haben wir die Scheinwerfer in Ordnung gehalten, mit denen Sehenswürdigkeiten im Stadtzentrum angestrahlt wurden. Der Fernsehturm, die Humboldt-Uni, die Neue Wache, das Berolinahaus. Auch für die öffentlichen Uhren in Berlin waren wir verantwortlich. Aber das haben eher meine Kollegen aus einer anderen Abteilung gemacht. Ich war mit meinen Lehrlingen meist am Starkstrom dran."

Martin nahm einen Schluck von seinem Tee. Das Getränk war noch immer ziemlich heiß, ließ sich aber mit einer gewissen Vorsicht durchaus trinken.

„Es war eine gute, erfüllte Zeit damals. Eine Zeit mit vielen Erlebnissen. Aber auch eine Zeit, die ich mehr meinen beiden Kindern hätte widmen sollen."

„Sie sind verwitwet, nicht wahr?"

Wulfert nickte. „Ingeborg ist vor zehn Jahren gestorben. Mein Sohn Andreas und meine Tochter Paula leben weit weg. Ich verbringe also die meisten Tage allein. Und bereue es, damals, als die beiden noch klein waren, viel zu oft mit meiner Arbeit und mit meinen Lehrlingen beschäftigt gewesen zu sein und nicht mit meiner Familie. Aber das ist nun nicht mehr zu ändern."

Martin nickte leicht, sagte aber nichts.

„Also", fuhr Wulfert nach einem Augenblick des Schweigens fort, „wo liegt *Ihr* Problem?"

Ohne aufzusehen, aber mit einem komischen Gefühl im Magen rang Martin nach den passenden Worten. „Ich denke, dass ich als Pfarrer ... möglicherweise ... ungeeignet bin!?", sagte er mit leiser Stimme und halb als Frage betont.

Wulfert schien nicht überrascht. „Und wie kommen Sie auf diese Vermutung?"

Martin zuckte mit den Schultern. „Vorhin, als Marianne Klassen, die Frau aus der Wohnung unter Ihnen, mir die Frage nach Gott gestellt hat, war ich ... geschockt. Geschockt über mich selbst."

„Weil Sie keine Antwort hatten?"

„Weil ich keine Antwort hatte und mir selbst diese Fragen stelle: Wo war Gott?"

Der Rentner griff erneut nach dem Teelöffel, riss ein Zuckertütchen auf und schüttete den Inhalt in seine Tasse. „Sie meinen, als Pfarrer dürfen Sie sich eine solche Frage nicht stellen?"

Martin hob die Schultern. „Zumindest habe ich gemerkt, dass ich von diesem Gott nichts spüre, den ich Sonntag für Sonntag verkündige. Er ist nicht da. Und er war vor allem vorhin nicht da, als der Brand ausbrach."

Wulfert rührte in seiner Tasse. „Ich habe zwar keine Ahnung von der Kirche und vom christlichen Glauben, aber meinen Sie nicht, dass man in Extremsituationen durchaus schwach sein darf?"

„Als Pfarrer? Als Pfarrer sollte ich das nicht sein! Als Pfarrer sollte ich immer Auskunft geben können über Gott. Sonst stimmt da was nicht. Ich habe nicht nur als Theologe versagt, ich habe auch begonnen, an mir selbst zu zweifeln. An meiner Weltanschauung. An meinem Glauben."

„Ach wissen Sie", entgegnete Wulfert nach einem Moment des Nachdenkens, „gute Matrosen werden nicht auf ruhiger See geboren. Ich denke, Sie können aus dem Ganzen durchaus eine Menge lernen und vielleicht sogar davon profitieren."

„Meinen Sie wirklich?", fragte Martin zögernd zurück.

Wulfert nickte. „Vielleicht kann man es nicht wirklich vergleichen, aber damals, 1990, nach der Wende, als mein Betrieb geschlossen wurde und ich von einem auf den anderen Tag ohne Arbeit dastand und nicht wusste, wie es weitergehen sollte, war ich auch in einem psychischen Tief."

Martin hob den Blick.

„Damals besaßen Ingeborg und ich keine großen Ersparnisse. Zwei Jahre vorher hatte ich mir einen neuen *Wartburg* gekauft, nach mehr als 15 Jahren Wartezeit! Der hat fast all unsere Rücklagen aufgefressen und war nun kaum noch etwas wert. Schließlich wollte damals jeder lieber ein altes Westauto fahren als einen fast noch neuen DDR-Zweitakter. Ingeborg verdiente als Verkäuferin zwar weiter, aber allein mit ihrem Gehalt hätten wir unseren Lebensunterhalt nur sehr schwer bestreiten können." Wulfert zog ein Taschentuch aus seiner Hose und schnäuzte sich.

„Und dann?"

„Dann haben wir einfach weitergemacht. Was ist uns auch anderes übriggeblieben? Wir hatten uns und unsere Kinder. Das war das Wichtigste. Nach und nach haben wir uns ein bisschen was angespart und ich bekam für ein paar Jahre auch wieder Arbeit. Trotzdem die Kinder inzwischen erwachsen und ausgezogen waren, blieben wir in unserer Wohnung." Wulfert deutete mit dem Kopf in Richtung Fenster. „In genau der Wohnung, die bis gestern noch mein Zuhause war."

Martin schwieg einen Moment und dachte über das Gesagte nach. Dann schüttelte er den Kopf. „Aber in meinem Fall geht es ja nicht um materielle Dinge. Es geht um den Glauben. Es geht um Gott. Es geht … um das Wichtigste überhaupt!"

XII.

WAS ZUVOR GESCHAH

Familie Kernchen
Tag des Brandes, 13:30 Uhr

Timo Kernchen hatte Hunger. Zwar war seit ihrem gemeinsamen Mittagessen noch keine Stunde vergangen, dennoch knurrte ihm laut hörbar der Magen.

Pia, die in der Küche neben ihm stand und gerade damit beschäftigt war, die Vase ihres diesjährigen Osterstraußes neu mit Wasser zu befüllen, musste lachen. Dann klopfte sie ihrem Mann liebevoll auf den Bauch und warf ihm einen verschmitzten Blick zu. „Hast du da einen Bären drin versteckt oder warum brummst du so?"

Timo zuckte schmunzelnd mit den Schultern und öffnete die Schublade, in der für gewöhnlich eine angebrochene Kekspackung lag. „Keine Ahnung. Klingen tut es zumindest so."

Er entnahm der Schachtel zwei Gebäckstücke und schob sie sich in den Mund. Kauend verließ er sodann die Küche, schnappte sich von der Flurgarderobe seine Jacke und holte Leons Fahrrad aus dem Kinderzimmer. Der Junge war vor ein paar Tagen damit gestürzt und hatte wie wild darum gebettelt, den Drahtesel mit in die Wohnung nehmen zu dürfen. Der Grund für diesen Wunsch war leicht verständlich: Leon wollte um jeden Preis verhindern, dass einer der Nachbarn das Bike im Keller erblickte und durch die Acht im Vorderrad und den verdrehten Lenker von seinem Missgeschick erfuhr.

Timo hatte gelacht, sich aber darauf eingelassen. Warum auch nicht? Er konnte Leons Besorgnis gut nachvollziehen, denn früher hatte Timo sich ebenfalls viele Gedanken gemacht, was andere Menschen über ihn dachten. Wie sie ihn einschätzten. Was für eine Meinung sie von ihm hatten.

Vor allem in der Zeit, als er wegen einer länger andauernden Kniegeschichte nicht hinter dem Lenkrad seines Lkw sitzen konnte und ihn die Spedition vorübergehend in der Lagerverwaltung arbeiten ließ, war ihm diese Charaktereigenschaft bewusstgeworden. Tag für Tag hatte er versucht, es allen recht zu machen, freundlich zu sein, keinerlei Anstoß zu negativen Bemerkungen zu geben und sich jedem gegenüber von seiner besten Seite zu zeigen. All das mit Schmerzen im Knie, in einem fremden Arbeitsumfeld und inmitten von Aufgaben, die ihm alles andere als leichtfielen. Schließlich war er Fernfahrer und kein Schreibtischtäter! Und doch wollte er es nicht riskieren, wegen eines eventuellen Missgeschicks von seinem Chef vor die Tür gesetzt zu werden.

Der Druck hatte ihm damals so sehr zugesetzt, dass er nach drei Monaten fast zehn Kilo weniger wog. So war Timo heilfroh, als sein Arzt grünes Licht gab und er wieder auf Achse gehen durfte. Im Führerhaus seines Lkw war es kein Thema, was andere über ihn dachten und von ihm hielten. Hier war er allein und musste niemandem etwas beweisen.

Ein paar Tage später hatte Timo in irgendeiner Raststätte beim Mittagessen auf dem Tisch eine Fachzeitschrift für Psychologie gefunden, die offenbar jemand dort vergessen haben musste. Die Titelstory hieß *Die Anderen und ich* und es ging genau um sein Problem: Was denkt mein Gegenüber von mir?

Kurzerhand hatte Timo die Zeitschrift mitgenommen und sich beim nächsten Zwischenstopp den Artikel durchgelesen. Noch heute konnte er sich genau an diese Situation erinnern: Es war in Rüsselsheim, auf dem Zulieferhof von *Opel*. Drei Mitarbeiter der Warenannahme luden die Teile ab, die er mit seinem Sattelschlepper gebracht hatte und er saß auf einer Bank in der Sonne und las das Psychologiemagazin. Eine Karikatur war es schließlich, die ihm Klarheit bescherte. Und die ihm half, sich nach und nach von seinem Problem zu lösen. Auf dem Bild waren zwei Männer gezeichnet, die sich in einem Büroflur begegneten und über beiden war eine Gedankenblase gemalt. In der Blase über dem Mann auf der rechten Seite, einem Lockenkopf in legerem T-Shirt, stand: *Was der wohl über mich denkt?*

Und in der Gedankenblase des rechts stehenden älteren Herrn mit elegantem Oberhemd und Krawatte stand: *Habe ich vorhin eigentlich mein Auto abgeschlossen?*

Timo musste lachen, als er diese Karikatur gesehen hatte. Sie öffnete ihm die Augen, denn es wurde klar: Anstatt sich die Mühe zu machen, über einen anderen Menschen nachzudenken, haben die Leute meist genug mit ihren eigenen Problemen zu tun. Und selbst wenn jemand wirklich mal etwas Dummes oder Peinliches tut, werden sich die Leute vielleicht kurz für diese Person interessieren, dann aber schnell wieder mit ihrem eigenen Leben und ihren individuellen Sorgen beschäftigt sein.

Ja, dachte Timo, es war enorm entlastend zu wissen, dass es keine Rolle spielte, was andere von einem hielten. Und dass es letztlich irgendwie auch allein ihr Problem war. Denn sie dachten ja ohnehin, was sie wollten!

Leon, der mit seinen elf Jahren ein hervorragender Sportler war und auf dem Zweirad genauso geschickt wie beim Ballspielen auf dem Rasen, würde das auch noch lernen: Dass man sich nicht zu viele Gedanken darüber machten durfte, was andere von einem meinten. Denn wie die Menschen einen einschätzten und was sie über einen dachten, was andere für *richtig* oder *falsch* hielten, resultierte einfach nur aus deren persönlichen Vorstellungen und ihrer eigenen Prägung. Da hatte man selbst überhaupt keinen Einfluss drauf. Und somit war es auch völlig egal, was andere dachten. Im Prinzip jedenfalls.

Timo griff sich das Fahrrad und trug es zur Wohnungstür. In den letzten Tagen hatte es im Kinderzimmer auf einem auseinandergefalteten Pappkarton gestanden, damit die Reifen nicht den Teppich beschmutzen.

„Ich bin eben mal unten und versuche, Leons Rad zu reparieren", rief er Pia zu, die inzwischen im Wohnzimmer platzgenommen hatte und die Zweige des Osterstraußes neu drapierte.

Leon selbst war kurz nach dem Frühstück samt seinem Fußball, den er *vom Osterhasen* bekommen hatte, zu einem Freund verschwunden und würde seinem Vater somit bei der Reparatur keine Gesellschaft leisten. Aber vermutlich war das dem Jungen aus den bekannten Gründen auch nicht unrecht. Schließlich sollte ihn möglichst keiner in Verbindung mit dem verbogenen Rad bringen!

Vorsichtig schleppte Timo das Bike nach unten, stets darauf bedacht, nirgendwo an eine Wohnungstür, an die Treppenhauswände oder das Geländer anzustoßen.

Als er das Gebäude verließ und das Fahrrad endlich auf den Boden stellten konnte, kam ihm der junge Mann mit dem kräftigen Boxer entgegen, der im ersten Stock wohnte. Glücklicherweise schien der sonst eher mürrisch dreinschauende Hundebesitzer Timos Besorgnis wahrzunehmen, denn er griff dem Tier ans Halsband und stoppte seinen Weg so lange, bis Timo ungehindert vorbeigelaufen war.

Dankbar nickte Timo dem jungen Mann zu und steuerte dann die Mietergärten an. Hinten an der alten Teppichstange, die hier in Berlin seit eh und je *Kloppstange* genannt wurde, gab es eine betonierte Fläche, die sich hervorragend zum Fahrradreparieren eignete. Viel Werkzeug und Zeit würde er hoffentlich nicht brauchen, denn die Acht im Rad sollte sich schnell beseitigen lassen. Und der verbogene Lenker dürfte mit dem Maulschlüssel rasch gerichtet sein.

Als Timo sich gerade an die Arbeit machen wollte, lief Herr Brachler, sein Nachbar von direkt gegenüber, an ihm vorbei. Brachler trug einen Benzinkanister bei sich und schien so sehr in Gedanken versunken zu sein, dass er Timos Gruß gar nicht bemerkte. Mit starrem Blick steuerte der Mann auf den Parkplatz zu und Timo musste schmunzeln: Die meisten Leute hatten wohl wirklich genug mit ihren eigenen Problemen zu tun.

Pia
Zur selben Zeit

Pia sah Patrick dabei zu, wie er mit seiner Holzeisenbahn spielte. Ihr Neunjähriger mochte die kleinen Züge über alles. Vor allem die, die aus seiner Lieblingsserie im Fernsehen stammten: *Thomas, die kleine Lokomotive & seine Freunde*. Seit gestern ein paar zusätzliche Schienen, zwei Weichen und ein Güterwaggon namens *Scruffey* in seinem Osternest gelegen hatten, war Patrick fast pausenlos dabei, neue Strecken auszuprobieren und Geschichten nachzuspielen. Jetzt gerade war Pias mittlerer

Sohn damit beschäftigt, einen riesigen Rangierbahnhof neben dem Esstisch zu errichten, und hatte sichtlichen Spaß dabei. Emil, sein jüngerer Bruder, hockte etwas abseits und schob glücklich ein *Lego-Duplo* Auto umher.

Wie schön, dachte Pia, dass ihre Jungs sich so sehr freuen konnten! Die Kinder wurden unglaublich schnell größer. Und irgendwann hatten sie dann das letzte Mal eine Windel getragen. Das letzte Mal ihre Rassel geschüttelt. Das letzte Mal im Kindersitz gesessen. Irgendwann würde Patrick das letzte Mal mit der Holzeisenbahn spielen, Leon das letzte Mal aus der Schule nach Hause kommen, Emil das letzte Mal in seinem Kinderzimmer schlafen. Und möglicherweise würde niemand in diesem Moment bemerken, dass es das letzte Mal war.

Wenn Pia daran dachte, traten ihr vor Rührung – und ein wenig auch vor Ehrfurcht – Tränen in die Augen. Sie wusste, wie glücklich sie war. Mit ihren Kindern und mit ihrem Mann.

Nach der Schule und dem Abitur hatte Pia begonnen, Psychologie zu studieren. Sogar das Thema ihrer Diplomarbeit stand bereits fest: *Über die Wirkung von Komplimenten*. Es sollte um die Frage gehen, ob zu viele Komplimente eher schaden als nutzen würden. Doch dann war sie schwanger geworden, nur wenige Wochen nach der Hochzeit mit Timo. Also war sie von ihren beruflichen Plänen abgerückt und hatte sich voll und ganz auf die Kindererziehung konzentriert – eine Entscheidung, die sie auch heute noch für absolut richtig hielt. Es war für sie nicht vorstellbar, ihren Nachwuchs schon mit einem Jahr oder gar noch jünger in eine Kinderkrippe zu geben und nur noch abends und am Wochenende etwas von den Kindern zu haben. Klar, es gab nicht wenige Familien, in denen beide Elternteile arbeiten gehen mussten, damit das Einkommen zum Leben reichte. Zum Glück waren ihr Mann und sie in dieser Hinsicht ganz gut aufgestellt. Zwar verdiente Timo nicht übermäßig viel, aber dank ihrer Sparsamkeit und dem schon immer recht zurückhaltenden Umgang mit Geld konnten Pia und er es sich leisten, dass die ganze Familie von seinem Gehalt und vom Kindergeld lebte.

Nicht jeder verstand das, und es hatte in der Vergangenheit – meist hinter vorgehaltener Hand, aber dennoch deutlich – schon mal die eine oder andere spitze Bemerkungen von Freunden und Nachbarn gegeben, dass sich die Kernchens *auf Staatskosten durchfraßen*. Aber das stimmte nicht! Denn wenn man es nüchtern betrachtete, kostete ein Kitaplatz dem Staat Monat für Monat viel mehr Geld, als an Kindergeld ausgezahlt wurde.

Auch die These, wonach der *Job* einer Hausfrau oder Mutter kaum ausfüllend sein konnte und ein ganz schlechter Ersatz für eine berufliche Karriere war, hinkte gewaltig. Denn wer würde ernsthaft behaupten, die Tätigkeit einer Kindergärtnerin oder Hort-Erzieherin sei nichts wert? Warum also wurde anders argumentiert, wenn es um die Betreuung *eigener* Kinder ging? Sollte man es nicht in einem toleranten, demokratischen, modernen Land jeder Mutter und auch jedem Vater selbst überlassen, wie sie oder er die tägliche Umsorgung des Nachwuchses gestaltet?

Pia hätte sich in dieser Hinsicht mehr Unterstützung vonseiten der Politik gewünscht. Aber statt wie in anderen Bereichen längst üblich, unterschiedliche Lebensmodelle zu fördern, wurde vor ein paar Jahren viel Wirbel um das sogenannte *Betreuungsgeld* gemacht. Vor allem die Medien überboten sich mit abschätzigen Beiträgen und etablierten den Begriff *Herdprämie*. Als 2015 schließlich auch das Bundesverfassungsgericht entschieden hatte, dass die Einführung des Betreuungsgeldes rechtswidrig war, kam das finale Aus dieser monatlichen Zahlung von 150 Euro an Eltern, die ihre Kinder in den ersten drei Lebensjahren gern zu Hause ließen und nicht in eine Kinderkrippe steckten. Allerdings wurde damals in kaum einer Zeitung und auch nur wenigen Rundfunk- und Fernsehkommentaren gesagt, dass die Rechtswidrigkeit lediglich auf die fehlende sachliche Zuständigkeit des Bundes zurückzuführen war. Über die tatsächliche Frage, ob es ein Betreuungsgeld geben dürfe, hatten die Richter in Karlsruhe nämlich gar nicht entschieden!

Und so kam es, wie es in derartigen Fällen immer kommt: Die Menschen glaubten, was sie glauben sollten, weil sie hörten, was sie hören sollten.

Aber wie auch immer – Pia und Timo hatten es auch ohne Betreuungsgeld geschafft, ihren Kindern jeden Tag eine warme Mahlzeit, saubere Kleidung und nicht zuletzt die eine oder andere zusätzliche Freude zu ermöglichen. Sogar in den Urlaub fuhren sie jedes Jahr; entweder nach Tirol oder an die Nordsee auf die Insel Föhr.

Ja, dachte Pia, es ging ihnen wirklich gut. Sie waren alle weitgehend gesund und kamen zurecht. Die kleinen Kümmernisse, die Timo und sie plagten – der latente Streit mit ihren Eltern sowie Timos oft anstrengende Arbeitssituation – waren zwar nicht von der Hand zu weisen, aber letztlich hatte doch praktisch jeder Mensch mit Problemen zu kämpfen, die das Leben ihm vor die Füße legte, nicht wahr? Und mit anderen tauschen, denen es vermeintlich besser ging, wollte Pia auf keinen Fall. Weder mit Cindy, der jungen Nachbarin, die mit ihrem *Lebenspartner* in der direkt gegenüberliegenden Dachgeschosswohnung lebte und sich durch einen ziemlich extravaganten Kleidungsstil auszeichnete, noch mit ihren Eltern, dem pensionierten Bundeswehr-Offizier und der noch mit Mitte 60 aktiv tätigen Abteilungsleiterin in der Modeabteilung eines großen Kaufhauses, die beide immer wieder von ihrer *finanziellen Unabhängigkeit* schwärmten.

Nein, dachte Pia, auch wenn die Kinder sie manchmal sehr forderten und Timo oft so früh rausmusste, dass noch nicht einmal das Zeitzeichen im Radio wach war, so genoss sie ihr Glück jeden Tag aufs Neue. Und war dankbar für jede Stunde mit ihrem Mann, mit Leon, Patrick und Emil. Und das war doch die Hauptsache.

ଔ

„Mama, wie werden eigentlich Katzen gemolken?"

Pia blickte auf und sah zu Patrick herunter, der eine grüne Lokomotive in der Hand hielt und seine Mutter mit einem ebenso ernsten wie gut gelaunten Blick anschaute. Offenbar war ihm inmitten seines Spiels etwas durch den Kopf gegangen, was er unbedingt loswerden musste.

„Wie Katzen ... gemolken werden?" Pia wiederholte die Frage ihres Sohnes, da ihr diese einigermaßen absurd erschien. Patrick war zwar erst neun, aber man konnte ihn ohne Übertreibung als *pfiffiges Kerlchen* bezeichnen.

„Ja, Mama: Wie werden Katzen gemolken?"

Pia zog die Augenbrauen hoch und winkte Patrick zu sich aufs Sofa. Nachdem sich der Junge zu ihr gesetzt hatte – in der Hand noch immer die grüne Lok, auf deren Unterseite der Name *Henry* aufgedruckt war –

strich sie ihm übers Haar. „Wie kommst du denn darauf? Kühe werden gemolken und Ziegen vielleicht, aber doch keine Katzen."

Patrick zog einen Flunsch. „Doch!", rief er mit leichter Verärgerung in der Stimme. „Paul hat mir gestern erzählt, dass seine Eltern im Supermarkt Katzenmilch kaufen!"

Jetzt musste Pia laut loslachen, was Patrick noch wütender machte.

„Du glaubst mir nicht, Mama!", rief er und entzog sich Pias Liebkosungen.

„Doch, doch", beeilte sie sich zu erklären, „ich glaube dir aufs Wort. Aber Katzenmilch stammt nicht von Katzen."

Patrick sah seine Mutter ungläubig an. Einen Moment lang schien der Junge zu überlegen, dann erhellte sich sein Blick. „Woher kommt Kuhmilch?", fragte er.

„Von der Kuh", antwortete Pia.

„Und woher kommt Ziegenmilch?"

„Ziegenmilch kommt von Ziegen."

„Siehst du!", triumphierte Patrick, „und Katzenmilch kommt von ..."

Pia verstand, worauf der Junge hinauswollte. Und ganz unrecht hatte er nicht: Wer sollte diesen Unterschied auch verstehen?

„Du bist wirklich ein schlaues Kind", lobte Pia ihren Sohn und nickte anerkennend. Dann erklärte sie ihm in aller Ruhe die Hintergründe von Katzenmilch und anschließend lachten sie gemeinsam über die in der Tat verwirrende Bezeichnung.

∽

Pia liebte ihre vier Jungs: Leon, Patrick, Emil – und auch Timo, ihren *großen Jungen*. Sie ertappte sich bei der Frage, ob andere Mütter und Väter eigentlich auch so viel Zeit und Geduld für die Fragen ihres Nachwuchses aufbringen konnten. Wenn sie an manche Eltern in Patricks und Leons Grundschulklassen dachte, hatte sie ernste Zweifel. Einige von ihnen schienen permanent im Stress zu sein, immer mit einem Bein im Job. Dazu kam das große Freizeitangebot mit unzähligen Verlockungen, dem die Menschen von heute nun einmal ausgesetzt waren.

Überhaupt: Die Zeit war hektisch, schnelllebig, oberflächlich. Früher gab es hier im Viertel an jeder Ecke einen Laden, dachte Pia. Kleine Geschäfte, in denen man die Dinge kaufen konnte, die man im Alltag wirklich brauchte. Die Verkäuferinnen kannten ihre Kunden zum Teil sogar mit Namen, gerade für ältere Menschen waren das wichtige soziale Kontakte gewesen.

Und heute? Heute hatten sie zwei Discounter in der Nähe, den Rest mussten Timo oder Pia mit dem Auto heranholen. Die eine oder andere Supermarkt-Mitarbeiterin war Pia zwar von Angesicht bekannt, ein persönliches Gespräch hatte sich trotzdem noch nie ergeben. Die Stadt war anonym.

Auch hier im Hause waren ihr die meisten Bewohner fremd. Klar, sie kannte den freundlichen alleinstehenden Rentner, den jungen Mann mit seinem Hund und das Pfarrers-Ehepaar. Aber sonst?

Vorhin beispielsweise, als sie kurz in den Keller gegangen war, um eine bei den dortigen Vorräten deponierte Flasche Weichspüler zu holen, war ihr vor der Tür des Journalisten aus dem 2. Stock eine unangenehm riechende Mülltüte aufgefallen und Pia hatte sich gefragt, ob der Mann wohl eine Freundin oder gar eine Frau hatte, die woanders lebte. War das hier vielleicht nur seine Dienstwohnung und besaß er irgendwo im Grünen ein hübsches Eigenheim? Mit Garten und einem eigenen Pool? Hatte er Kinder? War er geschieden?

Pia wusste all diese Dinge nicht und im Grunde ging sie das Leben dieses Mannes auch gar nichts an. Dennoch fand sie es schade, dass die Menschen unter diesem Dach so einsam und verschlossen lebten. Und nicht nur hier: Es war schwer geworden, überhaupt noch Kontakte zu Fremden zu knüpfen. Die meisten blieben lieber für sich. Selbst viele Teenager hockten vor dem Computer, anstatt sich mit Freunden zu treffen. Pia hatte es schon erlebt, wie sich zwei Schüler in der S-Bahn übers Smartphone Nachrichten schickten, obwohl sie sich direkt gegenübersaßen! Was war das nur für eine Kommunikationskultur? Wie sollten Freundschaften, Ehen entstehen? Wie sollten Männer und Frauen sich näherkommen?

Einmal hatte Pia einen sonderbaren Gedanken gehabt, in der Nacht, direkt nach dem Aufwachen aus einem traumlosen Schlaf: die Menschheit als Bild eines auseinandergebrochenen Puzzlespiels. Was eigentlich zusammengehörte, war zerstört. Und sie, Pia, hatte das große Glück, mit Timo das einzige, wirklich passende Gegenstück zu sich selbst gefunden zu haben.

Ja, dachte sie, das war wirklich ein großes Glück.

Timo
Zur selben Zeit

Die Reparatur von Leons Bike gestaltete sich komplizierter als gedacht. Der Ausbau des Vorderrades war nicht allzu schwierig gewesen und auch das Auswuchten der Acht ging leicht von der Hand. Was Timo aber Probleme bereitete, war die Justierung der Gangschaltung. Beim Geraderichten des Lenkers hatte er den entsprechenden Bowdenzug aushängen müssen und nun mühte er sich damit, die Stahlsehne wieder so straff zu bekommen, dass die einzelnen Gänge sich leicht schalten ließen.

„Na, wird das Fahrrad vom Sohnemann wieder in Gang gebracht?", hörte er mitten in seine Reparaturversuche hinein eine Stimme, die, wie Timo nach dem Heben seines Kopfes schnell feststellte, zu Herrn Möller, dem Journalisten aus seinem Haus, gehörte.

Timo deutete mit dem Schraubenschlüssel auf den Schalthebel. „Ich versuch's", sagte er. „Ist nicht ganz so einfach. Bei meinem Kinderrad damals war das gar kein Problem, ein Rad aus- und wieder einzubauen. Heute gibt es nur noch Bikes mit Gangschaltung. Das macht es nicht leichter."

Der Journalist nickte Timo freundlich zu, wünschte ihm viel Erfolg und verschwand.

Es war selten, dass Nachbarn sich dafür interessierten, was ihre Mitbewohner machten. Selbst ein kurzer Smalltalk, wie die Frage des Journalisten eben, kam fast nie vor. Und wenn doch, blieb das Gespräch meist oberflächlich. Niemand wusste, wie er seine Mitmenschen einschätzen sollte. Und offenbar hatte auch niemand Interesse an näheren Kontakten.

Timo vermutete, dass auch Pia dieser Zustand ärgerte. Sie hatte ihm gegenüber schon mehrfach betont, wie schade es sei, dass es in der

Straße so wenige Kinder im Alter ihrer Jungs geben würde, mit denen Leon, Patrick und Emil spielen konnten. Aber so war es halt.

Timo hob das Hinterrad an und drehte die Pedale. Dann betätige er den Schalthebel und probierte, ob sich die Gänge wechseln ließen, was der Fall war. Leon würde nachher eine Probefahrt machen und bestenfalls sollte sein Bike dann wieder problemlos laufen.

Nachdem Timo das Werkzeug zusammengesammelt und in dem stabilen Pappkarton verstaut hatte, den er für diese Zwecke benutzte, ließ er seinen Blick über die Gartenanlage wandern. Auf den kleinen Parzellen zwischen den Häusern herrschte emsige Geschäftigkeit. Viele Mieter nutzen den freien Tag und das angenehme Wetter, um sich an der frischen Luft zu betätigen oder einfach nur auszuspannen.

Trotz mehrerer Anfragen bei der Wohnungsbaugesellschaft war es Pia und ihm bislang nicht gelungen, selbst an einen Mietergarten zu kommen. Wer das Glück hatte, über ein solches Fleckchen Erde verfügen zu können, gab es normalerweise nie wieder her. Und die wenigen aufgrund von Wegzügen oder dem Tod eines Nutzers freiwerdenden Gärten waren im Handumdrehen vergeben; die Warteliste war lang. Trotzdem hofften Pia und er, irgendwann einmal in den Genuss eines entsprechenden Pachtvertrages zu kommen. Sie hatten sogar schon recht konkrete Vorstellungen, wie sie die knapp 100 Quadratmeter gestalten würden: Neben einem Sandkasten für Emil und einem Hochbeet für Pia sollte unbedingt eine Hollywoodschaukel angeschafft werden.

Ja, dachte Timo, mit einem eigenen Garten bestünde die Möglichkeit, direkt am Haus Erholung im Freien zu finden, den Jungs das Wachsen und Werden der Natur nahezubringen und neben alldem auch sich selbst an der Schönheit von Blumen, Pflanzen und Wetter zu erfreuen.

Timo schnappte seinen Werkzeugkarton sowie das Rad und machte sich auf den Heimweg. Er war ebenso froh wie stolz, das Problem mit der Gangschaltung gelöst zu haben. Denn auch wenn er es nicht gern zugab – eine seiner *schlechten Eigenschaften* war die Furcht, an ihn gesetzte Erwartungen nicht zu erfüllen und deshalb möglicherweise nicht gemocht zu werden. Ohne Frage: Leon hätte seinen Vater ganz sicher auch dann noch lieb, wenn dieser das Fahrrad nicht repariert bekommen hätte. Aber bestimmt wäre der Junge enttäuscht gewesen. Und das war etwas, das Timo Unbehagen bereiten würde.

Natürlich waren solche Gedanken genauso blödsinnig wie die Sorge vor dem, was andere über einen dachten. Dennoch konnte Timo nicht einfach so aus seiner Haut schlüpfen. Und tiefsitzende Ängste waren auch nicht abzuschütteln wie der Staub auf seiner Hose, den er sich bei der Fahrradreparatur eingehandelt hatte.

Jeder musste eben sein Päckchen tragen, dachte er. Und bei ihm befand sich in diesem Päckchen schon seit seiner frühen Jugend eine gehörige Portion Selbstzweifel.

Schon als Kind hatte er immer irgendwie Angst davor gehabt, dass gerade empfundenes Glück genauso schnell zu Ende sein könnte, wie es gekommen war. Erlebte er eine besonders schöne Situation, fürchtete er, dass gleich etwas Schreckliches passieren würde. Es war wie ein Schatten auf seiner Seele und Timo war damals zeitweise sogar unfähig gewesen, sich von Herzen zu freuen und positive Erlebnisse einfach nur zu genießen.

Diese Phase hatte er, Gott sei Dank, inzwischen überwunden, aber ganz frei von derartigen Angstgefühlen war er noch immer nicht. So dachte er manchmal, dass die gute Zeit, die Pia, er und die Kinder gerade erlebten, von einer Sekunde auf die andere zu Ende sein könnte. Ein Unfall, eine plötzlich auftauchende schwere Krankheit oder der Verlust seines Arbeitsplatzes – all das könnte ihrem Glück auf einen Schlag ein Ende setzen. Es könnte *Der letzte schöne Tag* sein, dachte Timo mitunter, wenn es besonders gut lief. Wenn sie gemeinsam Spaß im Urlaub hatten oder einfach nur beieinander waren. Zugleich versuchte er sich immer wieder vor Augen zu führen, dass seine Besorgnis nicht nur unsinnig war, sondern dass sie ihm auch Kraft und Lebensfreude kostete.

Was ihm in solchen Momenten der Angst manchmal half, war ein Spruch von Mark Twain, den Timo irgendwo aufgeschnappt hatte und der ihm Mut machte: *In meinem Leben habe ich unvorstellbar viele Katastrophen erlitten. Die meisten davon sind nie eingetreten.*

So war es wohl.

Und es war gut, sich das immer wieder zu vergegenwärtigen.

Pia
17:10 Uhr

„Geschafft!", rief Timo mit strahlendem Gesicht, als er von seinem Reparatureinsatz zurückgekehrt war und verschwitzt im Türrahmen stand. „Leon wird sich freuen, wenn er vom Fußballspielen zurückkommt!"

Pia lächelte ihrem Mann zu und sah, wie er im Bad verschwand, um zu duschen.

Für Timo waren solche Erfolgserlebnisse wichtig, dachte sie. Es fiel ihm nicht immer leicht, sich den harten Anforderungen seiner Rolle als Familienoberhaupt und Alleinverdiener zu stellen. Aber er tat es Tag für Tag, war ein wunderbarer Vater, ein verlässlicher Ehegatte und ein aufopferungsvoller Mensch. Sie konnte wirklich froh sein, ihn an ihrer Seite zu wissen. Sie schätzte seine Weitsicht, seine Aufmerksamkeit, seine Nähe. Und: Timo bemühte sich, trotz seines Jobs als Lkw-Fahrer so oft wie möglich zu Hause zu sein. Wie anders war das doch bei ihren Eltern gewesen, als sie selbst ein Kind war! Ihr Vater, der Bundeswehr-Offizier, verbrachte mehr Zeit in der Kaserne als zu Hause. Zwar zeichnete ihn sein Engagement für die Truppe irgendwie auch aus, auf der anderen Seite blieb die Familie dabei aber oft auf der Strecke. Selbst vom Urlaubsort war Vater einmal vorzeitig abgereist, nachdem eine Anfrage vom Standort-Kommandeur gekommen war, der eine kurzfristig beschlossene Gefechtsübung organisiert hatte. Überhaupt: Pias Vater lebte in erster Linie für seinen Beruf, nicht für Frau und Tochter. Ganz das Gegenteil von Timo, dem es immens wichtig war, für seine Familie da zu sein. So oft und so intensiv wie möglich. Wie dankbar Pia dafür war! Und wie sehr sie sich ein recht langes Leben an der Seite ihres Mannes wünschte.

Manchmal beobachtete sie das ältere Ehepaar aus dem ersten Stock ihres Hauses, Herrn und Frau Klassen. Die beiden schienen auch nach vielen gemeinsamen Jahren noch glücklich miteinander zu sein. Frau Klassen verließ das Haus jeden Tag am frühen Morgen und fuhr zur Arbeit. Er hingegen war bereits Rentner.

Hin und wieder war Pia aufgefallen, dass sich Herr Klassen kurz vor 16 Uhr in Richtung Bushaltestelle aufmachte. Wohl um seine Frau abzuholen. Das fand Pia rührend. Ob die beiden älteren Leutchen Kinder hatten, wusste sie nicht. Aber ihr Leben schien harmonisch zu verlaufen, ohne Streit und Ärger. Zumindest nach außen hin. Denn schließlich konnte sie nicht in die Köpfe und Geschichten ihrer Nachbarn sehen. Sorgen und Kümmernisse gab es ja überall. Und wie hieß ein alter Spruch: *Unter jedem Dach ein Ach.*

Dennoch, für Pia gaben die Klassens das Bild eines zufriedenen, glücklichen Ehepaares ab. So wie sie es sich selbst noch wünschen würde, wenn Timo und sie in einem ähnlichen Alter wären.

❧

„Vielleicht hätte ich mein Studium doch beenden sollen", rief Pia eine gute Stunde später aus der Küche ins Wohnzimmer, wo sie Timo vermutete. Nach dem Duschen hatte sich ihr Mann aus dem Kühlschrank eine Flasche Cola geholt und war in Richtung Sofa verschwunden.

Emil saß am Küchentisch und knetete und sie selbst war mit dem Geschirrsortieren zugange und räumte parallel dazu die Schultasche von Leon aus. Zwar liefen die Ferien noch eine weitere Woche, aber es konnte nicht schaden, rechtzeitig einen Blick in die anstehenden Aufgaben zu werfen.

„Warum das denn?", kam Timos Stimme aus der Couch-Ecke zurück.

Pia schnappte sich Leons Matheheft, lief zwei Schritte über den Flur und stellte sich in die Wohnzimmertür.

Ihr Mann saß auf dem Sofa, die Beine angezogen und ein Buch in der Hand. Als Pia erschien, machte er ein fragendes Gesicht.

„Hier", empörte sie sich und hielt das Heft in die Höhe, „Leons Lehrerin hat mir wieder einen Liebesbrief geschrieben."

Timo reckte den Hals. „Und was hat das mit deinem abgebrochenen Studium zu tun?"

Pia nahm ihre Hand wieder herunter, trat auf Timo zu und drückte ihm das Schulheft in die Hand. „Weil ich als ausgebildete Psychologin vielleicht dazu in der Lage wäre zu verstehen, was diese Frau für ein Problem hat."

„Was will sie denn?" Timo blickte nur oberflächlich auf das rote Gekritzel im Schulheft und wandte sich schnell wieder seiner Frau zu.

„Weil Leon zwei Wochen vor den Ferien krank war und die Leistungskontrolle nicht mitschreiben konnte, bietet sie ihm entweder das Nachschreiben der Arbeit an oder ersatzweise das Halten eines 30-minütigen Vortrags zum Thema Flächen- und Körperberechnung an verschiedenen geometrischen Figuren."

„Was ist falsch daran?"

Pia verdrehte die Augen. „Einen 30-Minuten-Vortrag halten? In der 6. Klasse? Sowas haben wir nicht mal im Abi machen müssen! Weißt du, wie lange man braucht, um ein so umfangreiches Referat vorzubereiten? Als Faustformel gilt eine Stunde Vorbereitungszeit pro Vortragsminute! Das wären 30 Stunden!"

„Na ja", entgegnete Timo und gab ihr das Heft zurück, „aber Leon hat doch auch die Möglichkeit, einfach die Arbeit nachzuschreiben und gut ist es ..."

„Sicher. Aber es kann doch nicht sein, dass diese Frau überhaupt auch nur ansatzweise in Erwägung zieht, den Kindern eine derartige Alternative anzubieten."

Timo zuckte mit den Schultern und griff nach seinem Buch. „Ärger' dich nicht zu sehr. Das lohnt sich nicht. Leon wird seinen Weg schon machen. Er ist ein cleverer, lieber Kerl und nicht dumm. Und wenn ein Lehrer anderer Meinung sein sollte oder denkt, die Schüler schikanieren zu müssen, dann wird das am Ende nichts ausmachen. Intelligente Leute setzen sich immer durch."

Pia wedelte mit dem Heft und verzog das Gesicht. „Es gibt einen alten Spruch: *Weil die Klügeren immer nachgeben, wird die Welt von Dummen regiert.*"

Timo grinste und Pia machte sich kopfschüttelnd auf den Rückweg in die Küche. Er hatte ja recht! Und es war gut, dass er derart besonnen blieb. Gleichwohl ärgerte sie sich über diese Lehrerin. Es war nicht das erste Mal, dass die Frau durch ihren Übereifer aufgefallen war. Andere Eltern hatten sich dem Vernehmen nach wohl ebenfalls schon über sie beklagt. Vermutlich wollte aber auch sie nur das Beste für die Kinder. Die Frage war nur, zu welchem Preis.

Timo
19:30 Uhr

Um halb acht saßen sie alle gemeinsam um den Abendbrottisch und obschon es Timo eigentlich nicht recht war, lief der Fernseher. In den Regionalnachrichten zeigten sie einen Politiker, der gerade zum Staatssekretär für Klimaschutz ernannt worden war. Viel Händeschütteln, viel Gegrinse. Der Mann machte einen recht überheblichen Eindruck, auch wenn er versuchte, seriös zu wirken: „Ich freue mich, zukünftig mit ganzer Kraft zur Verbesserung der ökologischen Situation in unserem Land beitragen zu dürfen", flötete der taufrische Amtsträger in die hingehaltenen Mikrofone der Reporter. „Wir werden schon bald ein neues Gesetz für mehr saubere Luft auf den Weg bringen. Selbstverständlich setzen wir in diesem Zusammenhang alles daran, die finanziellen Belastungen vor allem für betroffene Privathaushalte so gering wie möglich zu halten."

Timo musste schmunzeln. Was hieß das schon: Die Belastungen so gering wie möglich halten? Und wenn der Mann explizit die Privathaushalte nannte, was kam dann wohl auf Industrie und Gewerbe zu?

Den anwesenden Journalisten schien dieser Widerspruch nicht aufzufallen, denn keiner stellte eine Nachfrage, keiner provozierte durch einen entsprechenden Kommentar. Und dabei war die Merkwürdigkeit so offensichtlich!

Eigentlich, dachte Timo, müsste ich unseren Nachbarn mal fragen, den Journalisten. Wenn stimmte, was man sich erzählte, arbeitete der Mann für eine bekannte Tageszeitung. Es wäre interessant zu erfahren, warum offenbar eine stillschweigende Vereinbarung unter den Medienmachern bestand, sich mit allzu kritischen Fragen gegenüber Politikern zurückzuhalten. Was hatten die Zeitungs- und Fernsehmenschen davon, dass sie sich derartig verhielten?

„Danke Papa, dass du mein Fahrrad repariert hast", unterbrach Leon Timos Gedanken. „Da kann ich nach den Ferien wieder zur Schule radeln", sagte er kauend.

Timo nickte und griff nach einer weiteren Scheibe Brot. Die Probefahrt, die sie vorhin noch durchgeführt hatten, war erfolgreich verlaufen; alle Gänge ließen sich problemlos schalten.

„Wann musst *du* morgen eigentlich los?", fragte Pia ihren Mann und deutete auf den Fernsehbildschirm, auf dem gerade Bilder von langen Autoschlangen gezeigt wurden, die sich aufgrund des Osterrückreiseverkehrs überall gebildet hatten.

„Zum Glück nicht ganz so früh. Um sieben muss ich in der Spedition sein. Dann geht es zuerst nach Düsseldorf, eine Ladung Transportersitze holen. Die bringe ich dann ins Werk nach Ludwigsfelde. Mit den Lenkzeiten wird es zwar knapp, aber am späten Abend müsste ich zurück sein."

Pia nickte. „Wenn du mit dem *Mondeo* in Richtung Spedition aufbrichst, pass beim Ausparken auf. Der junge Mann mit dem Boxer steht ziemlich dicht hinter unserem Wagen, hab' ich vorhin gesehen."

„Danke für den Hinweis", gab Timo schmunzelnd zurück. Zwar war er naturgemäß nicht ungeschickt im Straßenverkehr, aber ihr langsam in die Jahre gekommener Ford hatte keine Einparkhilfe und so war es vielleicht ganz gut, vorgewarnt zu sein. Timo hatte wahrlich keine Lust, den aufgemotzten Golf GTI des halbstarken Nachbarn zu beschädigen. Wer konnte wissen, ob der junge Mann nicht aggressiv reagieren würde? Hinter vorgehaltener Hand wurde im Haus gemunkelt, er hätte sogar schon im Gefängnis gesessen. Ob das stimmte, wusste Timo allerdings nicht. Doch allein die Tatsache, dass der Nachbar so gut wie immer von seinem schwergewichtigen Hund mit scharfen Zähnen begleitet wurde, war abschreckend genug. Mit dem musste man nicht im Kriegszustand sein.

„Dürfen wir aufstehen?", fragte Leon. Offenbar hatte er darauf gelauert, dass der Letzte am Tisch, in diesem Fall war es Timo, das Besteck beiseitegelegt und damit klargemacht hatte, aufgegessen zu haben.

Timo blickte auf die Uhr. „Ja. Aber um neun ist Schluss, da macht ihr euch bettfertig. Morgen ist ein neuer Tag!"

„Machen wir", rief Emil fröhlich, sprang von seinem Stuhl herunter und sauste auf seinen kleinen Füßchen ins Kinderzimmer. Er war erst fünf und hatte daher alle Zeit der Welt, um den ganzen Tag nach Herzenslust spielen und das Leben entdecken zu können. Was ein großer Segen war.

∝

Nach dem Abendessen hatte Timo es sich mit Pia auf der Couch gemütlich gemacht und gelesen. Der Fernseher war längst wieder abgestellt worden und die Jungs lagen pünktlich in ihren Betten. Ideale Voraussetzungen also, um den Tag in Ruhe ausklingen zu lassen.

Timo schmökerte in einem Krimi, der eine raffinierte Erpressung beschrieb: Jemand hatte einem italienischen Gastronomen damit gedroht, den Gästen Knollenblätterpilze statt Champignons ins Essen zu mischen. Ein junger Mann überlebte nur deshalb, weil er die Pizza zur Hälfte im Restaurant verspeist und sich den Rest hatte mit nach Hause geben lassen.

Timo musste schmunzeln, als er an eine Begebenheit zurückdachte, in der Pia – sparsam wie sie war – beim Besuch einer Gaststätte den Kellner ebenfalls um die Mitnahme der übriggebliebenen Speisen gebeten hatte. Weil es Pia etwas peinlich war, hatte sie dem Ober erklärt, sie hätten daheim Katzen, für welche sie gern die Reste mitnehmen würde. Der Kellner war daraufhin so aufmerksam gewesen, gleich noch angebissene Würstchen, halbe Kartoffeln und Mischgemüse von den Tellern weiterer Gäste *für die lieben Kätzchen* dazuzupacken …

Irgendwann bemerkte Timo, dass er denselben Satz in seinem Krimi immer wieder las und ihm die Augen zuzufallen drohten. Also legte er das Buch beiseite, gab Pia einen Kuss und verschwand nach einem kurzen Abstecher zum Zähneputzen gegen 22 Uhr im Schlafzimmer. Fast unmittelbar schlief er ein – eine Gabe, die er bereits seit Kindertagen besaß. Pia, die zum Teil größere Probleme mit dem Einschlafen hatte, scherzte manchmal darüber und meinte, Timo würde schon in Träumen liegen, noch bevor sein Kopf überhaupt das Kissen berührte.

Aus einem unbestimmten Grund heraus schreckte Timo hoch. Sein Blick fiel auf die Anzeige des Radioweckers: 23 Uhr 15. Er hatte also erst eine gute Stunde geschlafen; der Morgen war noch fern.

Dennoch hatte er das Gefühl, dass irgendetwas nicht stimmte.

Pia, die neben ihm lag, atmete ruhig und gleichmäßig. Sie schien tief und fest zu schlafen.

Vielleicht sollte ich einen Schluck trinken, dachte er, schlüpfte aus dem Bett und schlich leise in die Küche, wo er sich ein Glas nahm, es halbvoll mit Wasser füllte und dann in einem Zug austrank.

Anschließend stellte er das Glas ins Spülbecken und machte sich auf den Rückweg ins Schlafzimmer.

Was ihm dabei auffiel: Im Treppenhaus schien für diese späte Uhrzeit ungewöhnlich viel los zu sein. Es klangen laute Geräusche von unten herauf.

Im Normalfall waren die Nachbarn leise, unauffällige Menschen und abgesehen von dem jungen Burschen mit seinem Boxer vielleicht, der ab und an seine Stereoanlage laut aufdrehte, war aus den anderen Wohnungen meist nur wenig zu hören. Schon gar nicht so spät am Abend.

Jetzt jedoch klang von den unteren Stockwerken eine Mischung aus hektischem Gerenne, unverständlichem Rufen und schlagenden Türen herauf.

Irgendetwas Ungewöhnliches geht hier vor, dachte Timo.

Er trat näher an die Wohnungstür heran und lauschte in den Hausflur.

Von unten war jetzt das Jaulen eines Hundes zu hören, sicherlich der Boxer. Es klang gequält und Timo fragte sich, warum das Tier so jämmerliche Geräusche von sich gab. Vollmond muss vor etwa einer Woche gewesen sein, dachte er. Schließlich wurde das Osterdatum danach bestimmt. Ostern fand stets am Sonntag nach dem ersten Vollmond im Frühling statt. Nein, Vollmond konnte nicht der Grund für das Verhalten des Hundes sein, dachte Timo. Aber was dann?

Inzwischen war auch Pia in der Diele erschienen. „Was ist da los?", fragte sie halb flüsternd, halb verunsichert. „Ich hab' durchs offene Schlafzimmerfenster Krach gehört."

Timo drehte die kleine metallene Blende am Türspion zur Seite und versuchte, durch das Guckloch ins Treppenhaus zu sehen. Dort brannte zwar Licht, aber irgendwie schien alles wie hinter einem Schleier zu liegen.

„Ich kann nichts erkennen", sagte er sodann. „Die Sicht ist verschwommen".

Pia zog ihrem Mann am Pyjama. „Riechst du das nicht?", fragte sie.

Timo sog die Atemluft tief durch seine Nase ein. Er hatte seit seiner Kindheit mit Heuschnupfen zu kämpfen und konnte nicht behaupten, den besten Geruchssinn zu besitzen. Aber das hier roch er auch.

„Es riecht verbrannt?!", murmelte er und bemühte sich, seine Aussage eher fragend als wie eine Feststellung klingen zu lassen.

Vorsichtig öffnete er die Wohnungstür einen Spalt. Sofort wurde der Brandgeruch stärker und drang in die Diele.

„Es brennt irgendwo!", erschrak Pia. „Wir müssen sofort die Wohnung verlassen!"

Timo nickte mechanisch. „Schnell, weck die Jungs", rief er Pia zu. „Ich hole rasch noch unsere Papiere und dann raus hier."

XIII.

NOCH EINE CHANCE

Martin Cornelius Schenck
In der Kirche, 4:45 Uhr

Pfarrer Martin Cornelius Scheck saß in einer Kirchenbank. Zwar in genau der Kirche, in der er regelmäßig Dienst tat, aber nicht wie sonst in der ersten Reihe, sondern ganz hinten. Nicht an einem Sonntag kurz vor zehn, sondern Dienstag früh um Viertel vor fünf. Nicht im Talar, sondern mit seiner Outdoor-Jacke bekleidet. Und auch nicht als *Profi-Christ*, sondern als Suchender. Als Verlorener. Als zutiefst verunsicherter Mensch.

Martin hob den Kopf und schaute zum Altar. Die Kerzen brannten nicht, da er sie nicht entzündet hatte, als er gekommen war. Er hatte die Kirche einfach aufgeschlossen und sich hingesetzt. Er hatte die Stille gesucht. Er hatte ... Gott gesucht.

Was war passiert? Wie konnte es zu einer derartigen Entfremdung kommen? War es nur seine Schuld oder hatte das Ganze einen tieferen Sinn? Martin wusste es nicht. Gleichwohl war ihm klar, dass er sein eigenes Glaubensleben in den letzten Monaten, vielleicht sogar in den letzten Jahren, arg vernachlässigt hatte. Um alles Mögliche hatte er sich gekümmert: um die personelle Ausstattung des Gemeindekindergartens, um die Beteiligung an karitativen Aktionen, ums Sommerfest. Nicht aber um seine Beziehung zu Gott!

Auch mit dem Bibellesen hatte er es nicht gehalten, wie es eigentlich sein sollte. Täglich ein Kapitel Altes Testament und ein Kapitel Neues

Testament sollte man lesen, hatte er irgendwann irgendwo gehört. Alles andere sei *geistige Unterversorgung*.

Martin war sich bisher nicht sicher gewesen, ob das stimmte. Heute hatte er den Eindruck, dass etwas sehr Weises in diesem Ratschlag lag. Dass die Bibel in Wahrheit eben doch viel mehr war, als irgendein beliebiges Buch. Umso schlimmer war es, dass er viel zu wenig Zeit mit der Bibel verbracht hatte. Weil er ihrem Inhalt seit seinem Studium nicht mehr vorbehaltlos vertraut hatte. Vor allem aber, weil er viel zu oft mit anderen Dingen beschäftigt war. Leider war das schon so gewesen, als sie noch in dem beschaulichen Dörfchen bei Angermünde lebten. Von den Sitzungen des Bauausschusses über die obligatorischen Geburtstagsbesuche bei betagten Gemeindemitgliedern bis hin zu Aktionen wie *Klimafasten* oder der sogenannten *Friedensdekade* – immer war er stark eingebunden und auch wirklich engagiert. Sein eigener geistlicher Zustand verschlechterte sich dadurch aber mehr und mehr.

Überhaupt: Von den Predigtvorbereitungen und einigen wenigen Anlässen abgesehen, spielte die Bibel bei seiner Arbeit tatsächlich nur noch eine Nebenrolle. Meist ging es um soziale Projekte, Diakonie, Kirchenmusik.

„Ihr vergesst das Wichtigste", war ihm kürzlich von Friedemann vorgehalten worden, einem ehemaligen Kommilitonen, der Susanne und ihn vor ein paar Wochen besucht hatte. „Ihr vergesst Jesus!"

„Wie meist du das?", war Martins leicht verärgerte Rückfrage gewesen. Er verstand nicht, wie sein Freund darauf kam, dass sie Jesus vergessen würden. Sie waren schließlich hauptamtliche Christen, bei ihnen hing sogar ein Kreuz an der Wand im Esszimmer!

„Ganz einfach", hatte der einstige Kommilitone geantwortet und nach einem Exemplar des letzten Gemeindebriefes gegriffen, das auf dem Beistellschränkchen neben dem Sofa abgelegt war. „Hier drin", der Freund tippte auf das Titelblatt, „geht es um einen Ausflug zum Magdeburger Dom. Um die Sanierung eurer Orgel. Und um ein Porträt deines Vorgängers aus Anlass seiner Pensionierung. Sehr ausführlich und mit vielen Lobeshymnen übrigens. Außerdem stellt ihr in dem Blatt die Frage, wer künftig den Kaffee nach dem Gottesdienst kochen könnte und ruft zur Sammlung von Ideen für die nächste Konfirmandenfreizeit auf."

„Ja und?", hatte Martin zurückgegeben. „Was ist falsch daran?"

„Nichts", kam als Antwort. „Gar nichts. Aber in eurem Gemeindebrief taucht nicht ein einziges Mal der Name *Jesus* auf."

Martin war verärgert und geschockt zugleich gewesen. Verärgert darüber, dass sich sein Freund anmaßte, als eine Art *Glaubensprüfer* aufzutreten. Und geschockt darüber, dass Friedemann möglicherweise nicht ganz unrecht hatte mit dem, was er kritisierte.

Martin war damals kurzerhand zur Tagesordnung übergegangen und hatte schnell das Thema gewechselt. Die Spannung zwischen dem, was Glaube für ihn selbst war und was Glaube eigentlich sein sollte, war deutlich spürbar gewesen. Und diese Spannung spürte er immer noch. Stärker als je zuvor. Hier und jetzt. In der Kirche in der Nacht nach dem Brand.

❦

Nachdem Martin eine halbe Stunde nur stumm dagesessen und gegrübelt hatte, griff er nach einem der Gesangbücher, die in den Bankreihen lagen, und blätterte ziellos darin herum. An einer Stelle, zwischen zwei Liedtexten, klemmte, einem Lesezeichen gleich, ein kleines Kärtchen. Auf ihm war ein Bibelvers abgedruckt:

> *Rufe mich an am Tage der Not, so will ich dich retten,*
> *und du sollst mich preisen.*

Es war ein Psalmwort und Martin kannte es natürlich. Wegen der biblischen Fundstelle – Psalm *50* Vers *15* – wurde dieser Vers manchmal auch scherzhaft als die *Telefonnummer Gottes* bezeichnet: 5015.

Den Konfirmanden wurde nahegelegt, diesen Satz auswendig zu lernen und auch Martin hatte hin und wieder eine Predigt darüber gehalten: *Rufe mich an in der Not. Ich will dich retten, und du sollst mich preisen.*

Er merkte Unsicherheit in sich aufsteigen. Konnte der Vers auf dieser Karte hier eine Art … Botschaft sein?

Friedemann hatte ihm gegenüber einmal behauptet, dass Gott auf vierfache Weise zu einem Christen sprechen würde: Erstens durch sein

Wort, wie es in der Bibel aufgeschrieben steht. Zweitens durch den Verstand. Drittens durch Glaubensgeschwister. Und viertens durch ungewöhnliche Botschaften.

Friedemann hatte auch gesagt, dass vor allem das Reden Gottes in der Heiligen Schrift die wichtigste, sicherste und wirksamste Variante sei, mit der sich eine Wegweisung für das eigene Leben finden ließe.

Ungewöhnliche Botschaften, Träume, Visionen und auch das Wort anderer Christen müssten zudem immer an diesem ersten, wichtigsten Punkt geprüft werden: Stand alles im Einklang mit dem, was die Bibel sagte?

Sofern das der Fall war, meinte Friedemann, könne man sich getrost darauf verlassen, dass Gott wirklich zu einem sprach.

Und hier? Wie war das hier? In dieser konkreten Situation?

Martin senkte den Kopf, schloss die Augen und begann zu beten.

Wenn Gott ihm noch eine Chance geben würde, wollte er sie gern annehmen. Wollte sich retten lassen aus seiner Not. Nicht nur aus den Problemen eines abgebrannten Gebäudes und des verlorenen Zuhauses, sondern noch viel mehr aus der Verlorenheit, die er tief in sich selbst spürte. Und die daher kommen musste, dass sein Glauben ins Wanken geraten war. Dass er sich von Gott entfernt hatte.

XIV.

WAS ZUVOR GESCHAH

Jannis Paul Conrad („J. P. C.") Brachler und Cindy Wörner
Tag des Brandes, 13:30 Uhr

C indy saß sockenlos auf dem bequemen Ledersofa im geräumigen
Wohnzimmer ihres gemieteten Dachgeschoss-Apartments und
sah sich auf *YouTube* ein Tutorial über das präzise Lackieren von Fin-
gernägeln an.

„Manchmal frage ich mich wirklich", murmelte J. P. C., der aus der
Küche kam und eine leere Kaffeetasse in seiner Hand hielt, mit nicht
allzu lauter Stimme, aber durchaus vernehmlich, „manchmal frage ich
mich wirklich, was schlimmer für dich wäre: Wenn ich dich verlassen
würde oder wenn dein Handy für eine halbe Stunde keinen Empfang
hätte."

Cindy kommentierte seine Bemerkung mit einem verzogenen Mund,
wandte ihren Blick aber nicht vom Display ihres Smartphones ab. Sie
war im Allgemeinen ohnehin recht genügsam, was die verbale Kommunikation betraf. Zu gesellschaftlichen oder politischen Themen äußerte
sich Cindy fast nie und nickte allenfalls zustimmend, wenn J. P. C. auf
einer Party oder im Restaurant seine Meinung zum Besten gab.

Brachler konnte sich nur mit viel gutem Willen an eine einzige Situation erinnern, in der Cindy etwas zur Unterhaltung in größerer Gesellschaft beigesteuert hatte. Und auch das war nicht amtlich verbrieft. Seinem löchrigen Gedächtnis zufolge musste es auf einer Firmenweih-
nachtsfeier gewesen sein, wohin J. P. C. sie als Vorzeigedame mitgenommen hatte. Der Abend war feuchtfröhlich gewesen, es wurde jede

Menge Alkohol konsumiert. Irgendwann kam das Thema auf Kinder und wie viel Geld einen der Nachwuchs kostete. Schemkowski aus dem Vertrieb hatte gemeint, irgendwelchen Studien zufolge würde jedes Kind bis zum 18. Lebensjahr knapp 150 000 Euro verschlingen. Aber – und da kam Cindy ins Spiel – sie und J. P. C. seien ja *DINKs*.

Nun wusste J. P. C. zu diesem Zeitpunkt noch nicht, was sich hinter dieser Bezeichnung verbarg und hatte deshalb wohl ein fragendes und ziemlich blödes Gesicht gemacht. Cindy hingegen kannte das Akronym *DINK*. Es kam aus dem Englischen und stand für *Double Income - No Kids*. Zu Deutsch also *doppeltes Einkommen, keine Kinder*. Es bezeichnete Paare im Alter von 25 bis 45 Jahren, die kinderlos und voll berufstätig waren und daher über ein entsprechend hohes, nämlich doppeltes Einkommen verfügten.

Cindy hatte die Definition damals so gekonnt heruntergerattert, als hätte sie sie für ein Casting auswendig gelernt.

J. P. C. hingegen war sein eigenes mangelhaftes Wissen zu diesem Begriff so unangenehm, dass er Schemkowsky zum nächsten Ersten aus irgendeinem fadenscheinigen Vorwand entließ. Besserwisser konnte er in der Firma nicht gebrauchen.

„Wie kommt es eigentlich, dass man auf alten Fotos immer jünger aussieht?", fragte J. P. C. betont beiläufig, nachdem er sich in den Sessel gesetzt und nach dem Album aus Kindertagen gegriffen hatte, welches von Cindy am Vormittag im Regal gefunden und zum Durchblättern auf den Couchtisch gelegt worden war.

Brachler betrachtete die Bilder mit einem unbehaglichen Mix aus Abscheu und aufkommender Trauer. Sebastian und Philipp, seine beiden Brüder hatte er seit Jahren nicht gesehen. Früher waren die drei unzertrennlich gewesen, hatten jede Menge Schabernack getrieben und ihre Eltern so manches Mal zur Weißglut gebracht. Irgendwann war der Kontakt dann abgebrochen, nachdem es einen mehr oder weniger heftigen Streit um die Frage gegeben hatte, warum J. P. C. weder dem seinerzeit arbeitslosen Basti noch Studienabbrecher Philipp einen Job in seiner gerade gegründeten, aber schnell erfolgreich gewordenen Firma anbieten wollte.

Weshalb J. P. C. damals so stur gewesen war, konnte er heute nicht mehr sagen. Wahrscheinlich war es tatsächlich ein Fehler gewesen, die

Brüder nicht in die Firma zu holen. Beide hatten viele Talente und möglicherweise wäre das Unternehmen nie in eine derartige Schieflage geraten, in der es sich jetzt befand.

„Wir waren schon echt smarte Typen", verkündete Brachler sein Resümee nach dem Betrachten der Fotos, klappte das Album zu und warf es auf den Tisch zurück.

Ich hasse es, immer den Clown zu spielen, dachte er. *Aber ich mache es dennoch immer wieder. Auch wenn es mir zunehmend schwerer fällt.*

Brachler wagte einen Blick auf die Uhr. Er musste sich unbedingt etwas für die Steuer einfallen lassen. Das Finanzamt hatte in den nächsten Tagen eine umfassende Betriebsprüfung angekündigt und J. P. C. war schleierhaft, wie sie sich diesmal durchmogeln sollten, ohne dass es auffiel.

„Ich gehe mal runter zum *Tesla*", sagte er schließlich und erhob sich. „Hab meine Mappe mit dem Angebot für *Braun & Kosch* noch im Kofferraum. Das muss ich bis morgen durchsehen."

Cindy fiepte einen undefinierbaren Laut vom Sofa her, was J. P. C. als Zustimmung und als Bestätigung nahm, dass sie zumindest akustisch verstanden hatte, dass er die Wohnung kurz verlassen würde.

„Und außerdem", schob er nach, „will ich endlich den alten Benzinkanister aus dem Keller ins Auto legen. Den muss ich gelegentlich beim Wertstoffhof abgeben, wenn ich dran vorbeikomme."

Brachler merkte selbst, wie blödsinnig seine Erklärung klang. Aber irgendwas musste er ja sagen.

❧

Es gab ein paar Dinge, die J. P. C. Brachler nicht ertragen konnte. Ruhe gehörte zu diesen Dingen. Er mochte sie nicht. Oder besser gesagt: Er floh vor ihr. Denn Ruhe bedeutete Nachdenkenmüssen. Auf die innere Stimme lauschen. Gefühle zulassen. Und das konnte, das wollte er nicht. Zu groß war seine Furcht, über sich selbst zu erschrecken. Über seine Sorgen und Ängste. Über sein wahres Ich. Über den echten Jannis Paul Conrad Brachler, der in Wahrheit so völlig anders war als der J. P. C., dessen Rolle er Tag für Tag spielte. Vor seinen Angestellten, vor seinen

Freunden, vor seinen Nachbarn. Und auch vor Cindy. Ja letztlich sogar vor sich selbst.

Also mied er stille Zeiten. Zu viel Nähe. Zu große Vertraulichkeit. Obwohl er genau wusste, dass er längst hätte auftanken müssen.

Wenn er so weitermachte, das lag auf der Hand, würde bald alles den Bach runtergehen. Seine Firma, in der es schon lange nicht mehr so lief wie früher. Wo er aus purer Verzweiflung zunächst noch im Rahmen einer *kreativen Auslegung*, später mit vollem Wissen und Wollen, die steuerlichen Abrechnungen frisiert hatte.

Aber nicht nur finanziell drohte Ungemach, auch menschlich. Vor allem in seiner Beziehung zu Cindy. Sie war eine tolle Frau, seine *Schnecke*, nicht nur äußerlich. Aber das konnte er ihr doch nicht so einfach sagen!

Es war ein Dilemma. Und gern hätte er gewusst, welchen Ausweg er nehmen konnte.

Eine weitere Sache, die J. P. C. überhaupt nicht mochte, waren eigene Fehler. Schon öfter hatte er sich dabei ertappt, anderen Menschen ein Missgeschick an den Hals zu wünschen. So beobachtete er manchmal einen Autofahrer beim Einparken und hoffte insgeheim, dass der Mann oder die Frau hinter dem Lenkrad unachtsam wäre und das davor beziehungsweise dahinterstehende Fahrzeug touchierte. Oder er grinste, wenn er aus einem der Büros in seinem Unternehmen Streit zwischen Kollegen hörte.

J. P. C. hatte schon mehrfach darüber nachgedacht, woher dieser Wesenszug kommen mochte. War er ein so schlechter Mensch, dass er anderen Elend wünschte? Eigentlich nicht. Vielmehr deutete manches darauf hin, dass er sein eigenes Selbstwertgefühl als so gering einschätzte, dass er sich darüber freute, wenn andere *auch* Fehler machten.

Ein Psychologe hätte seinen Spaß an mir, dachte er in solchen Momenten manchmal und besann sich dann schnell darauf, mit seiner Arbeit weiterzumachen oder sich mit etwas anderem abzulenken.

Als er das Haus nach einem Schlenker in den Keller verlassen und den Parkplatz erreicht hatte, blieb er stehen. Die Geschichte mit der Mappe, die er aus dem Kofferraum des *Tesla* holen wollte, war eine mehr als dumme Ausrede gewesen. Genauso wie der Quatsch mit dem Benzinkanister. Obwohl er den sogar wirklich mal zum Wertstoffhof bringen musste. Wenn Cindy aber genauer über seine Worte nachdachte, würde sie schnell darauf kommen, dass J. P. C. nicht die Wahrheit gesagt hatte. In Wirklichkeit war es einfach nur die Unruhe gewesen, die ihn nach draußen getrieben hatte. Die Angst vor zu viel Nähe und Vertraulichkeit im trauten Heim, die er im Moment so gar nicht gebrauchen konnte.

Bald kommen die Betriebsprüfer, bald kommt alles raus – das waren seine Gedanken, Sorgen, Ängste.

Er wollte Cindy gern weiterhin ein gutes, angenehmes Leben bieten. Aber würde er das noch können, wenn die Manipulationen an den Abrechnungen aufgedeckt werden sollten? Dann würde er den Laden dichtmachen können.

Bestenfalls könnten sie noch von Cindys Arbeitslosenunterstützung leben, die sie als Angestellte seines Unternehmens vom Amt wohl erhalten würde. Mehr war kaum zu erwarten und er selbst machte sich keine Illusionen, auch nur einen Cent von irgendwo zu bekommen.

Doch letztlich würde es schon gehen. Gehen müssen. Bei anderen ging es ja offensichtlich auch. Zum Beispiel bei den Kernchens, ihren Nachbarn von nebenan. Timo, der Familienvater, war manchmal tagelang nicht zu Hause oder kam erst am späten Abend heim. Er schien hart zu arbeiten und seine ganze Kraft ins Geldverdienen zu stecken. Aber war das der Idealzustand einer Beziehung? Was hielt seine Frau davon, wie fühlten sich seine Kinder? Der Mann hatte drei kleine Jungs und war ständig unterwegs. Was sollte das? Seine Frau, Pia hieß sie wohl, schien keiner geregelten Beschäftigung nachzugehen. Merkwürdig war nur, dass die Kernchens weder verwahrlost aussahen, noch besonders arm zu sein schienen. J. P. C. konnte sich keinen Reim darauf machen. Aber irgendwie mussten diese Leute ihre Brötchen, ihre Miete, ihren Strom bezahlen. Und so würde es wohl auch ihm gelingen.

Das Wichtigste, dachte er, das Wichtigste war, dass er nicht in den Knast musste. Der Rest würde sich schon finden.

Cindy Wörner
Zur selben Zeit

Cindy hob den Blick vom Display ihres Smartphones und sah, wie Jannis die Tür hinter sich ins Schloss zog. Wieder einmal war er verschwunden, hatte er sich der Zweisamkeit entzogen.

Willst du was gelten, mach' dich selten, war einer von den Sprüchen, die flapsig klingen sollten, hinter denen sich aber ein tiefer Einblick in Jannis' Gefühlslebens verbarg. In diesem Fall sein ausweichendes Verhalten, seine Distanz, wenn es zu persönlich wurde.

Dabei sehnte sich Cindy so sehr nach echter, emotionaler Nähe. Bei Jannis fand sie häufig nur vorgespielte Überheblichkeit und aufgesetzte Arroganz. Beides war nicht echt, aber er gab sich alle Mühe, clever und abgebrüht zu wirken.

Und sie, Cindy, litt darunter.

Was blieb ihr also anderes übrig, als sich in ihre eigene Welt zurückzuziehen? In eine Welt von *YouTube*-Videos mit Schminktipps und Schönheitsempfehlungen. In eine Welt mit Online-Shops und virtuellen Strategiespielen. In eine Welt mit belanglosen *WhatsApp*-Nachrichten, die sie mit ihren Freundinnen austauschte.

Wenn sie Jannis – selten genug – in einem passenden, intimen Moment anhauchte und fragte, ob er sie eigentlich noch lieben würde, kam meist nur ein teilnahmsloses Knurren zurück, halb zustimmend, halb ausweichend. Mehr nicht. Dabei wünschte sie sich so sehr, dass er ihr seine Liebe gestand.

Sie jedenfalls liebte J. P. C. wirklich. Trotz seiner manchmal zugegeben etwas übertriebenen Extrovertiertheit. Oder vielleicht gerade deswegen.

Zu Beginn ihrer Beziehung hatte sie versucht, ihre Bedürfnisse und Wünsche zu kommunizieren. Aber sie war gescheitert. Jannis hatte so viel mit sich selbst zu tun, dass er ihre vorsichtigen Versuche, sich ihm zu öffnen, nicht verstand. Kaum, dass sie mal einen ganzen Satz zustande gebracht und das Gespräch behutsam in eine vertiefende Richtung gelenkt hatte, wurde sie von ihrem Freund unsanft unterbrochen und musste sich irgendwelche belanglosen Geschichten anhören. Dabei hätte sie in ihm so gern jemanden an ihrer Seite gehabt, der an ihren

Gefühlen interessiert war. Dem nicht nur ihr Äußeres, sondern ihr Herz, ihre Wärme und ihre Gedanken wichtig waren.

Aber Jannis schien kein solcher Mensch zu sein. Auch wenn sie anfangs gedacht hatte, dass es mit ihnen beiden die große Liebe werden könnte, damals, als sie ihn auf dem Wochenmarkt vor dem Rathaus zum ersten Mal getroffen hatte.

Jannis war ihr sofort aufgefallen, weil er trotz seiner eleganten Kleidung einen eher unbeholfenen Eindruck vermittelte – und wohl auch tatsächlich unbeholfen war. Er hatte zwei riesige Tüten im Arm gehabt, gefüllt mit allerlei Gemüse. Es sah einfach drollig aus, wie er seine Einkäufe zu balancieren versuchte und dabei immer wieder aus dem Gleichgewicht geriet. So hatte Cindy sich ein Herz gefasst, ihr schönstes Lächeln aufgesetzt und ihn kurzerhand gefragt, ob sie ihm vielleicht helfen solle.

So waren sie sich nähergekommen und schließlich ein Paar geworden.

Nach einem halben Jahr zogen sie zusammen. Erst in Jannis' Junggesellenbude im Wedding, später hierher ins Dachgeschoss in der Schillerstraße.

Zu diesem Zeitpunkt arbeitete Cindy längst mit in seiner Firma und machte die Buchhaltung. Offenbar war es Jannis nicht nur wichtig gewesen, ihr einen gutbezahlten Job zu besorgen, vielmehr versprach er sich mehr Diskretion im Unternehmen, als wenn die sensiblen Abrechnungen von einem neugierigen Fremden vorgenommen würden.

Doch trotz des gemeinsamen Wohnens und Arbeitens gab es noch immer eine unsichtbare Mauer zwischen ihnen, eine Art *emotionale Trennwand*, die von beiden Seiten unüberwindbar zu sein schien.

Klar, offiziell markierte Cindy die emanzipierte, kokette, finanziell gut aufgestellte junge Frau mit Vollzeitjob und toller Wohnung. Insgeheim aber musste sie sich eingestehen, dass sie immer öfter den Eindruck hatte, dieser Figur eigentlich nicht zu entsprechen. Zwar stimmte sie Jannis meist zu, wenn er sich über die Kernchens lustig machte, bei denen nur der Mann arbeitete und die Frau das *Heimchen am Herd* war. Aber was war eigentlich so falsch daran?

Im Büro machte ihr die Arbeit schon lange keinen Spaß mehr, die Stimmung war schlecht und Jannis moserte ständig an den Kollegen herum, weil die Auftragslage nicht seinen Vorstellungen entsprach.

Kam Cindy nach Hause, wartete dort niemand auf sie. Jannis arbeitete häufig bis in den späten Abend und Kinder hatten sie keine. Noch nicht einmal ein Haustier.

Wir sind *DINKs*, dachte sie. Aber glücklich sind wir nicht.

Mit Jannis konnte sie darüber kaum reden. Der war so beschäftigt, dass er allein bei dem Wort *Kinder* in Panik ausbrechen würde.

Aber wie sollte es dann weitergehen? Konnte, durfte es weitergehen wie bisher? Ohne wirkliche Perspektive auf eine gute gemeinsame Zukunft, die auch im Alter noch funktionierte?

Allein die Tatsache, dass sie nicht verheiratet waren, sondern sich als *Partner* bezeichneten, gefiel Cindy immer weniger. *Partner* – was war das überhaupt für ein Begriff! Es gab *Geschäfts*partner und *Spiel*partner, aber in einer zwischenmenschlichen Beziehung sollte eine solche Bezeichnung eigentlich nichts zu suchen haben.

Ob Jannis sich je mit dem Gedanken befasst hatte, sie zu heiraten?

Irgendwo hatte sie mal gelesen, dass man keine Fragen stellen solle, deren Antworten man möglicherweise gar nicht wissen will.

Insofern würde sie dieses Thema lieber nicht ansprechen.

Jannis Paul Conrad Brachler
14:25 Uhr

„Ich bin übrigens heute Vormittag mal wieder diesem Typen mit dem Köter begegnet", rief J. P. C. ins Wohnzimmer, nachdem er von seinem kurzen Abstecher nach draußen zurückgekehrt war. Er zog seinen Mantel aus und hängte ihn an den Kleiderhaken. „Der rennt rum wie ein Penner."

Cindy antwortete erneut mit einem kurzen Fiepen, ließ sich aber zu keinem weiteren Kommentar hinreißen. Sie saß auf der Couch und hatte noch immer ihr Smartphone in der Hand. Offenbar lief wieder ein Video, was sie mehr interessierte als die Beobachtungen ihres Lebensgefährten.

„Weißt du, was Karl Lagerfeld mal gesagt haben soll?", fuhr J. P. C. dennoch unbekümmert fort, trat ins Wohnzimmer und ließ sich in den Sessel fallen. „Er soll mal gesagt haben: *Wer eine Jogginghose trägt, hat die Kontrolle über sein Leben verloren.*"

Jetzt hob Cindy doch ihren Kopf und starrte ihn an. „Findest du das komisch?", fragte sie nach einigen Sekunden in gereizter Tonlage und mit eisigen Augen.

J. P. C. brauchte einen Moment, um zu begreifen, was sie meinte. Sein Blick fiel auf die untere Hälfte seiner Freundin und er verstand. „Nee", beeilte er sich zu erklären, „so war das ja nicht gemeint! Dir steht sowas, Schnecke."

Cindy knurrte mürrisch und wandte sich wieder ihrem Handybildschirm zu.

„Ich meinte doch den Typen von unten. Den mit der Töle. Diesen Proleten."

Da Cindy nur mit den Schultern zuckte, verkniff sich Brachler weitere Kommentare. Es war wirklich zum Verzweifeln: Was er auch sagte, was er tat oder unterließ – bei seiner Freundin kam es falsch an. Offensichtlich waren Missverständnisse ein fester Bestandteil ihrer Beziehung. Aber was sollte er dagegen tun? Wie konnte er solche Unstimmigkeiten vermeiden?

Brachler ging ins Schlafzimmer und legte sich aufs Bett. Er schloss die Augen und versuchte, einen Moment abzuschalten. Wirklich runterzukommen. Die Ruhe auszuhalten, auch wenn es schwerfiel. Sehr schwer.

Cindy und er waren einmal wirklich glücklich gewesen. Am Anfang ihrer gemeinsamen Zeit lief alles perfekt: Sie verbrachten fast jeden Abend miteinander, gingen essen oder ins Kino, tummelten sich auf der einen oder anderen Vernissage herum oder machten es sich in einer ihrer Wohnungen gemütlich. Die Situation begann sich zu verändern, als sie beschlossen hatten, zusammenzuziehen. Plötzlich war die Nähe immer da. Es gab praktisch keinen Rückzugsort mehr. Keine Möglichkeit, sich aus dem Wege zu gehen.

Natürlich liebte Brachler Cindy nach wie vor, aber er hatte ein echtes Problem damit, permanent unter Beobachtung zu stehen. Es war ihm einfach zu anstrengend, ständig eine Maske zu tragen und in einer Rolle zu sein, die er für ein paar Stunden problemlos spielen konnte, deren Aufführung rund um die Uhr ihn jedoch unglaublich viel Kraft kostete.

Aber er konnte sich Cindy gegenüber unmöglich als schwacher Mensch zeigen! Als jemand, der Ängste und Sorgen hatte. Was sollte sie von ihm denken? Er, der starke, smarte, tolle Jannis Paul Conrad Brachler als Weichei? Das ging auf keinen Fall!

Also spielte er sein Spiel. Scherzte, obwohl ihm manchmal zum Heulen zumute war. Gab den Coolen, obwohl er in nicht wenigen Situationen Herzklopfen hatte. Pfiff ein fröhliches Liedchen, obwohl es eigentlich ein Trauermarsch sein müsste.

Dass er Cindy auch noch in seine Firma geholt hatte, machte die Sache nicht besser. Aber dafür gab es Gründe.

Brachler drehte sich zur Seite, öffnete die Augen und starrte zum Fenster. Draußen schien gerade die Sonne und es wäre das ideale Wetter für einen Spaziergang. Oder einen Kurzausflug mit dem *Tesla* zum Wandlitzsee. Aber dazu hatte er kaum Lust. Und auch den Kopf nicht frei.

Bald würde die Steuerprüfung kommen. Und dann wäre er geliefert.

Wie sollte er das Cindy erklären?

Sie war an dem ganzen Schlamassel zwar irgendwie auch beteiligt, aber die Brisanz der ganzen Angelegenheit schien sie nicht zu überblicken.

Als er sie zum ersten Mal gebeten hatte, ein paar Eingangsrechnungen doppelt zu erfassen, war Cindy diesem Ansinnen mit einer gewissen Skepsis begegnet und hatte mehrmals nachgefragt, aber Brachler konnte seine Freundin davon überzeugen, dass alles seine Richtigkeit haben und auf diese Weise der eine oder andere *Fehlbetrag* ausgeglichen werden würde. *Das machen alle so*, hatte er abschließend erklärt und gegenüber Cindy das Thema hinfort nie wieder zur Sprache gebracht.

Und nun würde alles auffliegen. Vielleicht schon in der nächsten Woche. Vielleicht sogar schon morgen.

Gut, die Betriebsprüfer des Finanzamtes hatten sich ordnungsgemäß angekündigt und von einer *Routinesache* gesprochen. Aber wer konnte wissen, wie schwer der Verdacht war, den sie dort schon geschöpft hatten? Wer konnte wissen, welchen Umfang die zu erwartenden Sanktionen haben würden?

Der strittige, genau genommen *hinterzogene* Betrag dürfte sich bereits im hohen fünf-, wenn nicht gar im sechsstelligen Bereich bewegen. Eine Summe, die er nie würde aufbringen können. Hinzu kamen dann auch noch der Nachzahlungsbetrag und die Strafe.

Nein, er würde nicht zahlen können. Und daher möglicherweise im Knast landen.

Er würde alles verlieren.

Auch Cindy. Da war er sich sicher.

Und es schien keinen Ausweg zu geben.

Cindy Wörner
Zur selben Zeit

Cindy war enttäuscht und traurig. Nachdem Jannis von seinem kurzen Gang zum Auto zurückgekehrt und eine abfällige Bemerkung über ihren Nachbarn gemacht hatte, war er im Schlafzimmer verschwunden.

Trotzdem sie schon mehr als 5 Jahre zusammen waren, fiel es ihr noch immer schwer, bei Jannis zwischen grobem Scherz und versteckter Direktheit zu unterscheiden. Sie erinnerte sich noch gut an eine Szene in ihrem Lieblingsrestaurant, einem Indonesier in Lankwitz. Cindy hatte versehentlich eine kleine Suppenschüssel ins Wanken gebracht, infolgedessen ihr ein Teil der Suppe auf das Kleid geflossen war.

„Oh Mann", hatte sie damals ebenso erschrocken wie verärgert vor sich hin geschimpft, „ich sehe aus wie ein Schwein!"

Woraufhin Jannis mit einem süffisanten Lächeln ergänzt hatte: „Und bekleckert hast du dich auch noch!"

Einige mucksmäuschenstille Sekunden später war er in schallendes Gelächter ausgebrochen, aber Cindy wusste nicht, ob er über seinen eigenen Witz oder ihren dummen Gesichtsausdruck gelacht hatte.

Solche und ähnliche Begebenheiten waren bei Jannis an der Tagesordnung und Cindy sah keinen Ausweg, als sich in ihre eigene Welt zurückzuziehen und zu versuchen, möglichst selten auf seine Clownerien zu reagieren. Verlieren wollte sie J. P. C. auf keinen Fall, dafür liebte sie ihn wirklich von ganzem Herzen. Und sie war sich sicher, dass hinter

Jannis' Komiker-Fassade eine sehr zarte, verletzte Seele steckte. Ja, Cindys Liebe zu Jannis ging sogar so weit, dass sie eine Zeitlang bei seinen Abrechnungsschwindeleien mitgemacht hatte.

Sie war erst wenige Wochen im Unternehmen gewesen, als sie von ihm um einen *besonderen Umgang* mit den Rechnungen ihrer Zulieferfirmen gebeten wurde. Konkret ging es darum, Ausgaben regelmäßig mehrfach in die Bücher zu schreiben, um dadurch die Steuerlast zu senken.

Es war Cindy nicht verborgen geblieben, dass die Firma auf wirtschaftliche Probleme zusteuerte. Und dass gehandelt werden musste.

Zugleich waren ihr kriminelle Machenschaften zuwider.

Also hatte sie recht schnell eine Entscheidung getroffen und die Sache selbst in die Hand genommen. Ein wenig anders zwar, als Jannis sich das gedacht hatte, aber letztlich mit demselben Ergebnis: Die drohende Insolvenz des Unternehmens konnte – zumindest vorerst – abgewendet werden.

Das Ganze war natürlich nur deshalb eine Option für Cindy, weil sie spürte, dass sich Jannis nicht bereichern wollte, sondern lediglich Angst um den Fortbestand der Firma hatte. Er war zwar hin und wieder hart zu seinen Angestellten und einmal hatte er einen Mitarbeiter sogar rausgeschmissen, aber tief in seinem Innern musste Jannis furchtbar leiden. Es schien, als hätte er größte Sorge, sich selbst und auch den möglichen Ansprüchen anderer nicht zu genügen.

Cindy legte ihr Smartphone auf den Couchtisch.

Auch ich bin nicht ehrlich, dachte sie.

Ihr bewusst zur Schau gestelltes übersteigertes Interesse an *YouTube*-Videos, Messenger-Diensten und der sinnlosen Surferei im Internet war nur vorgeschoben. Es war ihre Weise, auf Jannis' Verhalten und seinen Umgang mit ihr zu reagieren.

Es musste sich unbedingt etwas ändern, da war sie sich sicher. So konnte es nicht weitergehen.

Aber eine Trennung von Jannis war das Letzte, was sie wollte.

Die Frage blieb, welchen Ausweg es stattdessen gab.

Jannis Paul Conrad Brachler
23:15 Uhr

Rückblickend waren die letzten Stunden des Ostermontags gar nicht mal so schlecht verlaufen, fand Brachler.

Statt weiterhin Trübsal zu blasen, hatte er sich gegen 18 Uhr aufgerafft und Cindy doch noch zu einem spontanen Ausflug mit anschließendem Abendessen eingeladen.

Kurzerhand waren sie mit ihrem *Tesla* nach Bernau gefahren, ein paar Kilometer entlang der alten Stadtmauer gelaufen und schließlich im traditionsreichen Lokal *Schwarzer Adler* eingekehrt.

Irgendwo hier in der Umgebung, so war es mal ihr Plan gewesen, wollten sie später ein Haus kaufen. *Wenn wir in Berlin die Schnauze voll haben,* hatte J. P. C. regelmäßig lauthals verkündet, wenn ihn Geschäftspartner oder Freunde nach seinen Zukunftsplänen fragten oder ihm von ihren Immobilien vorschwärmten.

Doch nun, so sah es aus, dürfte der Traum vom Eigenheim wohl geplatzt sein. Der nächste Umzug, der Brachler bevorstand, führte allenfalls in ein spärlich möbliertes Einzelzimmer mit Gittern vor dem Fenster.

Trotz der ernsten Lage hatte J. P. C. es am Abend bewusst vermieden, weiter an die drohenden Probleme in der Firma zu denken. Zugleich gab er sich alle Mühe, keine plumpen Sprüche mehr zu machen, worüber Cindy sichtlich erfreut zu sein schien, denn während des gesamten Abends hatte sie nicht ein einziges Mal nach ihrem geliebten Smartphone gegriffen.

Trotz alledem kam keine tiefgehende Kommunikation in Gang. Nicht nur er selbst, auch Cindy schien eigenen Gedanken nachzuhängen.

Dessen ungeachtet war es für sie beide eine schöne Zeit und Brachler hatte den Eindruck, seiner Freundin etwas Gutes zu getan zu haben.

Kurz nach 21 Uhr, die Sonne war vor einer halben Stunde untergegangen, hatte J. P. C. schließlich seinen *Tesla* drei Straßen von ihrem Haus entfernt geparkt und das Auto mit der dort befindlichen Ladesäule verbunden. Trotz des recht angenehmen Fahrgefühls konnte sich

Brachler noch immer nicht an die Besonderheiten eines Elektrofahrzeugs gewöhnen. Die ständige Angst, in erreichbarer Nähe keine Ladestation zu finden und der meist sorgenvolle Blick auf die Anzeige des Akkustandes waren nervig. Sein nächster Wagen, sofern es den angesichts seines bevorstehenden wirtschaftlichen Ruins überhaupt jemals geben würde, wäre mit Sicherheit wieder ein Verbrenner. Soviel stand fest, Umweltschutz hin oder her.

Jetzt saßen Cindy und er gemeinsam am Couchtisch und so langsam wurde es Zeit, ins Bett zu verschwinden. Morgen früh um 9 Uhr hatte J. P. C. eine Sitzung mit seinem Verkaufsleiter anberaumt, in der es um die Zahlen des ersten Quartals gehen sollte. Vermutlich würde das Ergebnis alles andere als erbaulich sein. Aber das war inzwischen wohl auch egal.

Mitten in seine Gedanken hinein nahm Brachler irgendwann einen merkwürdigen Geruch wahr.

Er hielt seine Nase in die Luft und verzog die Mundwinkel.

„Schnecke", rief er dann mit einer kaum hörbaren, aber doch wahrgenommenen Unsicherheit in der Stimme, „kann es sein, dass es hier irgendwie ... angebrannt riecht?"

Cindy schüttelte den Kopf. „Ich habe nichts auf dem Herd."

J. P. C. erhob sich und ging langsam in Richtung Wohnzimmertür. Der Geruch wurde stärker.

Schärfer.

Mit einem entschlossenen Ruck öffnete er die Tür und erstarrte: Der gesamte hintere Teil ihrer Diele stand lichterloh in Flammen.

„Ich glaube", sagte er und gewann die Fassung zurück, „ich glaube, wir sollten diesen Abend nicht zu Hause ausklingen lassen."

X V.

EIN MUTIGER SCHRITT

Am Morgen nach dem Brand
Im Hotel, 8:00 Uhr

D ie nicht nur für Pfarrer Martin Cornelius Schenck aufregende und in vielerlei Hinsicht dunkle Nacht war einem strahlenden Morgen gewichen.

Kurz nach sieben Uhr war die Rezeptionistin von Zimmer zu Zimmer gegangen, hatte zaghaft angeklopft und die Gäste mit der Information versorgt, dass in einer halben Stunde im Hotelrestaurant ein Frühstück für sie bereitstehen würde.

Martin hatte sich nach seinem Kirchenbesuch erst gegen Sechs ins Bett gelegt und war mit viel Mühe wenig später auch eingeschlafen.

Durch die in der Sache verständliche, dennoch unangenehme Störung der Hotelangestellten blieb sein Schlaf allerdings nur von sehr kurzer Dauer. Luzie, seine Tochter, wuselte zudem auch schon im Zimmer herum und hatte eine Menge Fragen: Wann sie denn in ihre Wohnung zurückkönnten (vermutlich gar nicht mehr, denn Martin war auf dem Rückweg von der Kirche zum Hotel an ihrem Haus vorbeigelaufen und hatte das Ausmaß des Schadens gesehen). Ob man schon wissen würde, wo das Feuer hergekommen war (dazu gab es bislang noch keine Informationen) und wo sie künftig wohnen würden (eventuell in einer Gästewohnung der Kirchengemeinde, vielleicht aber auch erstmal noch ein paar Nächte hier im Hotel).

Martin hatte versucht, den verständlichen Wissensdurst seiner Tochter so gut es ging zu stillen. Er bemühte sich, ihr klarzumachen, dass ein

Menschenleben wichtiger sei als alle anderen Dinge. Spielzeug, Kleidung, Möbel – all das konnte man neu kaufen. Das Leben eines Menschen hingegen war einzigartig. Kostbar. Wertvoll. Und das wichtigste Gut überhaupt.

„Papa", fragte Luzie, nachdem sie den Erklärungen ihres Vaters still gelauscht hatte, „wo war Gott, als das Feuer ausgebrochen ist? Warum hat er es nicht gelöscht?"

Da war sie wieder: die Frage nach Gott.

❦

Eine knappe Stunde später saß Martin im Hotelrestaurant vor einem leeren Teller. Hunger verspürte er nicht, lediglich an eine Tasse Kaffee war jetzt zu denken.

Als er eben an der Rezeption vorbeigekommen war, hatte er Schmunzeln müssen: Die Dame vom Empfang fügte auf dem Werbeplakat für das Treffen des *Ersten Reitvogelvereins Villingen-Schwenningen e. V.* gerade drei Buchstaben hinzu: Ein S, ein C und ein H. *Schreitvogelverein* hieß es jetzt und Martin konnte sich nun schon eher vorstellen, dass es solche Vögel wirklich gab – Schreitvögel.

Susanne und Luzie waren oben im Zimmer geblieben. Nach der kurzen Nacht und nicht zuletzt den vielen Fragen des Kindes hatten sich Mutter und Tochter noch einmal hingelegt. Martin wollte sie nicht wecken und entschied sich daher, zunächst allein mit dem Aufzug ins Erdgeschoss zu fahren und sich in den Frühstücksraum zu setzen.

Was ihm hier auffiel: Der größte Teil seiner Nachbarn war bereits wach und saß an den Tischen.

Er sah Jurek Kostecki, den polnischen Studenten, der ihn beim Ausbruch des Brandes alarmiert hatte, mit seiner Freundin Jenny.

Er sah Herrn und Frau Klassen.

Familie Kernchen.

Und sogar den jungen Mann mit seinem Boxer. Das Tier lag friedlich unter dem Tisch und wirkte ebenso erschöpft wie sein Herrchen.

„Gott hat uns keineswegs vergessen", hatte Martin seiner Tochter vor einer halben Stunde oben im Zimmer auf die Frage geantwortet, wo er gewesen sei, als das Feuer ausbrach. „Er war da!", hatte er Luzie versichert und gefühlt, dass er die Wahrheit sagte. Dass er die Wahrheit sagte und die Wahrheit wiedergefunden hatte. „Gott hat uns und all unsere Nachbarn gerettet. Kein Mensch und auch kein Tier sind zu Schaden gekommen!"

Luzie hatte nachdenklich genickt. Und dann zu bedenken gegeben, dass aber doch all ihre Spielsachen jetzt kaputt seien. Und dass Gott darauf nicht aufgepasst hätte.

Das sei gar nicht so leicht zu verstehen, war Martins Antwort gewesen. Er hatte versucht, seiner Tochter zu erklären, dass Gott manchmal andere Pläne verfolgte als wir. Dass er so groß, so weise und so allwissend sei, dass wir ihn nicht verstehen können. Dass wir das aber auch nicht müssen, sondern einfach nur darauf vertrauen dürfen, dass er keine Fehler macht. Dass er immer ganz genau wissen würde, was das Beste für uns sei. Dass er uns liebte und niemals will, dass uns Schlechtes widerfährt.

Während Martin seiner Tochter all das versucht hatte, verständlich zu machen, spürte er, dass er nicht nur zu Luzie, sondern vielmehr auch zu sich selbst sprach. Er predigte sich selber an! Er verkündigte Wahrheiten, die er genauso dringend brauchte wie seine Tochter.

Und das war eine für ihn ganz neue, zugleich aber auch sehr stärkende Erfahrung gewesen.

ଉ

Martin griff nach seiner Kaffeetasse und nahm einen Schluck. Sein Blick fiel zum Nebentisch, an dem das junge Pärchen aus dem Erdgeschoss saß: Jurek und Jenny. Auf dem Tisch vor ihnen stand ein riesiger Blumenstrauß und Martin musste über das Gespräch der beiden schmunzeln, welches er gerade mit anhörte:

„Wo hast du bloß die schönen Blumen her?", fragte die junge Frau verzückt. „Das sind *Fosteriana-Tulpen*!"

„Von dem kleinen Kiosk neben der alten Schule", gab Jurek zurück. „Ich habe vor dem Frühstück mal unter den Nachbarn rumgefragt, ob einer einen Blumenladen in der Nähe kennt."

„Und?"

Der Student wies auf den Hundebesitzer ein paar Tische weiter: „Danny Schröder. Der Typ mit dem Boxer! Er hat mir den entscheidenden Tipp gegeben."

Jenny lachte laut auf. Doch ihr Gesichtsausdruck wurde schnell wieder ernst. „Hat der Blumenstrauß eine bestimmte ... Bedeutung?"

Jurek senkte verlegen den Blick und schwieg einen kurzen Moment. Dann straffte er sich und sprach so laut und deutlich, dass nicht nur Martin, sondern auch die anderen Gäste im Frühstücksraum hören konnten, was er zu sagen hatte: „Ich frage dich noch einmal mit großem Ernst: Willst du meine Frau werden?"

Obwohl wahrscheinlich nur zwei oder drei Sekunden vergangen waren, hatte Martin den Eindruck, dass es eine gefühlte Ewigkeit dauern würde, bis die junge Frau ihrem Freund eine Antwort gab. Das ganze Hotelrestaurant schien erstarrt zu sein und gebannt zuzuschauen.

Jennys Blick war undefinierbar. Es war weder klar erkennbare Freude, noch war es Ablehnung. Vielleicht war es am ehesten *Überraschung*, dachte Martin, dem in diesem Moment die merkwürdige Reaktion von Kostecki im Aufzug einfiel, als er den Studenten gefragt hatte, wo er und seine Verlobte künftig wohnen würden.

„Ist es denn diesmal wirklich ... ernstgemeint?", fragte Jenny schließlich halblaut anstelle einer konkreten Antwort auf die Frage ihres Freundes. „Was ist mit deinem Vater?"

Jurek, der junge polnische Student erhob sich, ging zwei Schritte um den Tisch herum auf Jenny zu und kniete sich vor sie hin.

Ein Raunen ging durch das Restaurant.

„Wenn mir eines klargeworden ist, in dieser Nacht, durch diesen Brand und den Verlust unseres gesamten Besitzes, dann das: Dass du mir das Allerwichtigste im Leben bist! Dass mir egal ist, ob mein Vater mich enterbt, wenn ich dich heirate. Dass ich dich unsagbar liebe und niemals verlieren will!"

Jenny strich Jurek über die Haare, küsste ihn und sagte dann laut und deutlich: „Ja, ich will!"

Martin war verblüfft über das, was um ihn herum gerade passierte. Während der letzten Stunden hatte sich vor seinen Augen das Leben mehrerer Menschen massiv verändert – von Männern, Frauen und Familien, die gestern Nachmittag wohl nicht im Traum daran gedacht hatten, in eine derartige Situation zu geraten. Den Verlust ihrer Wohnung, ihres Besitzes, ihres gesamten bisherigen Lebens, wenn man so wollte.

Es schien, als habe der Hausbrand die Prioritäten der Betroffenen völlig neu gesetzt. Und das nicht nur bei dem Studentenpärchen aus dem Erdgeschoss, sondern auch bei Jan Möller und dem Ehepaar Klassen:

Es war an der Rezeption passiert, genau in dem Moment, als Martin nach der neuesten Ausgabe der *Berliner Aktuellen* fragte. Die Dame hinter dem Tresen griff gerade nach dem Blatt und drückte es ihm in die Hand, als er hinter sich eine Stimme vernahm:

„Kaufen Sie sich unbedingt auch morgen ein Exemplar!"

Martin drehte sich um und sah in das verschmitzte Gesicht des Journalisten.

„Ich wollte sehen, ob etwas über den Brand drinsteht", erklärte Martin, obwohl Möller gar nicht danach gefragt hatte.

„Das dürfte eher unwahrscheinlich sein", gab der Journalist zurück. „Der Redaktionsschluss ist immer kurz nach 23 Uhr. Und zu diesem Zeitpunkt breitete sich das Feuer in unserem Haus ja gerade erst aus."

Martin zuckte mit den Schultern und war unschlüssig, ob er die gerade erworbene Zeitung gleich hier auf dem Rezeptionstresen liegen lassen sollte. Die anderen Meldungen interessierten ihn momentan wenig.

„Auf jeden Fall dürfte sich die morgige Ausgabe lohnen", fuhr der Journalist fort. „Ich habe vor einer halben Stunde den Text für die Titelstory an den Verlag gegeben. Wenn die nicht doch noch querschlagen und meinen Beitrag ablehnen, dürfte es für einen gewissen frisch gebackenen Staatssekretär schon sehr bald sehr unangenehm werden."

Martin brauchte einen Moment, ehe er begriff. „Sie haben sich tatsächlich dazu durchgerungen, Klartext zu schreiben? Ihre Recherchen an die Öffentlichkeit zu bringen?"

Möller nickte. „Wenn meine Zeitung es nicht druckt, gehe ich zu den *alternativen Medien*. Das habe ich mir fest vorgenommen. Ich werde mich nicht mehr um die Wahrheit drücken, nur um meiner Karriere willen."

„Ein mutiger Schritt", entgegnete Martin und tippte auf die Zeitung. „Es würde der Gesellschaft wirklich guttun, wenn mehr ihrer Kollegen Rückgrat bewiesen und die Kraft aufbrächten, auch mal kontroverse Standpunkte zu beleuchten."

„Ich glaube, vielen meiner Kollegen fehlt nicht nur Mut, sondern auch eine gewisse Orientierung. Kaum mehr einer weiß, was richtig und falsch ist. Weil die alten, einst klaren Richtlinien für das Zusammenleben und den Umgang miteinander immer mehr wegbrechen." Der Journalist deutete auf Martin. „Sie haben Ihre Zehn Gebote, an denen Sie sich orientieren können", meinte er. „Das ist sicher nichts Schlechtes. Aber Menschen ohne Glauben fragen sich zunehmend, nach welchen Gesetzen sie handeln sollen."

Martin nickte. Was Möller sagte, war wohl nicht falsch.

„Sehen Sie", fuhr der Journalist schmunzelnd fort, „ich pflegte immer zu sagen: *Aus Zeitmangel denke ich grundsätzlich nicht kritisch.* Aber das ist Quatsch. Ich habe schon immer kritisch gedacht. Ich habe mich nur nicht getraut, meine Gedanken öffentlich zu machen."

„Und das wollen Sie jetzt ändern?"

„Genau. Das will ich jetzt ändern. Ich will die Wahrheit schreiben und auch Schmerzliches ans Licht bringen, wenn es sein muss."

Während ihrer Unterhaltung war, fast unbemerkt, das Ehepaar Klassen an Martin und den Journalisten herangetreten.

„Entschuldigen Sie, dass meine Frau und ich Zeuge Ihrer Unterhaltung geworden sind", sagte Karl Klassen an Möller gewandt, „aber ich habe dazu eine Anmerkung. Also zu dem, was Sie gerade gesagt haben: Dass Sie Schmerzliches ans Licht bringen wollen, wenn es sein muss."

Möller sah Klassen fragend an.

„Wissen Sie, das alles hat es schon mal gegeben. Nach der Wende waren die Zeitungen voll von Enthüllungsberichten über DDR-Bürger, die für die Stasi gearbeitet haben. Es wurde sehr stark auf diese Menschen eingeschlagen, ohne dabei auch die andere Seite der Medaille zu sehen."

„Die da wäre?" Möller straffte seinen Körper.

„Nicht jeder hat das freiwillig gemacht! Es gab unter den vermeintlichen Tätern viele, die selbst Opfer waren."

„Und doch bestand das System aus einer riesigen Menge von Spitzeln und kaum einer traute dem anderen, oder?"

Martin sah, dass Klassen nach Worten der Erwiderung suchte.

„War es nicht Stasi-Chef Mielke", fuhr Möller fort, „der mal gesagt hat: *Wir müssen als MfS über alles Bescheid wissen.* War das nicht sein Leitspruch?"

Klassen zuckte mit den Schultern. „Ist durchaus denkbar. Aber ich hatte nie mit Erich Mielke zu tun. Nur mit seinen Handlangern. Das hat mir gereicht."

Möller nickte. Einen Moment lang schien er nachzudenken. Dann erhellte sich sein Blick. „Wie wäre es denn", fragte er schließlich Karl Klassen, „wenn Sie mir Ihre Geschichte erzählen. Ihre ganz persönliche Geschichte. Und ich schaue dann mal, wie wir die veröffentlichen können. Als Gegenstück vielleicht zu dem, was bisher so aus meiner Feder erschienen ist in Sachen Stasi. Wäre das eine Idee?"

Klassen drehte sich zu seiner Frau, die dem Gesprächsverlauf aufmerksam gefolgt war, bisher aber geschwiegen hatte.

„Möglicherweise", sagte sie zu ihrem Mann, „möglicherweise ist das eine gute Chance, auch mit Patrizia ins Gespräch zu kommen."

Und an Möller und den Pfarrer gewandt ergänzte sie: „Unsere Tochter weiß nämlich bis heute nichts von Karls Kontakten zur Staatssicherheit. Das muss sich unbedingt ändern."

&

Martin sah hinüber zu den Klassens, die jetzt mit Möller gemeinsam am Frühstückstisch im Hotelrestaurant saßen und sich angestrengt und sehr lebhaft unterhielten. Es war schade, dass diese liebenswürdigen Menschen künftig keine Nachbarn mehr sein würden. Gerade jetzt, wo sie endlich mehr übereinander wussten.

Verrückt nur, dass dazu ein Brand nötig war, dachte Martin.

CR

Nach einem Blick auf die Uhr entschied sich Martin, nach oben zu gehen und Susanne und Luzie zu wecken. Seine Frau und seine Tochter sollten sich schließlich auch noch ausreichend stärken, bevor der Tag begann, der sicher noch einige Überraschungen bereithielt. Es war bereits kurz vor neun und ewig würde das Frühstücksbüfett bestimmt nicht aufgebaut bleiben.

Gerade als Martin sich erhoben und seinen Stuhl an den Tisch geschoben hatte, erblickte er Friedemann, seinen ehemaligen Kommilitonen, der direkt auf ihn zugelaufen kam.

„Moin, Moin", rief Friedemann.

„Mensch, was machst du denn hier? Woher weißt du, wo wir sind?", frage Martin seinen alten Freund, der ihn zur Begrüßung umarmte und ihm auf die Schulter klopfte.

Friedemann machte ein verschmitztes Gesicht. „Es kam in den Morgennachrichten. Da haben sie aber nur den Namen eurer Straße genannt. Also habe ich Susanne auf dem Handy angerufen, und sie hat mir gesagt, dass es tatsächlich euer Haus erwischt hat und ihr hier im Hotel untergebracht sein. Und dass es euch Gott sei Dank gut geht!"

„Ach weißt du", entgegnete Martin, zog den Stuhl wieder zurück und setzte sich, nachdem er seinem ehemaligen Kommilitonen bedeutet hatte, ebenfalls am Tisch Platz zu nehmen, „es war eine echt harte Nacht. Und sie hat mir einiges abverlangt."

Friedemann nickte. „Das kann ich mir vorstellen. Ich meine: Wenn einem das Haus unterm Hintern wegbrennt ..."

Martin lächelte süßsauer. „Das auch. Aber ich meine mehr geistlich". Er griff nach seiner leeren Kaffeetasse und drehte sie in der Hand. „Ich habe mich allen Ernstes gefragt, ob ich überhaupt noch an Gott glaube."

Der Freund aus Studientagen deutete durch das Restaurantfenster. „Sind nicht viele Geschehnisse da draußen geeignet, an Gott zu zweifeln? Jeder Krieg, jedes tote Kind, jede weinende Ehefrau?"

„Schon", gab Martin zurück. „Aber das bleibt selbst für einen *Profi-Christen* und ausgebildeten Seelsorger im Grunde doch so lange abstrakt, bis es einen selbst erwischt."

Friedemann stimmte zu. „Und doch sind alle Katastrophen in der Weltgeschichte irgendwie ein Ruf Gottes nach Umkehr, denke ich. Jede persönliche Not dient letztlich dazu, zur Besinnung zu kommen und sich an den Schöpfer zu wenden. Ich denke, wir werden erst in der Ewigkeit sehen, wozu die Dinge und Geschehnisse wichtig waren, die uns während unseres irdischen Lebens widerfahren sind."

„Das ist leicht gesagt und leicht gepredigt. Aber in der Praxis ..."

„In der Praxis ist es schwer, ganz klar."

Martin stellte die Tasse zurück auf den Unterteller. Einen Moment schwieg er. Dann sah er seinem Studienkameraden direkt in die Augen. „Ich habe mich allen Ernstes gefragt, ob Gott wirklich existiert", murmelte er halblaut. „Als Pfarrer!"

Friedemann nickte leicht. „Das ist keine Schande! Ganz und gar nicht! Vielmehr ist es sogar gut, wenn wir *Experten* nicht immer als abgehobene Typen rumlaufen, als hätten wir die Weisheit mit Löffeln gefressen. Zweifel gehören zum Christsein dazu. Und Gott lässt niemanden fallen, der sich nicht ganz bewusst von ihm anwendet."

„Meinst du wirklich?"

„Auf jeden Fall! Denk dran, was der Apostel Paulus mal an seinen Schüler Timotheus geschrieben hat: *Sind wir untreu, so bleibt Gott doch treu.* So ist das. Gott gibt dich nicht auf! Jesus ist da. Immer. Auch hier und jetzt."

„Es ist nur so ...", Martin zögerte.

„Sprich es einfach aus."

„Es ist nur so, dass ich mich nicht nur gefragt habe, ob Gott wirklich existiert, sondern auch, was der Sinn des Lebens ist. Ich meine, wenn alles hier so leicht zu Ende sein kann, sich auflösen kann wie Rauch, wenn nichts bleibt, was lohnt sich dann all die Mühe, all die Arbeit?"

Friedemann griff nach einem Löffel, der auf dem Tisch lag und deutete darauf. „Man kann das eine nicht vom anderen trennen. Gott und den Sinn des Lebens. Du weißt doch, was Jesus gesagt hat: Wir sollen uns keine irdischen Schätze sammeln, sondern ewige. Und ewig ist, was unsichtbar ist. Das bleibt. Auch nach einem Feuer. Oder nach dem Verlust geliebter Menschen."

Martin zuckte mit den Schultern. „Ich kenne diese Verse. Aber sie nützen mir nichts."

„Sieh es mal so", fuhr Friedemann nach einem Moment des Schweigens fort, „der Weg in den Himmel führt immer über die Erde. Mit all den Herausforderungen, Schwierigkeiten, Nöten und Ängsten. Und nicht der Weg ist das Ziel, sondern das Ziel ist das Ziel."

„Ja, ja", gab Martin zurück, „das erklären manche Kollegen den Konfirmanden so – dass das Leben auf der Erde als Probe für das Leben im Himmel gedacht sei."

Friedemann nickte. „Ganz falsch ist das nicht."

„Vorausgesetzt, es gibt ein Weiterleben nach dem Tod ..."

„Vorausgesetzt es gibt ein Weiterleben nach dem Tod, vorausgesetzt es gibt Gott – Mensch Martin, beides gibt es! So sicher, wie ich hier vor dir sitze."

Martin atmete tief durch. Er spürte, dass sein Freund recht hatte. Und er hoffte, dass sich vielleicht auch das vertraute Gefühl aus Kindertagen wieder einstellen würde. Das Gefühl, dass ihm sagte, dass er nicht allein war. Dass er getragen wurde. Dass Gott da war.

„Unmusikalische Menschen", ergänzte Friedemann schließlich, „unmusikalische Menschen könnten das Stimmen der Instrumente schon für das Konzert halten. Aber so ist es im Leben mit Gott nicht: Das Beste kommt erst noch! Das darfst du wissen, darauf darfst du vertrauen."

XVI.

DER EIGENTLICHE AUFTRAG

Am Morgen nach dem Brand
Im Hotel, 09:15 Uhr

Nachdem Friedemann sich von ihm verabschiedet und viel Erfolg bei den Gesprächen in der Superintendentur wegen einer neuen Bleibe gewünscht hatte, machte sich Martin endlich auf den Weg nach oben zu seinem Zimmer. Sollten Susanne und Luzie noch immer schlafen, musste er sie jetzt unbedingt wecken, damit sie noch einen Happen vom Frühstücksbuffet abbekamen.

Als er vor dem Aufzug stand und darauf wartete, dass der Lift kam, griff er in seine Jackentasche und zog die *Losungen* hervor. Das kleine blaue Büchlein hatte er fast immer einstecken, um es bei Besuchen von Gemeindegliedern zu benutzen oder bei der Eröffnung einer Sitzung des Gemeindekirchenrates kurz den Tagesvers daraus zu lesen.

Martin blätterte zu der Seite, die für den heutigen Tag vorgesehen war und nahm verblüfft wahr, was dort stand:

Ich will das Verlorene wieder suchen, spricht der HERR.
(Hesekiel Kapitel 34, Vers 16).

Diese Textstelle war wie für ihn gemacht, der Vers passte exakt zu dem, was er gerade mit Friedemann besprochen hatte. Es war fast wie ein … kleines Wunder. Und genau genommen gab es eigentlich nur eine Antwort auf die Frage, wie so etwas möglich sein konnte. Nämlich, dass Gottes Wort lebendig war.

Auch der unter der Tageslosung abgedruckte Vers, der sogenannte Lehrtext, hatte es in sich und schien nur für ihn, für Pfarrer Martin Cornelis Schenck, dort zu stehen:

Wer sein Leben erhalten will, der wird's verlieren; wer aber sein Leben verliert um meinetwillen, der wird's finden"
(Matthäus 16, Vers 25).

Das traf ebenfalls genau auf seine Situation zu: Er hatte sein altes Leben verloren. Seine Wohnung, seinen Besitz. Das war ohne Frage hart und Martin vermutete, dass Susanne, ihm und irgendwann auch Luzie das ganze Ausmaß dieser Geschichte erst nach und nach bewusst werden würde. Dass sie mit jedem Möbelstück, mit jedem Fotoalbum, mit jedem Andenken ein Stück von sich selbst verloren hatten. Zugleich war für ihn, Martin, aber etwas anderes zurückgekehrt. Etwas, dass sich mit keinem Geld der Welt kaufen ließe, was ihm aber doch so sehr gefehlt hatte. Er hatte ein neues Leben gefunden, welches nicht auf materiellen Dingen beruhte, sondern auf geistlichen Werten. Auf Werten, die nicht verloren gehen, gestohlen werden oder verbrennen konnten.

Der Ton des eintreffenden Lifts holte ihn aus seinen Gedanken und Martin steckte das Losungsbüchlein zurück in seine Jacke. Mit dem Aufzug fuhr er in die 5. Etage, schloss die Tür zu seinem Hotelzimmer auf und fand darin Susanne und Luzie, fertig angezogen, abmarschbereit und angesichts seines fröhlichen Gesichtsausdrucks mit fragenden Blicken.

„Ihr werdet mir nicht glauben, wen ich unten im Restaurant getroffen habe und was mir gerade passiert ist!" Martin gab seinen beiden Frauen einen Kuss. Und erzählte ihnen dann in knappen Worten aber voller Begeisterung von seinem Gespräch mit Friedemann und von dem Losungstext und von seiner Freude, Gott wieder nahe zu sein.

☙

Als Martin, Susanne und ihre Tochter den Aufzug im Erdgeschoss des Hotels verließen und gemeinsam das Restaurant ansteuerten, kam ihnen Timo Kernchen entgegen. Sie grüßten den Familienvater freundlich und wollten schon weitergehen, als Martin auffiel, dass Kernchen ein wenig ratlos schien.

„Geht ihr ruhig ins Restaurant", sagte Martin zu seiner Frau. „Ich komme gleich nach. Fangt einfach an mit dem Frühstück, ich hab' ja vorhin schon ein bisschen was gegessen."

Martin lief auf Kernchen zu, der gerade die Rezeption erreicht hatte und sich nach der Empfangsdame umschaute.

„Kann ich Ihnen vielleicht helfen?", frage Martin einfach und nickte seinem Gegenüber freundlich zu. „Ich meine – wir haben ja ein ähnliches Problem."

Timo Kernchen zuckte mit den Schultern. „Eigentlich müsste ich längst auf Achse sein. Mit dem Laster quer durch Deutschland nach Düsseldorf und wieder zurück. Aber jetzt ..."

„Meinen Sie, Sie bekommen Ärger mit Ihrem Chef? In einer solchen Situation?"

Der Mann schüttelte den Kopf. „Wahrscheinlich nicht. Aber dadurch kommt die ganze Tagesplanung in der Firma durcheinander."

„Was aber ja nicht Ihre Schuld ist ..."

„Nein, nein, das natürlich nicht. Nur ... ich mag es nicht, den Kollegen Arbeit zu machen oder irgendwie ... unangenehm aufzufallen."

Martin musste ein ziemlich verdattertes Gesicht gemacht haben, denn Kernchen beeilte sich, einen Satz nachzuschieben.

„Wissen Sie", fuhr er fort, „ich habe zwei dumme Angewohnheiten: Erstens, den Versuch zu unternehmen, es allen recht zu machen und zweitens, mir oft viel zu viele Sorgen zu machen."

„Das ist nicht selten", gab Martin zurück, woraufhin Kernchen nickte.

„Ich weiß", sagte er. „Aber ich glaube, dass ich es manchmal ein wenig übertreibe. Ich habe zum Beispiel Angst, dass meiner Frau oder meinen Jungs etwas passieren könnte. Dass unser Glück von einer Sekunde auf die andere vorbei ist. Ob durch einen Unfall, eine schwerwiegende Erkrankung oder den Verlust meines Arbeitsplatzes. Es gibt so viele Möglichkeiten, die das Leben unserer Familie bedrohen – so wie das Feuer letzte Nacht."

„Das ist sicher richtig", versuchte Martin eine Antwort und merkte, dass hier der Seelsorger in ihm gefragt war. „Bedenken Sie aber, dass das ja allen so geht. Im Leben ist nichts wirklich sicher."

„Ein schwacher Trost", gab Kernchen zurück.

„In der Tat. Aber als Christ kann ich Ihnen sagen: Es gibt immer einen Ausweg. Immer die Gewissheit, dass am Ende alles gut wird. Und wenn es nicht gut ist, ist es noch nicht das Ende."

Kernchen schüttelte den Kopf. „Ich glaube nicht an den Himmel, eine bessere Zukunft oder so etwas. Ich möchte etwas dafür tun, dass hier und jetzt alles gut ist und gut bleibt."

„Was aber nicht nur sehr anstrengend, sondern eigentlich unmöglich ist ..."

Timo Kernchen warf dem Pfarrer einen undefinierbaren Blick zu. Dann reckte er den Kopf, um erneut nach der Rezeptionistin Ausschau zu halten. „Wissen Sie", fuhr er anschließend fort, „ich war mal in einer Kirche. Ich habe es mal mit dem Glauben versucht. Zu einer Zeit, in der ich krank war und viele Probleme am Arbeitsplatz zu überstehen hatte. Ich trug viele Fragen mit mir herum. Nach dem Leben und nach dem Tod. Und vielleicht auch nach Gott. Aber die Antworten, die ich bekommen habe, konnten mich nicht befriedigen. Die Pastorin, mit der ich damals geredet habe, hat von einem *Angebot* gesprochen, welches die Kirche wäre. Ein Angebot unter vielen, um Gemeinschaft zu erleben, Solidarität zu üben, nicht alleine zu sein, solche Sachen. Konkret wurde die gute Frau dabei nicht. Nicht einmal zum Thema *Leben nach dem Tod* wollte sie sich festlegen. Was soll ich davon halten?"

Pfarrer Martin Cornelius Scheck hatte keine Antwort. Aber er merkte, dass er sich für seine Kirche schämte.

Friedemann hatte vollkommen recht: Der eigentliche Auftrag, nämlich den Menschen von Gott und vor allem von Jesus zu erzählen, war mehr und mehr aus dem Blickfeld geraten. Eine schlimme Entwicklung, die eigentlich dringend geändert werden musste.

Wenn jemand wie Timo Kernchen oder auch Frau Klassen, jemand auf der Suche nach Gott, wenn so jemand in die Kirche ging oder zu einem Pfarrer kam, dann sollte er dort doch tragfähige Antworten auf seine Fragen finden und keine politisch angehauchten Botschaften, die im Grunde dem entsprachen, was *die Welt* für gut und richtig hielt: Klimaschutz, Gerechtigkeit, Toleranz. Was alles nicht falsch und auch unterstützenswert war. Aber was aus einer Ewigkeitsperspektive betrachtet eben viel zu kurz griff.

Martin fiel die biblische Warnung aus dem Buch des Propheten Hesekiel ein, Hesekiel Kapitel 33 Vers 6. Gott sagte dort ganz klar, dass, wenn der Wächter den bewaffneten Feind kommen sieht, und er stößt *nicht* ins Horn, und das Volk wird *nicht* gewarnt, und der bewaffnete Feind kommt und bringt einen von ihnen ums Leben, so wird der Betreffende um seiner Schuld willen sterben, sein Blut aber wird Gott *von der Hand des Wächters* fordern.

Traf das nicht auch auf jeden Verkündiger, jeden Pfarrer, jeden Bischof zu? Wenn man den Menschen nicht sagte, dass sie in Gefahr waren, dann machte man sich selbst schuldig!

Die Menschen mussten doch erfahren, dass der Weg ohne Gott ins ewige Verderben führen würde. Und sie mussten hören, dass es die wunderbare Möglichkeit der Rettung durch Jesus Christus gab:

So sehr hat Gott die Welt geliebt, dass er seinen eingeborenen Sohn hingegeben hat, damit alle, die an ihn glauben, nicht verloren gehen,
sondern ewiges Leben haben.
(Johannes Kapitel 3 Vers 16).

Das mussten die Menschen doch wissen!

„Was Sie erlebt haben, tut mir sehr leid", sagte Martin schließlich zu Kernchen. „Sie sollten eigentlich getröstet werden und echte Antworten auf Ihre Fragen bekommen, statt Allgemeinplätze. Vielleicht ergibt sich ja irgendwann noch einmal die Möglichkeit, dass wir miteinander reden können. Auch wenn wir künftig wohl keine Nachbarn mehr sein werden. Ich würde Ihnen gern von jemandem erzählen, der Ihre Ängste, Sorgen und Nöte versteht und sie Ihnen abnehmen kann."

Kernchen bemühte sich, zu lächeln. „Ja. Vielleicht finden wir dazu eine Gelegenheit. Das wäre wirklich schön."

Dunkelheit kann Licht nicht besiegen. Aber da, wo nur ein kleines Licht in der Dunkelheit aufleuchtet, ist die Dunkelheit schon besiegt.

Martin hatte keine Ahnung, wie ihm dieser Satz einfallen konnte. Aber er fand, dass es eine sehr treffende Beschreibung dessen war, was er gerade erlebte: dass er durch das kleine Licht seines wiedergefundenen Glaubens die Dunkelheit in seinem Innersten, aber auch die Dunkelheit um ihn herum, vertreiben konnte.

Er sah durch die breite Tür in den Speiseraum und winkte Susanne zu, die mit Luzie an einem der Tische saß und das Frühstück einnahm.

Seine Familie! Wie gut, dass er die beiden hatte. Dass ihnen bei dem Brand nichts passiert war.

Auch wenn sie ganz neu anfangen mussten und all ihre Möbel, Kleidungsstücke, Erinnerungen verloren hatten, so blieb es doch die Hauptsache, dass keinem von ihnen etwas zugestoßen war.

Susanne winkte zurück und Martin bedeutete ihr, dass er sich noch kurz frischmachen und dann zu ihnen kommen wollte, woraufhin seine Frau nickte.

Also begab er sich in Richtung des WC-Bereichs, der ebenfalls im Erdgeschoss und unmittelbar neben dem Aufzug gelegen war.

Rasch wusch er sich die Hände und fuhr sich durch seine verstrubbelten Haare. Rasieren wäre auch nicht schlecht, dachte er, aber dazu müsste er sich erst einmal die passende Ausrüstung besorgen, denn sein Rasierapparat war den Flammen genauso zum Opfer gefallen wie das After Shave.

Nachdem sich Martin mit einem Papierhandtuch abgetrocknet hatte und gerade die Tür zum Hotel-Foyer öffnen wollte, hörte er eine Stimme. Es war eine Frauenstimme und sie kam aus dem Bereich direkt vor der WC-Raum-Tür.

„Mach dir keine Gedanken", hörte Martin die leise gesprochenen Worte. „Ich habe alles im Griff."

„Aber Schnecke!", kam es deutlich lauter zurück und Martin wurde klar, wem beide Stimmen gehörten: dem neureichen Pärchen aus dem Dachgeschoss.

„Sei unbesorgt", fuhr die Frau weiterhin in gedämpfter Tonlage fort, „sie werden nichts finden. Keine auch noch so kleine Unkorrektheit."

Brachler schien sprachlos, was bei ihm wohl nur sehr selten vorkam.

„Ich habe seit Monaten jede einzelne Rechnung so verbucht, wie es sein muss. Nicht doppelt und auch nicht mit anderen Summen. Die fehlenden Beträge aus der Zeit vor meiner Tätigkeit für die Firma und aus den Wochen, bevor ich hinter die Manipulationsversuche gekommen bin, habe ich aus meiner eigenen Tasche eingezahlt. Und zudem die laufenden Verluste ausgeglichen."

„Wie ... woher ... was?", Brachler schien überrascht und Martin hielt den Atem an: Der Mann hatte tatsächlich Dreck am Stecken!

„Das Geld ist von meinem Vater", erklärte J. P. C.'s Freundin. „Er hat mir vor ein paar Jahren die gesamten Unterhaltszahlungen überwiesen, die er seit meinem fünften Lebensjahr schuldig geblieben war. Da kam einiges zusammen, mein Vater hat immer gut verdient."

„Unglaublich! Einfach unglaublich!", gab Brachler zurück und Martin fragte sich, ob es ein Vergehen war, noch länger dem zu lauschen, was eigentlich nicht für seine Ohren bestimmt war.

Ohne weiter darüber nachzudenken, öffnete er die Tür und stand im nächsten Moment direkt vor dem verdutzt dreinschauenden Pärchen.

„Guten Morgen", wünschte Martin ihnen freundlich lächelnd und schickte sich an, den Weg zum Restaurant einzuschlagen.

„Auch so", rief Brachler zurück, löste sich von Cindy und stellte sich dem Pfarrer in den Weg. „Kann ich Sie kurz sprechen?"

Martin zuckte mit den Schultern. „Warum nicht?"

Er war gespannt, was der Mann von ihm wollte.

„Vielleicht können wir kurz vor die Tür gehen", schlug Brachler vor und wies nach draußen. „Allzu kalt sollte es nicht mehr sein."

Also machten sie sich auf den Weg.

Draußen angekommen, setzte Brachler ein verschwörerisches Gesicht auf. „Muss ja nicht jeder hören."

Martin zeigte sich unbeeindruckt.

„Nun", fuhr J. P. C. fort, „ich habe ein Problem."

„Das dachte ich mir", murmelte Martin halblaut vor sich hin.

„Bis vor wenigen Augenblicken befürchtete ich, in großen Schwierigkeiten zu stecken. Finanziell gesehen."

Martin war gespannt, was jetzt kam.

„Nun habe ich eben erfahren, dass meine ... Freundin ... die ganzen offenen Rechnungen aus ihrer Tasche bezahlt hat. Dass es gar keine ... Falschbuchungen gegeben hat. Dass mir das Finanzamt nichts kann! Dass ich frei bin!"

„Und?"

„Verstehen Sie: Cindy hat einfach so alles bezahlt!"

Martin sog die frische Morgenluft in seine Lunge. Er fragte sich, warum Brachler so ein Geheimnis aus der Sache machte. Es schien jetzt ja alles gut zu sein und niemand konnte ihm mehr was.

„Ich weiß nicht, wie ich mich da verhalten soll", fuhr J. P. C. schließlich fort. „Ich habe keinerlei Erfahrungen damit. Wie kann ich Cindy angemessen danken? Ihr klarmachen, dass ich total überrascht und erfreut bin? Und ihr sagen, dass ich sie wirklich liebe."

„Tun sie es doch einfach", empfahl Martin, dem Brachlers Problem noch immer nicht verständlich war.

Der grunzte. „Würde ich ja gern. Aber ich komme mir dabei so ... komisch vor."

„Sie meinen, es passt nicht zu Ihrer vorgespielten Arroganz?"

Brachler riss die Augen auf. Offenbar hatte Martin den Nagel auf den Kopf getroffen.

„Wissen Sie", hob J. P. C. nach einem Moment des Nachdenkens an, „eigentlich brauche ich diesen ganzen Luxuskram gar nicht. Das ist irgendwie nur ein Ersatz. Eigentlich würde ich viel lieber mal mit Cindy allein in einer einsamen Berghütte Urlaub machen. Ohne Internet und ohne Ablenkungen. Ohne geschäftliche Anrufe und ohne Nachrichten. Nur sie und ich. Vielleicht würde sie sich dann noch einmal ganz neu in mich verlieben."

Martin schmunzelte. „Das könnte durchaus sein. Aber warum machen Sie das dann nicht einfach?"

J. P. C. schaute den Pfarrer ungläubig an. „Meinen Sie wirklich, sie würde mich dann noch mögen? Wenn ich einfach nur ein ganz gewöhnlicher Typ wäre?"

„Ganz bestimmt," entgegnete Martin. „Überlegen Sie doch mal, was sie für *Sie* getan hat: Sie hat alle Ihre Schulden bezahlt. Ist das nicht Liebesbeweis genug?"

„Tja", überlegte J. P. C., „da könnten Sie tatsächlich recht haben. Es fällt mir nur extrem schwer, das einfach so anzunehmen. Ich liebe diese Frau wirklich. Auch wenn ich ihr das wahrscheinlich viel zu selten sage. Sie ist die erste Frau, mit der ich mir sogar Kinder vorstellen könnte. Und eine Hochzeit", setzte er schmunzelnd hinzu.

„Na dann", sagte Martin drängend, „sagen Sie's ihr! Dafür ist es nie zu früh!"

XVII.

FEUER UND FLAMME

Am Tag nach dem Brand
Vor dem Hotel, 10:00 Uhr

Martin und J. P. C. waren gerade im Begriff, durch den Haupteingang zurück ins Hotel zu gehen, als ein dunkler BMW vorgefahren kam. Zwei sportlich gekleidete Männer stiegen aus und traten auf sie zu.

„Guten Morgen, die Herren. Wir suchen einen Jannis Brachler", erklärte einer der beiden, denen ihr Beruf auch ohne erkennbare Dienstkleidung anzusehen war.

Martin wies auf J. P. C.

„Hauptkommissar Burgner, Kripo", stellte sich der Beamte vor und wies kurz auf seinen Begleiter. „Das ist mein Kollege, Oberkommissar Koch."

Brachler nickte kurz und Martin bemerkte, dass sämtliche Farbe aus seinem Gesicht gewichen war.

„Sie wohnen in der linken Dachgeschosswohnung. Also dort, wo das Feuer ausgebrochen ist, richtig?"

Brachler bestätigte es und Martin dachte kurz daran, dass J. P. C. den Kommissar unter anderen Umständen vermutlich korrigiert und darauf hingewiesen hätte, dass er nicht im Dachgeschoss *wohnen* würde, sondern *gewohnt hatte*. Schließlich gab es das Dachgeschoss nicht mehr.

„Die Brandursache steht fest", erklärte der Kripo-Beamte knapp und ohne Umschweife.

Jetzt hatte J. P. C. sogar aufgehört zu atmen.

„Es war die Solaranlage", sagte Hauptkommissar Burgner nach einigen Sekunden, in denen er ganz offensichtlich eine gewisse Freude daran hatte, sein Gegenüber im Zustand der Angst zu halten.

„Die ... Solaranlage?", echote Brachler und zog jetzt schnell und hastig Luft in seine Lunge.

Der Kommissar nickte. „Sie, Herr Brachler, trifft keine Schuld, falls Sie daran gedacht haben sollten. Es war ein technischer Defekt. Das passiert leider immer wieder mal. Meist ist der Brandauslöser ein Fehler an der Verkabelung oder an den Anschlüssen."

J. P. C. wurde langsam wieder munter. „Aber die Anlage hat der Vermieter doch erst vor einem guten halben Jahr installieren lassen, im letzten Herbst!"

Der Kriminalist zuckte mit den Schultern. „Man wird das Gutachten zu den Details abwarten müssen. Es kann sein, dass sich eine minderwertig produzierte oder schlecht installierte Steckverbindung gelöst hat. Da Solaranlagen mit Gleichstrom arbeiten und man sie nicht einfach so abschalten kann, ist die Entstehung eines Lichtbogens möglich, der dann einen Brand verursacht, wenn er in der Nähe von Holz oder Dämmstoffen auftritt."

„Na, da sagen Sie was! Und das mir, wo ich mich mit Feuer eigentlich auskenne. Schließlich habe ich mal *drei Silvester Pyrotechnik* studiert!"

Brachler war nach der entlastenden Botschaft des Kommissars schnell wieder zu seiner altbekannten Höchstform aufgelaufen und versuchte es mit einem Gag.

„Wie auch immer", entgegnete der Beamte sachlich, „jedenfalls brauchen Sie sich keine Gedanken mehr zu machen. Die Gebäudeversicherung des Vermieters sollte komplett für den Schaden aufkommen."

„Wenn das mal keine gute Nachricht ist", grinste Brachler und klopfte Martin – wie dieser fand, eine Spur zu heftig – auf die Schulter. „Und die Sache mit Cindy kriege ich auch noch hin. Ganz sicher."

❦

Als Martin sich zu Susanne und Luzie an den Frühstückstisch im Hotelrestaurant gesetzt hatte und ihnen endlich Gesellschaft leistete, spürte er, dass er irgendwie wieder zu Hause war. Zwar nicht in einem irdischen Zuhause, ganz im Gegenteil: Ihre Wohnung zeigte sich als ein Trümmerhaufen. Aber er war geistlich nach Hause gekommen. Er war wieder dort angekommen, wo er als Jugendlicher gewesen war, vor seinem Studium. Dort, wo Großmutter zu Kinderzeiten von Gott erzählt hatte. Von einem Gott, bei dem er sich geborgen fühlen durfte. Vor dem er keine Angst zu haben brauchte, trotz seiner Größe und Allmächtigkeit.

Ja, dachte Martin, Gott war damals immer meine Stärke gewesen. Mein Helfer, mein Freund. Ein so wunderbarer Freund, dass ich für ihn unterwegs sein, von ihm erzählen wollte. Nur deshalb bin ich damals zum Theologiestudium gegangen – um diesen Gott, den ich von Großmutters Erzählungen und aus der Kinderbibel kannte, um diesen Gott besser kennenzulernen. Doch statt ihm näherzukommen, entfernte ich mich immer weiter von ihm.

Da waren die Professoren, die sagten, man dürfe die Bibel nicht wörtlich nehmen. Man müsse sie kritisch lesen. Wie jedes andere Buch behandeln. Darin wäre keineswegs Unfehlbarkeit oder Wahrheit zu finden sein, sondern nur die Erlebnisse von Menschen mit bescheidenem Intellekt. Von Menschen, die sich die Welt nicht rational erklären konnten und daher ein höheres Wesen schufen, an das sie glauben und das sie verehren konnten. Nein, sagten die Professoren, Gott sei nicht in der Bibel zu finden. Und überhaupt sei es fraglich, wie, wer und ob Gott überhaupt sei. Klar, die Religionen hätten auch ihr Gutes und es täte den Menschen durchaus gut, sich nach den moralischen Vorstellungen der Zehn Gebote zu verhalten. Aber seinen Kinderglauben, den müsse man ablegen, wenn man Pfarrer werden wolle. Sonst würde man keinen Abschluss machen.

So kam es auch.

Allerdings, dessen war sich Martin sicher, konnte und durfte er nicht nur den anderen die Schuld daran geben, dass sein Glauben nach und nach verschwand. Er selbst hatte auch nichts dagegen getan. Er war geistlich immer weiter abgemagert und schließlich fast verhungert.

Martin blickte aus dem Fenster und sah, wie Rolf und Pia Kernchen mit ihren Jungs das Hotel verließen. Wie er vorhin noch von Timo gehört hatte, kamen sie zunächst bei Freunden unter. Im Spätsommer wollten sie ohnehin aufs Land ziehen, in ein eigenes Haus. Mit großem Garten, jeder Menge Obstbäume und einer Ölheizung, die nun wohl erstmal nicht vom zweifelhaften Gesetzesprojekt des dubiosen Staatssekretärs betroffen sein würde, den der Journalist Jan Möller enttarnt hatte. Spätestens heute Nachmittag würde die Meldung durch alle Agenturen gehen, hatte Möller Martin erzählt. Dann war der faule Zauber vorbei.

❧

„Ist es nicht erstaunlich, wie wenig wir von unseren Nachbarn gewusst haben?", fragte Martin irgendwann.

Susanne nickte. „Erinnerst du dich daran, dass ich jeden Mieter einzeln besuchen und uns persönlich vorstellen wollte, als wir hier eingezogen sind?"

„Klar. Aber das habe ich damals nicht ganz passend für das Miteinander in einem Wohnhaus in der Großstadt gehalten. Da kommt man eben nicht so einfach mit Brot und Salz vorbei. Stattdessen wohnt man anonym nebeneinander her."

„Ganz genau."

„Es ist wirklich schade", fuhr Martin fort. „Denn das, was ich in der letzten Nacht an Geschichten gehört habe, war ganz anders als das, was ich von unseren Nachbarn bislang immer gedacht hatte. Jeder dieser Menschen trägt sein Päckchen, seine Sorgen mit sich herum. Und wir sehen nur auf das Äußere und stopfen die Leute in Schubladen."

Susanne trank einen Schluck aus ihrer Kaffeetasse. „Du meinst *Ein Mensch sieht nur, was vor Augen ist; Gott aber sieht das Herz an?*"

„Ja. Das meine ich. Aber auch noch etwas anderes."

„Und?"

„Ich frage mich, ob es sein kann, dass Gott manche Menschen gewähren lässt, bis sie an sich selbst scheitern."

„Du meinst, dass sie machen können, was sie wollen, um die Konsequenzen ihres Tuns zu erleben?"

Martin nickte. „Möglicherweise. Denn im Grund muss Gott gar nicht immer aktiv handeln. Das Unheil erwächst stattdessen immer neu aus dem Wesen des Menschen. Aus seiner Bosheit und seiner Ablehnung gegenüber Gott."

Bei den letzten Worten erschrak Martin vor sich selbst und vor dem, was er gerade erkannt hatte: Wer sich bewusst von Gott abwandte, den ließ Gott gewähren. Dort, wo Menschen den König aller Könige und den Herrn aller Herren an die Seite setzten oder Gott gar vollständig aus ihrer Lebenswelt verbannten, da wird er den Wunsch dieser Menschen respektieren und sich zurückziehen.

Gott bietet jedem Menschen seine Liebe an und verspricht in Jesus Christus Vergebung für all das Schlechte, was eine Person getan oder all das Gute, was sie unterlassen hat. Aber Gott zwingt sich nicht auf! Ein Mensch, der ohne Gott leben will, darf das! Hier auf dieser Welt und später in der Ewigkeit.

Eine Gesellschaft, in der Gott keine Rolle mehr spielt, kann Kreuze aus Klassenzimmern und Verhandlungssälen entfernen – Gott wird diese Entscheidungen respektieren und sich zurückziehen. Er wird dann womöglich nicht mehr zu finden sein in dem, was Lehrer ihren Schülern vermitteln. Er wird auch in einem Gerichtsurteil nicht mehr unbedingt in Form einer weisen, guten, gerechten Entscheidung aufleuchten.

Dort, wo eine Gesellschaft sich gegen Gott entscheidet und meint, das Leben lieber selbst bestimmen zu wollen und auf diese Weise besser zurechtzukommen, dort wird Gott irgendwann nicht mehr zu finden sein.

Denn – und das ist eine ebenso deutliche wie bestürzende Wahrheit: Beim allmächtigen Gott gibt es ein *zu spät*!

Irgendwann wird der Schöpfer des Himmels und der Erde sich vollständig zurückziehen und eine Gesellschaft, die ihn ablehnt, sich selbst überlassen.

Und ebenso ist es eine biblische Wahrheit, dass Gott einer Gesellschaft, die ihn vehement ablehnt, irgendwann das Herz verstockt.

Es steht wohl nicht umsonst im Buch des Propheten Jesaja, Kapitel 6, dass die Menschen *nicht sehen mit ihren Augen, noch hören mit ihren Ohren, noch verstehen mit ihrem Herzen und sich nicht bekehren und genesen.*

Und doch ruft Gott die Menschen noch immer und immer wieder!

Er, Martin Cornelius Schenck hatte es selbst gerade erst erlebt. Und Frau Klassen, die Nachbarin aus dem 1. Stock hatte es ebenfalls erlebt.

Sie war Gott durch eine christliche Broschüre begegnet, die irgendwie in ihren Besitz gelangt war. Was daraus werden würde, blieb abzuwarten. Aber das Angebot war da. Gott hatte sich vorgestellt.

CR

Eine gute Stunde später machte sich Pfarrer Martin Cornelius Schenck mit seiner Frau Susanne und ihrer Tochter Luzie auf den Weg zur Superintendentur. Sie hatten beschlossen, gemeinsam zu erscheinen und die Frage nach ihrer vorläufigen oder auch längerfristigen Unterbringung zusammen zu klären.

Vor dem Hotel begegneten sie Horst Wulfert, der neben dem jungen Danny Schröder stand und dessen Hund streichelte. Susanne machte zwar einen großen Bogen um das Tier, lächelte den beiden Männern aber freundlich zu.

„… und deshalb sind Sie heute nicht mehr der fröhliche, ausgelassene Junge, der auf dem Foto in Ihrer Wohnung zu sehen ist", hörte Martin Wulferts Stimme. „Weil dieser schreckliche Unfall passiert ist."

Danny Schröder brummte eine Zustimmung. „Ich würde es so gern ungeschehen machen", raunte er leise. „Aber mir bleibt nur, Mirja so oft wie möglich zu besuchen …"

Wulfert nickte. „Sie können gern auch mich besuchen, wenn ich irgendwo neu untergekommen bin. Meine Kinder wohnen weit weg und ich habe viel Zeit. Zum Erzählen, aber auch zum Zuhören …"

CR

„Du hast ganz recht", sagte Susanne zu Martin, als sie außer Hörweite gerieten und das Gespräch der beiden Männer nicht weiterverfolgen konnten, „wir haben keine Ahnung von den Menschen, mit denen wir unter einem Dach leben. Nur falsche Vorstellungen."

Martin nickte. Genau so war es. Und so war es auch mit Gott: Wir haben oft eine völlig falsche Vorstellung von ihm. Wir denken zu wissen, wie er ist oder zu sein hat. Was er tun sollte und was nicht. Erleben wir dann eine Situation, die nicht mit unserem Gottesbild übereinstimmt, zweifeln wir an ihm. So wie letzte Nacht, als das Feuer ausgebrochen war.

Zwar zündet Gott wohl keine Häuser an, aber er kann jede Situation nutzen, um aus Schlechtem Gutes werden zu lassen.

Der Schöpfer des Himmels und der Erde kann auf sehr unterschiedliche Weise rufen. Mal ganz leise, mal ganz laut.

Und Gott hat mit jedem Menschen einen eigenen Plan. Mit Danny Schröder, dem Hundefreund, genauso wie mit Jan Möller, Horst Wulfert und Familie Kernchen. Mit Karl und Marianne Klassen, dem polnischen Studenten Jurek Kostecki und seiner Freundin Jenny Köhler und sogar mit J. P. C. Brachler und dessen „Schnecke".

Ein Mensch sieht, was vor Augen ist; der HERR aber sieht das Herz an. Susanne hatte es vorhin am Frühstückstisch im Hotelrestaurant mit ihrem Bibelzitat auf den Punkt gebracht. Es war ein Standardvers, den jeder Pfarrer kannte. Im Hier und Jetzt bekam diese Aussage jedoch eine reale, praktische, klare Bedeutung. Denn was wusste man über die Menschen, von denen man umgeben war? Von Kollegen, Nachbarn, Freunden?

Jeder Mensch bringt seine Geschichte mit. Und jeder ist ein Gefangener seiner Geschichte. Wir Menschen sehen nur, was vor Augen ist, aber wir sehen nicht ins Herz. Wir sehen häufig nur Masken und unser Blick bleibt oberflächlich. Was wir kaum wahrnehmen, sind all die Verletzungen, Ängste, Sorgen, Träume und Wünsche unserer Mitmenschen.

Wir beurteilen und verurteilen viel zu schnell. Und viel zu hart. Meist mit unseren Gedanken, oft aber auch mit unseren Worten.

Wie anders ist da doch Gott! *Er allein kennt das Herz aller Menschenkinder,* hieß es in der Bibel, im 1. Könige-Buch Kapitel 8 Vers 39.

Martin war froh, diesem Gott wieder ganz neu begegnet zu sein. Und er nahm sich fest vor, seiner Frau noch heute all das zu erzählen, was er in den letzten Stunden erlebt, gefühlt, gedacht hatte. Wie erschrocken er über sich selbst gewesen war und wie er zu Gott zurückgefunden hatte. Wie Gott ihn gefunden hatte. Wie sehr Gott ihn liebte und wie sehr Gott auch all die anderen Menschen liebte. Trotz ihrer Schuld, ihrem Versagen, ihrer Heimlichkeiten.

Und das, dachte Martin, war doch wirklich eine gute Nachricht.

DANK

Dieses Buch würde es ohne all die Menschen nicht geben, die mich dazu auf ganz unterschiedliche Weise inspiriert, ermutigt, angespornt haben. Verwandte, Freunde – Nachbarn. Dieses Buch würde es auch ohne all jene so nicht geben, die mir irgendwann in meinem bisherigen Leben begegnet sind, eine Zeitlang mit mir unterwegs waren und auf diese Weise Impulsgeber für Gedanken und Ideen waren. Ihnen allen gilt mein Dank.

Ebenso danke ich auch den Menschen, die am Veröffentlichungsprozess und an der Gestaltung dieses Buches beteiligt waren.

Die Geschichte, die ich hier erzählt habe, ist so nur in meiner Fantasie passiert. Sämtliche Namen sind selbstverständlich frei erfunden; die Konstellation der Ereignisse ist reine Fiktion. Und doch haben sich einige darin wiedergegebene Details in ähnlicher Weise abgespielt – wenn auch in anderem Kontext und unter veränderten Bedingungen.

Was ohne jeden Zweifel aber als Tatsache gelten darf, ist der letzte Satz aus dem Internet-Beitrag, welchen ich meinem Text vorangestellt habe:

DU MEINST, DU KENNST DIE LEUTE?
DU KENNST SIE NICHT ...

Mathias Christiansen im Frühjahr 2023

209